Fais-moi taire si tu peux !

SOPHIE JOMAIN

Fais-moi taire si tu peux !

roman

© 2018, HarperCollins France S.A.
© 2019, HarperCollins France pour la présente édition.

Tous droits réservés, y compris le droit de reproduction de tout ou partie de l'ouvrage, sous quelque forme que ce soit.
Toute représentation ou reproduction, par quelque procédé que ce soit, constituerait une contrefaçon sanctionnée par les articles 425 et suivants du Code pénal.

Si vous achetez ce livre privé de tout ou partie de sa couverture, nous vous signalons qu'il est en vente irrégulière. Il est considéré comme « invendu » et l'éditeur comme l'auteur n'ont reçu aucun paiement pour ce livre « détérioré ».

Cette œuvre est une œuvre de fiction. Les noms propres, les personnages, les lieux, les intrigues, sont soit le fruit de l'imagination de l'auteur, soit utilisés dans le cadre d'une œuvre de fiction. Toute ressemblance avec des personnes réelles, vivantes ou décédées, des entreprises, des événements ou des lieux, serait une pure coïncidence.

HARPERCOLLINS FRANCE

83-85, boulevard Vincent-Auriol, 75646 PARIS CEDEX 13.
Service Lectrices — Tél. : 01 45 82 47 47

www.harlequin.fr

ISBN 978-2-2804-1994-9

*Au géant clown et à la crevette de Marseille,
Ils se reconnaîtront.*

1

Être fleuriste a ses avantages ; on travaille au milieu des roses, des lys, des oiseaux de paradis ; c'est beau et ça sent bon. L'inconvénient, ce sont les week-ends inexistants – sans compter les commandes de mauvais goût qu'on est obligé d'exécuter. Aujourd'hui, je cumule les deux : on est samedi et mes rétines crient au scandale. Je n'ai jamais livré autant de fleurs jaunes pour un mariage, j'ai l'impression de voir des canaris partout ! Des jonquilles, des œillets, des gerberas... Et que dire du bouquet de la mariée ? Chrysanthèmes du Japon – jaunes, ça va de soi. Et pourquoi pas des pissenlits, tant qu'on y est ?

J'ai fleuri bien des mariages, réalisé des cascades d'orchidées, de lys et d'arums, parsemé les sols de pétales de roses blanches, embaumé l'air du parfum délicat du jasmin, mais jamais, jamais je n'ai eu à accompagner des mariés de cette façon-là. J'en suis à envisager de faire demi-tour pour ne revenir au magasin que demain matin. Je prétexterai m'être perdue, avoir crevé ou m'être fait à moitié dévorer par un ours, n'importe quoi qui m'empêcherait de parer l'intérieur de l'église avec tout ce jaune cocu !

Au demeurant, je n'ai pas essayé de savoir pourquoi

ma patronne ne s'est pas offusquée du choix des mariés. Il est de notoriété publique que si Mme Chapelier est une chef d'entreprise redoutable, lorsqu'il s'agit de compositions florales, elle est aussi douée que moi avec le sens des affaires. C'est même la raison pour laquelle j'ai été embauchée : redonner sa réputation d'antan à *La dame au cabanon*. À ses débuts, la boutique était connue pour la délicatesse et le bon goût de ses compositions. Je ne m'en suis pas trop mal sortie, depuis, c'est devenu le fleuriste le plus renommé de Lille. Mais avec tout ce jaune pipi que je vais installer, on peut être certain que ça laissera des traces.

Résignée, je déplie le chariot roll et commence à sortir les gerbes une à une. Si au moins il pleuvait, je pourrais les laisser dehors un peu trop longtemps, mais fait exprès, cette année, nous avons un mois de juin exceptionnel. Aujourd'hui encore, le ciel radieux donne tort à la réputation du Nord. C'est donc en serrant les dents que je plonge la tête dans la camionnette pour remplir le chariot.

— Je peux vous aider ?

Surprise, je me retourne un peu vite et je manque écraser l'imposante tresse d'*anthuriums andreanum* que j'ai dans les bras contre le torse d'un géant habillé en noir. Hélas, les fleurs s'en sortent indemnes. Mon nez, un peu moins : je vois presque des étoiles.

Je lève les yeux et croise ceux d'un homme, environ la trentaine, peu soucieux d'avoir failli me défigurer. Il ébauche un sourire en coin, l'air de rien. Je ne perds jamais mon sang-froid, aussi je préfère reculer en faisant bonne figure.

— Je peux vous aider ? répète-t-il.

J'avise les fleurs et reviens au regard chocolat de l'inconnu.

— Oui, vous avez un briquet ?
— Euh... non, désolé, je ne fume pas.
— Moi non plus.

Il semble ne pas comprendre.

— Alors pourquoi voulez-vous un briquet ?
— Pour brûler ces horreurs.

Il jette un œil aux fleurs et sourit de toutes ses dents cette fois – qu'il a bien alignées et fort blanches.

— Je reconnais que la couleur est peut-être inattendue.

Je finis par le considérer avec un brin de sympathie. Quelqu'un qui trouve les fleurs jaunes de mauvais goût pour un mariage ne peut pas être si mauvais.

— C'est consternant, vous voulez dire !
— N'exagérons rien... C'est, disons... audacieux.

Agacée, je balaie l'air de la main.

— Si vous le dites. Vous êtes là pour le mariage ?
— Tout à fait.

Je consulte ma montre. Il est 11 heures et la cérémonie ne commence pas avant 13 h 30.

— Vous êtes en avance.

L'inconnu me sert encore un de ses sourires qu'il croit de toute évidence ravageurs. Alors certes, cet homme n'est pas désagréable à regarder – grand, brun et ténébreux, il est même plutôt mon style –, mais s'il pense que je vais me pâmer pour si peu, il se fourre le doigt dans l'œil.

— Je suis du genre à vouloir être le premier partout. Et je m'en sors très bien, ajoute-t-il avec une arrogance qui pour un peu, me laisserait sans voix.

Ce qu'il ne faut pas entendre...

— Dans ce cas, cher monsieur, soyez le premier

à porter ces horribles compositions dans l'église, je vous suis !

Cette fois, il éclate de rire et obtempère.

Malgré le chariot, nous faisons plusieurs allers et retours pour vider la camionnette. Quand tout est stocké à l'intérieur de l'édifice, il ne reste plus qu'à décorer les bancs et l'autel. Je m'apprête à m'en charger seule, mais mon chevalier servant semble vouloir se rendre davantage utile. Qu'à cela ne tienne, je lui montre comment attacher les bouquets de jonquilles aux extrémités des rangées, et m'occupe de dresser les plus grosses compositions au pied de l'autel et le long des portes ouvertes. Et il y en a beaucoup ! Pour 3 500 euros, au bas mot.

— Qu'est-ce que vous en dites ? demande mon assistant improvisé en admirant le travail.

Je grimace.

— Que cette église me fait penser à une poule.

Il écarquille ses grands yeux marron.

— Une poule ?

Je hoche la tête avant d'embrasser l'espace de la main.

— Eh bien oui, une bonne grosse poule couvant ses poussins. Regardez-moi ça. Du jaune ! Tout est jaune ! Partout.

Le beau brun m'observe et semble presque inquiet pour ma santé mentale. Il peut être rassuré, je vais très bien !

— Vous avez un problème avec cette couleur ?

Je hausse les épaules et soupire.

— Non, aucun. C'est juste que je suis certaine qu'elle va leur porter malheur.

— Porter malheur à qui ? Aux mariés ?

— Évidemment ! C'est la couleur de l'adultère.

L'homme en noir prend soudain un air sévère et me regarde droit dans les yeux.

— Seriez-vous en train de sous-entendre que ma future femme finira par me tromper ?

Il y a un blanc, un gros blanc, suivi d'un silence des plus gênants.

J'essaie de trouver la plus petite trace de plaisanterie sur le visage de mon interlocuteur, mais ne note rien d'autre qu'un épouvantable et catastrophique sérieux. Des perles de transpiration apparaissent sur mon front, je sens que je suis en train de me liquéfier. Je me mords la lèvre, c'est plus fort que moi lorsque je viens de faire une boulette. Et celle-ci est de taille !

— Vous êtes le... futur marié ?

— De toute évidence.

Je porte la main à mon cou avec la nette impression de manquer d'air.

— Oh ! mon Dieu...

— Loïc suffira.

Quoi ? Qu'est-ce qu'il dit ? Je ne l'entends même plus. Je suis mortifiée.

— Je... suis désolée. Si j'avais su, je ne me serais jamais permis de dire que... que...

Ledit Loïc semble s'amuser comme un fou.

— Que ma fiancée et moi-même avons des goûts de chiottes ?

Je vais défaillir.

— Oh ! Seigneur...

— Je vous ai demandé de m'appeler Loïc. Et si vous continuez à vous mordre la lèvre comme ça, vous allez finir par vous faire saigner.

J'ai trop honte. Je vais filer d'ici sans tarder et ne pas y remettre les pieds tant que ce monsieur ne sera pas parti en voyage de noces loin, très loin.

— Je suis désolée... Il est préférable que je parte et...

Je m'interromps lorsque Loïc, donc, laisse exploser un rire qui résonne dans toute l'église.

— Si vous pouviez voir votre tête !

Je plisse le front.

— Je ne vois pas ce qu'il y a de drôle, monsieur.

— Et bien sûr, elle me donne du monsieur !

Je suis plus tendue que jamais.

— Mais enfin, c'est parce qu'on ne se connaît pas !

Il rit encore plus fort.

— Ça ne fait pas l'ombre d'un doute, sans quoi vous n'auriez jamais cru que j'étais le pauvre bougre qui allait se faire mettre la corde au cou !

Je me statufie pour la seconde fois.

— Vous plaisantez ?

— Pas le moins du monde, Jonquille.

Jonquille ?

— Je m'appelle Louise.

Louise Adrielle pour être plus précise.

Il m'offre un large sourire.

— J'ai été ravi de faire votre connaissance, Louise, conclut-il en s'apprêtant à sortir. Merci pour ce délicieux moment, je me suis beaucoup amusé.

Je lui emboîte le pas.

— Attendez une minute ! Il vous manque une case, vous savez ça ?

— C'est ce qu'on me dit toujours, répond-il sans se retourner. Et c'est ce qui fait mon charme. Salut, Jonquille !

Tandis qu'il disparaît, je reste les bras ballants, incapable de savoir comment réagir. Mais qui est cet homme ? Si ça se trouve, il n'a aucun lien avec le mariage, ce qui serait complètement dingue. Je suis très perturbée. De toute ma carrière, je n'ai encore jamais vécu ce genre de situation.

Louise, ma vieille, tu as fait très fort !

Je m'installe quelques minutes sur un banc pour reprendre mes esprits, puis sens un rire nerveux me monter dans la gorge. Je me retiens du mieux que je peux, mais il ne me faut que quelques secondes pour craquer et rire à m'en dilater la rate. Je ris à tel point que j'en pousse des ronflements de cochon par intermittence. Puis le souffle me manque, me voilà secouée par un hoquet interminable. Je réussis à me calmer, et, dépitée, constate que mes doigts sont couverts de mascara. Ça en dit long sur l'état de mes joues et de mes yeux.

Puisque je vais devoir rester jusqu'à la fin de la cérémonie pour récupérer les fleurs avant de les installer dans la salle de réception, je dois réparer les dégâts afin d'être présentable. Je sors donc de l'édifice, regagne mon véhicule et me mets en quête d'une supérette afin d'acheter de quoi me démaquiller. Je trouve mon bonheur à quelques kilomètres du village, repars avec ce qu'il me faut et m'enferme dans la fourgonnette où je retire mes escarpins. De là, je patiente jusqu'à ce que les premiers invités commencent à se montrer.

Revigorée, mieux coiffée et la façade ravalée, je rejoins l'église avec, à la main, le bouquet de la mariée que je suis supposée lui donner quand elle arrivera. Je suis aussitôt alpaguée par une femme d'une cinquantaine d'années, affublée d'une robe rose bonbon, d'escarpins fuchsia et d'un immense chapeau assorti sous lequel on distingue à peine ses cheveux. La mère de la mariée, à tous les coups.

— Vous êtes la fleuriste de *La dame au cabanon*, n'est-ce pas ?

Je sens les reproches arriver, j'arme mon plus beau sourire.

— Tout à fait ! Bonjour, madame, je suis Louise Adrielle. Je me suis occupée de la décoration de l'église.

La quinquagénaire prend un ton pincé :

— Je vois ça ! Qui a choisi ces horribles fleurs ? Il ne me semblait pas que c'était ce qui avait été commandé. Il y en a partout, et elles sont jaunes !

Je me retiens de rire.

— En effet, elles sont jaunes.

— Ne vous moquez pas de moi !

Je calme le jeu tout de suite, j'ai eu mon lot d'émotions pour aujourd'hui.

— Je ne me le permettrais pas, madame. Je n'ai pas reçu personnellement les mariés, mais Mme Chapelier m'a confirmé que la commande avait été passée en accord avec les futurs époux.

— Encore une idée de Pierre ! Il ne fait rien comme tout le monde et ma fille ne proteste jamais. Ces fleurs sont affreuses !

Sur ce point, nous sommes d'accord.

— Enfin... ne le prenez pas mal. Les bouquets sont très bien faits, vous pourrez le dire à Mme Chapelier, mais ils ne sont pas...

Comme elle cherche ses mots, je termine la phrase à sa place.

— Adaptés ?

— C'est tout à fait ça !

Puis elle secoue la tête en fermant les paupières.

— Jaune... On aura tout vu. Déjà que le mariage a été avancé de deux heures presque au dernier moment et que nous avons failli ne pas pouvoir prévenir tous les invités...

Ses yeux se posent sur mes mains.

— Je suppose que c'est le bouquet de ma fille ?

Je lui souris. J'ai presque pitié d'elle.

— Tout à fait.

— Il est affreux.

Elle s'en empare avec un dégoût à peine contenu.

— Je me charge de le lui remettre. À présent, pardonnez-moi, je dois accueillir les membres de la famille.

Je recule d'un pas.

— Mais je vous en prie.

Inutile de lui préciser que je ne serai pas loin, madame la mère de la mariée n'aura probablement plus besoin de moi avant la fin de la cérémonie. Ce qui me laisse tout le loisir d'observer les invités.

À en croire les couvre-chefs spectaculaires que ces mesdames affichent, on pourrait s'imaginer qu'elles ont toutes quelque chose à compenser, mais comme le dirait si bien mon père : « Le chapeau ne fait pas le moine, le moine se trouve plutôt à côté du chapeau. » Aussi je détaille les messieurs qui, eux, ne portent rien sur la tête mais sont tous vêtus de costumes trois-pièces de très belle facture. De toute évidence, il s'agit de familles aisées. Les voitures avec lesquelles les convives arrivent me donnent raison. Gênée, je remarque que même si j'ai pris soin d'enfiler un tailleur et des escarpins plus que convenables, j'ai presque l'air d'une pauvrette au milieu d'eux. Puis je repense au fameux Loïc et me demande s'il se trouve parmi la centaine d'invités. Je le cherche des yeux et abandonne ; avec toute cette foule, il m'est impossible de le repérer. Dans le fond, je mettrais ma main au feu que ce type n'a rien à voir avec la noce, et qu'il a juste voulu s'amuser un peu. Pourquoi ? Ça, je ne le saurai sans doute jamais.

Un silence s'impose soudain dans l'assemblée, suivi d'un murmure étouffé. Je redresse le cou pour voir par-dessus les têtes, et repère la mariée vers laquelle tous les regards convergent. Elle porte une robe des plus surprenantes, tant par sa couleur que par sa coupe. Le tissu rouge et moiré, fendu sur une jambe entière, moule ses formes généreuses et lui donne des airs de Jessica Rabbit ; d'autant qu'elle a de longs cheveux roux qu'elle laisse libres sur ses épaules. Sans parler du bouquet qu'elle a récupéré. Je cache à peine ma grimace tant il jure avec sa robe. Mais peu importe, son profond décolleté détourne l'attention. Ce qui ne semble pas la gêner le moins du monde. Le marié non plus, du reste. Elle prend des poses lascives, cambre les reins avec exagération et laisse échapper de ses lèvres pulpeuses des soupirs qui ont tout du gémissement coïtal. Caprice de riche ou mauvaise éducation, son attitude me met mal à l'aise, je détourne le regard.

J'attends que tout le monde pénètre dans l'édifice et que le cortège soit passé avant de m'installer sur un banc près de la porte, en retrait. Le curé se relève de sa prière et se tourne face à l'assemblée, ouvrant les bras pour accueillir les mariés et leurs convives. Un instant, je crois être en proie à une hallucination. Face à moi se trouve le fameux Loïc, emballé dans une tenue liturgique d'un blanc immaculé. J'en reste si stupéfaite que mon hoquet revient d'un coup et, comme de bien entendu, s'exprime au moment où tout le monde fait silence. Par chance, les invités, bien trop concentrés sur les mariés, ne se retournent pas, quant à moi, je ne quitte pas des yeux le père Loïc.

Quelle journée !

Ça doit être une plaisanterie, ce type n'est pas vraiment curé, si ? Je revois chaque seconde de nos échanges, la façon qu'il a eue de me regarder, son insupportable sourire en coin. Je n'aurais pas pu m'en douter un seul instant. De toute évidence, l'image que j'ai des curés n'est plus à la page.

— J'aimerais bien assister à la cérémonie, mademoiselle.

Je remarque soudain le vieux monsieur qui attend que je me décale pour pouvoir s'asseoir à son tour.

Je bredouille quelques mots d'excuse et m'installe un siège plus loin, d'où je ne vois plus avec autant de précision le père Loïc, mais l'entends très bien.

— Mes chers frères et sœurs, nous sommes aujourd'hui réunis dans la maison du Seigneur afin d'unir devant Dieu, Pierre et Catherine ici présents. Veuillez vous lever, et prions, ajoute-t-il en accompagnant sa requête d'un geste de la main.

La marée humaine obéit, moi y compris, et même si je ne suis pas croyante, je baisse la tête en signe de respect quand le prêtre commence son homélie.

— Seigneur, fais de nous l'instrument de Ta paix. Là où est la haine, que nous mettions l'amour. Là où est l'offense, que nous mettions le pardon. Là où est la discorde, que nous mettions l'union. Et là où est l'infidélité, que nous mettions... des fleurs jaunes.

Si personne n'a levé les yeux, tout le monde les a grand ouverts, c'est certain ; moi la première. Quoi qu'il en soit, je dois reconnaître que le père Loïc ne manque pas d'humour. Je me concentre pour ne pas rire et conserve la tête baissée.

— S'il est bon d'aimer, car l'amour est difficile, nous Te prions, Seigneur, de soutenir Pierre dans cette épreuve et de l'aider à supporter son épouse et ses nombreux amants.

Il y a un long moment de silence pendant lequel on

entendrait les mouches voler. Puis le vieux monsieur à ma gauche se penche vers moi en triturant son appareil auditif :

— Qu'a-t-il dit ?

Bouche bée, je n'en suis pas certaine, du moins, j'espère avoir mal compris, aussi dois-je me contenter de hausser les épaules. J'ose lever la tête en direction du prêtre et vois que tout le monde en a fait de même. Et les mariés qui ne réagissent pas ! Le moins qu'on puisse dire, c'est que les invités sont aussi surpris que moi, mais le père Loïc continue sans se démonter :

— Car Tu as dit, Seigneur, que là où est l'erreur, Tu mettras la vérité, que là où sont les ténèbres, Tu mettras la lumière. C'est en s'oubliant soi-même qu'on se retrouve, c'est en demandant pardon qu'on peut être pardonné.

L'assemblée est tout ouïe, et même si je ne les vois que de dos, il ne fait aucun doute que les mariés sont désormais plus que tendus.

— C'est pourquoi, Seigneur, nous Te conjurons de donner à Ta fille Catherine la force d'avouer son péché et de cesser toute relation avec Maxime, le meilleur ami de Pierre, Christian, son banquier, et Marcel, son conseiller en assurance. Catherine, repentez-vous et vous serez pardonnée. Car le Seigneur a promis que toutes les difficultés stimuleront celui qui a le cœur bon.

Un oh ! d'indignation s'élève parmi les convives, suivi de chuchotements presque assourdissants.

— C'est scandaleux ! gronde mon voisin.

La mariée regarde derrière elle, son teint est verdâtre. Quant au marié, la tête tournée vers sa dulcinée, il semble s'être pris une bonne claque dans la figure.

— Catherine ? Est-ce que c'est vrai ?

En guise de réponse, la fille éclate en sanglots, ce qui vaut tous les aveux du monde.

Si je suis sonnée, l'assemblée aussi. Je porte la main à mes lèvres, et la seconde d'après, la mariée sort de l'église en courant, des larmes d'humiliation plein les yeux, sa mère et son père sur ses talons.

— Espèce de salaud ! vocifère le marié en se jetant sur l'un de ses témoins.

Le fameux Maxime, à n'en point douter, accuse un coup de poing qui le fait s'affaler sur les gens derrière lui. Dans l'assemblée, la consternation monte d'un ton et bientôt, on voit plusieurs personnes intervenir pour que le marié ne massacre pas son ex-meilleur ami.

Je suis atterrée. D'un côté, il y a ceux qui assistent au spectacle sans en perdre une miette, et de l'autre, ceux qui se sentent si offensés qu'ils sortent de l'édifice d'un pas rageur. Quant à moi, je décide de rester dans mon coin en attendant que ça passe.

L'échauffourée ne tarde pas à se calmer. Le mari bafoué quitte l'église entouré de sa famille et de ses amis, l'amant se retrouve comme un imbécile, tout seul sur un banc, et le curé… eh bien, il a disparu.

Du haut de mes vingt-neuf printemps et onze automnes d'activité, je n'ai encore jamais assisté à un pareil fiasco. Fouiner n'est pas ce qui me caractérise le plus, mais ce qui vient de se passer là, couplé à ma rencontre avec le père Loïc, est suffisamment anormal pour que ma curiosité et mon indignation soient attisées. Pour une raison que j'ignore – ces histoires ne me regardent en rien –, je suis si contrariée que je décide d'aller dire ses quatre vérités à cet abominable curé. D'un pas décidé, je me dirige vers la sacristie, pousse la lourde porte en bois sculpté et pénètre dans la pièce.

J'y repère une table, deux chaises, une armoire, une cafetière qui a grand besoin d'être nettoyée, une pipe crasseuse, une pile de missels usés, mais pas de trace du père Loïc. Puis j'entends le bruit d'une chasse d'eau qu'on tire. Je croise les bras sur ma poitrine et attends.

Le prêtre entre, de toute évidence très serein. Il a retiré sa chasuble et se pavane de nouveau en vêtements noirs.

J'attaque bille en tête :

— Comment avez-vous pu faire une chose pareille ?

Il avance jusque devant un minuscule miroir mural pour boutonner sa chemise jusqu'au cou avant d'y faire passer un épais col romain blanc.

— Les voies du Seigneur sont impénétrables, répond-il d'un ton détaché.

— Mais vous n'êtes *pas* le Seigneur ! Sauf mon respect, vous n'êtes que prêtre.

Il s'en amuse.

— Vous m'avez pourtant appelé ainsi par deux fois, Jonquille.

— Pure rhétorique, et je ne me prénomme pas Jonquille. Vous venez de détruire un mariage, vous vous en rendez compte ?

Il remonte les manches de sa chemise jusqu'aux coudes, et sourit.

— Cette union était vouée à l'échec.

— Qu'en savez-vous ? Et du reste, comment pouvez-vous connaître autant de détails sur les relations de cette pauvre Catherine ? Et ne me dites pas que les voies du Seigneur sont impénétrables.

— Je ne le dirai pas.

Je l'examine de la tête aux pieds. Bien trop sexy

pour être un homme d'Église, selon moi. Je pointe sur lui un doigt accusateur.

— Vous n'êtes pas prêtre !

Au lieu de se défendre, il éclate de rire.

— Alors que pourrais-je bien être d'autre, Jonquille, hum ?

Inutile de réfléchir, je ne suis même pas sûre d'avoir raison, alors je lance la première idée qui me traverse l'esprit :

— Un destructeur de mariage ! Pas de quoi être fier.

— Je ne supporte ni les mensonges ni les hypocrites, se marier devant Dieu demande un minimum d'honnêteté.

S'il est bel et bien curé, je n'ai aucune difficulté à le comprendre, mais il existe d'autres moyens de raisonner les gens !

— Vous auriez peut-être pu les avertir plus tôt, non ? Les préparations au mariage catholique ne sont-elles pas faites pour prévenir ce genre de situation ?

— Ç'aurait été beaucoup moins drôle.

Alors là !

— Vous brûlerez peut-être en enfer pour ça, vous vous en rendez compte ? Ou, et c'est plus que probable, vous vous attirerez les foudres du père de la mariée.

Cela semble le divertir encore plus.

— J'en doute, dans le premier cas, et j'assume pour le deuxième.

La porte arrière donnant sur l'extérieur s'ouvre d'un seul coup, laissant place à un vieil homme replet et chauve, le crâne luisant de transpiration et les joues toutes rouges. De toute évidence, il a couru, mais le plus intéressant, c'est que lui aussi porte une chemise noire et un col romain.

Ah ah !

— Que faites-vous ici ? demande-t-il, surpris et tout essoufflé en pénétrant dans la pièce. Cet endroit est réservé aux membres du clergé.

J'attends que le briseur de ménages se manifeste. Après tout, n'est-il pas curé ? Il ouvre les bras comme sur le point d'annoncer une évidence :

— Bonjour, mon frère, le mariage vient d'être annulé, les mariés ont quitté l'église avec perte et fracas, vous pouvez rentrer chez vous.

Le vieux prêtre semble décontenancé et s'approche d'un pas hésitant.

— Annulé ? Mais... Comment ça, les mariés ont quitté l'église ? La cérémonie devait avoir lieu à 15 h 30 et il n'est que 14 h 30 !

Tout devient clair. Les noces reculées de deux heures au dernier moment, le curé proférant des horreurs, cette situation irréelle dans la sacristie : c'est un exceptionnel coup monté.

— Vous vous êtes trompé dans l'horaire et j'ai dû vous remplacer au pied levé, tâche de l'embobiner M. Loïc tout court.

— Mais pas du tout ! s'offusque le pauvre prêtre. Je ne fais jamais aucune erreur de planning, tout est inscrit ici !

Et il brandit un petit cahier à la reliure de cuir noir.

Le faux curé le gratifie d'un clin d'œil.

— Alors c'est que Dieu vous a fait une farce !

Le chef de la paroisse fronce les sourcils et observe son soi-disant collègue avec plus de suspicion que d'attention.

— Mais qui êtes-vous ?

Malgré moi, je trouve la situation très drôle, on se croirait dans un film avec Bourvil. Et alors que je devrais intervenir comme témoin à charge, je préfère me taire pour voir de quelle façon s'en sortira le « père Loïc ». Oh ! il ne risque sans doute pas grand-chose, mais la supercherie est si bien ficelée que je veux en voir toutes les cordes.

Il penche la tête avec un petit sourire et répond au curé avant de ficher le camp :

— Appelez-moi Dieu.

2

— Non, parce que vous comprenez, Louise, nous risquons de mettre la clé sous la porte avec toute cette histoire. Si elle s'évente, c'en est fini de *La dame au cabanon* !

Cette faculté qu'Hortense Chapelier a de tout exagérer me donnerait presque de l'urticaire.

Je l'ai certes toujours connue ainsi, mais plus elle prend de l'âge, plus elle fait des montagnes de situations qui ne la concernent pas. Comme aujourd'hui. Trois jours se sont écoulés depuis le mariage catastrophe, et bien qu'elle n'ait pas été sur place, elle ne s'en est pas encore remise. Elle semble même sur le point de déclarer l'affaire comme motif à une troisième guerre mondiale. Ce qu'il ne faut pas entendre...

Elle tire pour la énième fois sur la ceinture de sa jupe crayon et passe une main nerveuse dans ses cheveux blonds remontés en un chignon. Maintenant, ils sont tout décoiffés.

— Louise, j'ai cinquante-cinq ans et je sais reconnaître une situation critique. Nous sommes sur la sellette. On va nous considérer comme responsables.

N'importe quoi...

Entre nous, qui pourrait nous mettre sur le dos

une pareille débâcle ? Notre rôle est de vendre et de livrer des fleurs, pas de nous assurer que les mariés vont bien garder leur bague au doigt ! Sans compter que ni ma patronne ni moi n'aurions pu deviner un tel dénouement. Même pas lorsque j'ai soupçonné le « père Loïc » de ne pas être un vrai curé. Qui aurait pu prévoir ses intentions, hum ? Personne.

J'attache un morceau de raphia autour d'un bouquet de roses rouges que je lui tends.

— J'en doute, madame Chapelier. Personne ne va nous reprocher quoi que ce soit.

— C'est ce que vous croyez ! Mais cet après-midi, il va bien falloir donner des explications à Mme Leroy, et je n'en ai pas ! Vous connaissez l'influence de cette femme...

Je soupire.

— Non.

— C'est la sœur de l'adjoint à la culture, et sa fille a été ridiculisée, son mariage ruiné ! Je pense que vous ne vous rendez pas compte, ma chère.

Je me retiens de lever les yeux au ciel.

— Bien sûr que si, madame Chapelier, j'étais aux premières loges. Ce n'est pas vous qui avez fait venir un faux curé, n'est-ce pas ?

— Grands dieux, non ! s'exclame-t-elle en s'éventant.

Dans les faits, une première commande a été passée par la future mariée en personne. Mais si elle n'a pas eu affaire à moi, je m'en souviens très bien, elle est venue à la boutique juchée sur dix centimètres de talons, à peine couverte par une jupe en cuir noir si courte que je me suis demandé si elle ne s'était pas habillée au rayon enfant. Bref. Le devis initial comprenait un mélange de fleurs rouges et blanches tout ce qu'il y a de plus classique et était, d'après Mme Chapelier, assorti à sa robe. Des arrhes ont été versées, et deux semaines avant l'événement, Mme Chapelier a reçu un appel du futur marié expliquant qu'au bout du compte, ils avaient opté pour des fleurs jaunes. Un fax, une signature en retour, et tout était en règle. Lorsque je suis allée livrer les compositions, le jour du mariage, la boutique avait même reçu la totalité du règlement, et la facture finale avait été envoyée sur la boîte mail du marié. Or, d'après Mme Leroy, ni le marié ni aucun membre des deux familles ne nous ont jamais téléphoné pour modifier quoi que ce soit. Les fleurs jaune poussin n'étaient du fait de personne.

— Qui a pu avoir une idée pareille ? me demande Mme Chapelier en prenant place sur le vieux rocking-chair en rotin à l'entrée de l'atelier. Vous pensez que le faux curé était un amant jaloux ?

— J'en doute. La mariée l'aurait reconnu, sinon.

— Une mauvaise blague, alors ?

— Hum... une plaisanterie qui aura coûté un bras aux deux familles, et surtout au responsable de cette mascarade si c'est bien ce dernier qui a réglé les fleurs jaunes.

Mme Chapelier hoche la tête sans se départir de son air soucieux.

— Vous croyez qu'il a été payé pour saboter ce mariage ?

J'attrape un chiffon et commence à rassembler les tiges coupées sur l'établi pour les jeter à la poubelle. J'aime quand tout est propre pour la réouverture de 14 heures.

— Je n'en ai aucune idée, madame Chapelier, mais c'est fort possible. Tout était très bien orchestré.

Elle rejette la tête en arrière et ferme les paupières un instant pour réfléchir.

— Nous verrons bien ! finit-elle par dire.
— Oui, nous verrons bien.

L'air du *P'tit Quinquin* s'engouffre par la porte ouverte du magasin. Les cloches du beffroi sonnent midi.

Je jette un œil inquiet à ma responsable. Elle donne l'impression de vouloir camper ici. Or, mon plus grand plaisir, pendant la pause déjeuner, est de mettre de la musique tandis que je m'occupe des plantes de la serre. Pas question de faire l'impasse sur ce moment de solitude bien mérité ! Je mets Mme Chapelier dehors avec diplomatie.

— Il est midi, vous ne partez pas déjeuner ?

Elle consulte sa montre et écarquille les yeux de surprise.

— Déjà !

Je grimace. Le temps ne passe pas aussi vite pour tout le monde...

— Vous devriez en profiter pour prendre l'air avant l'arrivée de Mme Leroy. Ça vous fera du bien.

Elle ne réfléchit pas deux secondes avant de se lever. Elle plisse sa jupe et ajuste le col de sa chemise.

— Vous avez raison ! Je vais aller déjeuner chez Mireille, elle saura me remonter le moral.

Aussitôt sa phrase terminée, la tornade Hortense Chapelier se retrouve dehors.

Je me dépêche de fermer le magasin. *La dame au cabanon* est situé à deux pas de la Grand'Place, en plein centre-ville, et il y a toujours un client pour pousser la porte à la dernière minute.

J'en profite pour remettre de l'ordre dans les seaux de fleurs au détail, tire le vieux rocking-chair derrière moi et file dans l'arrière-boutique pour allumer la chaîne hi-fi et m'emparer de mon déjeuner dans le réfrigérateur.

Un mix de Postmodern Jukebox, un sandwich, un rayon de soleil à travers la verrière de toit et je suis au paradis.

Beaucoup de gens ne font pas le métier qu'ils rêvaient de faire quand ils étaient petits, moi, oui. D'aussi loin que je me souvienne, j'ai toujours voulu être fleuriste. Lorsque, gamine, on me posait la question, je répondais que je serais décoratrice de balcons. Les fleurs me fascinent depuis ma plus tendre enfance. J'ai très vite écarté la voie des longues études au profit du terreau, des graines et des pots en argile cuite. Je ne l'ai jamais regretté, *La dame au cabanon* est l'endroit rêvé pour quelqu'un comme moi. Quarante mètres carrés de bonnes odeurs, de couleurs et de cocooning.

Je m'installe dans le fauteuil à bascule pour déguster mon repas, et me laisse bercer par l'air de « Creep » repris par Haley Reinhart.

J'aime cet endroit. J'aime y passer de longues heures. La serre est incroyable avec sa verrière en sous-pente, ses fuchsias grimpants accrochés aux armatures métalliques, ses étagères sur lesquelles sont empilés des pots de toutes les couleurs, ses plantes ornementales et ses multiples pieds de fleurs exotiques. Celles-ci, je les utilise pour les décorations de tables ; orchidées, anthuriums, alpinias roses et lotus bleu d'Égypte. Oui, car dans la serre, j'ai fait installer un immense bac d'eau que je me plais à entretenir pour faire pousser ces merveilles. C'est même cette particularité qui a fait la réputation de *La dame au cabanon*. Nous proposons plusieurs variétés de fleurs rares que nous cultivons nous-mêmes. Cela dit, ma plus grande fierté sont les *taccas integrifolia*. On les appelle aussi fleurs chauve-souris. Leur couleur pourpre et leurs longs filaments presque noirs séduisent les clients les plus sophistiqués. Les mariées, en grande majorité. Enfin, celles à qui on n'impose pas de bouquet jaune cocu...

J'attrape une pomme verte dans mon sac, croque dedans et me mets à penser à Mme Leroy. L'humiliation a dû être si grande pour elle et sa famille – sans parler de sa fille – que je comprends son besoin de trouver le coupable, même si ce n'est pas chez nous qu'elle le découvrira.

Depuis le mariage avorté, je me suis souvent surprise à songer au « père Loïc », à son incommensurable aplomb et à son col romain qu'il portait mieux que n'importe quel homme d'Église. Même s'il n'a pas été du goût de Mme Leroy, le talent de cet homme est indéniable. Durant toute l'homélie, il semblait si sérieux et concerné qu'il n'est sûrement venu à l'idée de personne qu'il puisse s'agir d'un canular, et je dois bien avouer que si j'ai détesté l'affront infligé à la mariée et à sa famille, j'ai admiré l'audace du faux curé. Quant à savoir si Catherine née Leroy est responsable de tout ce dont elle a été accusée en public, c'est une autre affaire.

Un peu avant 14 heures, je rouvre le magasin. Mme Chapelier n'est pas encore revenue. Comme je ne peux pas laisser la boutique sans surveillance, je me mets derrière la caisse et m'assois sur le tabouret de bar.

Je déteste jouer les potiches, alors j'entreprends de tresser des liens de raphia qui serviront à agrémenter les bouquets champêtres, et croise les doigts pour que

Mme Leroy ne débarque pas avant ma responsable. Du reste, je suis persuadée que cette dernière va faire exprès d'arriver en retard pour me laisser me dépatouiller toute seule.

Ça ne rate pas. À 14 h 15 elle n'est toujours pas revenue, et Mme Leroy pousse la porte.

Je me lève et l'accueille avec un sourire de circonstance : ni trop enjoué ni trop effacé.

— Bonjour, madame Leroy.

Engoncée dans un tailleur bleu électrique haute couture, elle entre dans le magasin d'un pas guindé, affichant un air pincé qui me fait frémir d'avance. Elle ignore la main que je lui tends, et coince sous son bras la pochette dorée qui ne doit pas contenir grand-chose de plus qu'un paquet de mouchoirs en papier.

— Bonjour, mademoiselle. J'aimerais parler à votre responsable.

Je me compose une mine navrée.

— Elle n'est pas encore arrivée. Puis-je vous offrir un café en attendant ? Un thé, une infusion ?

J'essaie de gagner du temps, mais je sens que je vais être remise à ma place.

— Je ne suis pas venue ici pour partager des petits-fours autour d'une table, mademoiselle.

Bingo ! Je fais une moue contrite.

— J'ai peu de temps devant moi, quand Mme Chapelier sera-t-elle là ?

Du plat de la main, je désigne la chaise blanche en fer forgé installée dans la boutique.

— Asseyez-vous, je vous en prie. Je vais la joindre sur son portable.

Bien sûr, je tombe sur sa messagerie.

Lâcheuse !

Je fais bonne figure et tente de trouver un moyen

pour faire diversion. Mme Leroy, qui ne s'est toujours pas assise, ne m'en laisse pas le temps.

— Vous qui avez assisté au mariage, n'avez-vous rien vu venir ?

N'importe quel idiot sentirait l'accusation qui pointe dans sa question, pourtant, je m'efforce de rester calme et de ne pas prendre la mouche. Quelque part, je comprends sa position, c'est pourquoi je vais faire preuve d'indulgence, et surtout, me garder de lui dire que le fameux curé m'a aidée à installer les fleurs dans l'église avant la cérémonie – ça pourrait me retomber dessus.

— Non, hélas, madame Leroy, rien ne m'aurait permis de deviner quoi que ce soit. Ce qui est arrivé est fâcheux, j'en ai conscience.

Elle laisse échapper un rire amer.

— Fâcheux ? Vous êtes bien en deçà de la réalité, mademoiselle. C'est un désastre ! Ce maudit saltimbanque aurait pu gâcher le mariage civil, mais non, il a sciemment attendu que celui-ci soit officiel. Vous n'avez aucune idée de la situation dans laquelle nous sommes, non.

J'ose un petit sourire de compassion.

— Je ne peux que l'imaginer, en effet...

— Mon beau-fils demande une annulation de mariage, avec, à charge, tous ses griefs contre notre fille. Il va obtenir gain de cause et ça nous coûtera une fortune ! Parce que bien sûr, il exige des dommages et intérêts ! Ce n'est pas que nous soyons dans le besoin, loin de là, mais la réputation de Catherine aura beaucoup de mal à s'en remettre et celle de notre famille aussi !

Je hoche la tête, faute de mieux.

— Je comprends...

Mme Leroy consulte sa montre en or sertie de cristaux.

— 14 h 30. Je ne vais quand même pas attendre toute la journée !

Ma boss va faire durer son retard et arriver la bouche en cœur, avançant une excuse bidon pour se justifier. Il y a vraiment des fois où je la déteste.

— Vous étiez là le jour où la commande a été modifiée ? me demande-t-elle.

— Oui, mais je n'ai pas répondu moi-même à l'appel. Mme Chapelier pourra vous en dire davantage quand... elle sera de retour.

Tendue comme un string, Mme Leroy fait tout ce qu'elle peut pour ne pas laisser exploser sa frustration.

— Je suppose que vous en avez quand même parlé ? Racontez-moi de quelle façon ça s'est passé. Quel nom a donné l'interlocuteur ? À qui avez-vous envoyé la facture ?

Mme Chapelier a déjà dû tout lui expliquer dans les moindres détails, mais je présume que Mme Leroy est convaincue qu'à chercher des poux, on finit par trouver ce qu'on veut. Je prends sur moi pour ne pas soupirer et tâche de lui faire le résumé de la situation. Toute cette histoire commence à me courir sur le haricot.

— L'appel a été donné deux semaines avant l'événement. La personne qui nous a téléphoné s'est présentée comme étant votre gendre, M. Lesage, mentionnant les points précis de la commande initiale et de l'organisation du mariage. Mme Chapelier n'avait aucune raison de douter, d'autant qu'il a demandé à ce que la facture soit envoyée à l'adresse mail de M. Lesage, votre beau-fils.

Mme Leroy fronce les sourcils avec tant de force

qu'aucune crème antirides ne pourra plus jamais rien faire pour elle.

— À ce jour, nous avons beaucoup de mal à nous mettre en relation avec Pierre, il nous évite comme la peste, ce qui n'empêche pas qu'il ait bien reçu ce mail puisqu'il nous l'a renvoyé en exigeant qu'on paie la facture à sa place.

Puis d'un ton plein de reproches, elle ajoute :

— Si vous aviez intégré le détail de la commande sur votre facture, Pierre aurait eu la puce à l'oreille et rien de tout ceci ne serait arrivé !

Oh ! oh ! oh ! Je la vois venir avec ses grands sabots. Je ne sais pas ce qui me retient de lui rétorquer que si sa fille n'avait pas fait cocu son futur mari avec la Terre entière, la situation n'aurait en effet pas existé !

— Madame Leroy, la facture globale mentionne une prestation, pas le détail. Celui-ci a été indiqué dans le devis initial, lequel a été modifié et renvoyé par fax, puis contresigné avant de nous être retourné.

Elle se rembrunit.

— Par fax, vous dites ?

— Tout à fait.

De toute évidence, elle n'était pas au courant de ce détail.

— Ma fille et mon beau-fils n'ont pas de fax sur leur lieu de travail. À quel numéro l'avez-vous envoyé ?

À mon tour d'être désarçonnée.

— Eh bien, je...

Je n'en ai aucune idée.

C'est à ce moment-là que le premier client de l'après-midi décide de faire son entrée. C'est un habitué : un monsieur qui offre des fleurs à sa femme tous les mardis.

— Je vous préviens, me dit Mme Leroy entre ses

dents, de façon à ce que je sois la seule à l'entendre, je n'attendrai pas que vous serviez la ville tout entière pour avoir une réponse. Dépêchez-vous !

— Donnez-moi une minute.

Je m'efforce de faire un accueil chaleureux à mon client, malgré l'ambiance électrique que j'ai bien du mal à camoufler.

— Bonjour, monsieur Dussart. Ce sera comme d'habitude ?

Avant qu'il ne réponde, je fonce sur un bouquet de roses rouges déjà composé et le lui colle dans les mains.

— Tenez, celui-ci est parfait, les roses sont arrivées ce matin ! Vous paierez la prochaine fois. À bientôt, monsieur Dussart, et merci d'être venu.

Décontenancé par la façon dont j'expédie une requête qu'il n'a même pas eu le temps de formuler, il regarde le bouquet sans savoir quoi en faire.

— Je... oui, merci, c'est gentil, mais je ne pourrais pas avoir un papier cadeau pour l'emballer ? Et aussi, quelque chose pour... l'égoutter ? Mon pantalon est tout mouillé.

Oh non... Je baisse les yeux sur ses chaussures, elles aussi sont trempées.

— Je suis confuse, monsieur Dussart, je vais...

Je n'ai pas le temps de finir, Mme Leroy craque. Elle se jette sur les feuilles de soie disposées sur le comptoir, arrache un morceau de film transparent du dévidoir et fourre le tout dans les mains d'un M. Dussart plus que désorienté.

— Voilà, vous avez tout ce qu'il vous faut. Maintenant, dehors ! J'ai un numéro de fax à récupérer ! Au revoir, monsieur, à bientôt, monsieur, et mes hommages à madame !

Et ni une ni deux, la porte est grande ouverte, elle le pousse sur le trottoir.

Je n'ai pas le temps d'être mortifiée, je me retrouve acculée derrière la caisse.

— Trouvez-moi ce fichu numéro !

Elle est en train de devenir hystérique, ce n'est pas le moment d'en rajouter.

Je cherche dans les papiers rangés sous le comptoir. Il y a une bannette dans laquelle ma responsable empile les affaires courantes, et une autre pour tout ce qui est à remettre au comptable. Je ne suis déjà pas certaine de trouver la facture qui date d'il y a quelques jours, alors un fax d'il y a deux semaines... Puis un détail auquel je n'ai pas pensé jusque-là me saute aux yeux.

Je relève la tête.

— Madame Leroy, vous m'avez bien dit que votre beau-fils refusait de payer la facture, n'est-ce pas ?

Furieuse que je perde du temps à la faire répéter, elle me jette un regard noir.

— C'est ce que j'ai dit, oui. Alors ? Vous l'avez oui ou non ? On ne va pas y passer la journée !

Je respire un grand coup et pose les mains sur le comptoir.

— La facture a déjà été payée, madame Leroy.

Elle penche la tête d'incompréhension, puis blêmit.

— Comment ça ? Quand ? Par qui ? Pas par mon beau-fils puisqu'il nous réclame de le faire à sa place.

— Je n'ai pas accès aux comptes du magasin, mais il ne nous sera pas difficile de savoir d'où provient le règlement.

Je laisse passer quelques secondes et ajoute :

— Madame Leroy, si je peux me permettre, votre beau-fils ne possède peut-être pas de fax, mais c'est à lui que nous avons envoyé la facture par mail, et celle-ci a été payée.

— Qu'est-ce que vous sous-entendez ? Qu'il a lui-même mis en scène cette mascarade ?

Le marié trompé aurait piégé la mariée pour en tirer profit ? Ouah... On se croirait dans un de ces feuilletons de l'après-midi sur M6.

Cela étant, j'ai jeté de l'huile sur le feu, ce n'est pas très malin.

— Ce n'est pas ce que j'ai dit. Écoutez, il est préférable que vous attendiez que Mme Chapelier vous donne le nom de la personne qui s'est chargée du règlement.

Et quand on parle du loup...

— Pardon pour mon retard ! lance cette dernière en entrant dans la boutique d'un pas léger. Je suis sincèrement désolée, il y avait un monde fou en terrasse et je...

Mme Leroy se retourne comme une furie pour l'attraper par le bras, lui coupant tout net la chique.

— Qui vous a payé la facture ? Mon beau-fils ? Si cet enfant de salaud a tout organisé et compte nous faire un petit dans le dos, je le détruirai !

Déroutée, Mme Chapelier porte la main à sa poitrine.

— Eh bien, votre beau-fils, madame.

— Vous en êtes sûre ? Vous avez vérifié ? aboie Mme Leroy.

— Je... non.

— Alors, faites-le maintenant !

Mme Chapelier est toute désorientée.

— Je... je ne peux pas vous répondre comme ça, mais je vais appeler mon comptable.

Mme Leroy lui coule un regard méprisant.

— Ce n'est pas trop tôt !

Les mains tremblantes, Mme Chapelier passe derrière la caisse et compose le numéro qu'elle connaît par cœur. Il décroche presque tout de suite. Elle bredouille quelques explications, attend plusieurs secondes sous l'œil noir de Mme Leroy, remercie son comptable et raccroche.

— Madame Leroy, je vous confirme que M. Lesage s'est bien acquitté de la facture par virement bancaire.

Mme Leroy devient rouge de colère.

— Fils de pute !

Mme Chapelier en reste comme deux ronds de flan.

Après avoir allumé la flamme malgré moi, j'essaie de calmer le jeu et de laisser le bénéfice du doute au mari trompé.

— Madame Leroy... Votre beau-fils a bien payé la facture, mais rien ne nous dit que c'est lui qui a demandé la modification de la commande initiale et reçu le fax qu'il a retourné signé. C'est peut-être par colère qu'il a prétendu que vous deviez payer pour lui.

Elle me regarde comme si j'étais un insecte insignifiant, mais semble réfléchir.

— Trouvez-moi ce fax et nous en aurons le cœur net ! Maintenant ! ordonne-t-elle à ma responsable.

Mme Chapelier sursaute avec tant de force que je jurerais voir une épingle s'éjecter de son chignon.

— Oui, je... oui, bien sûr. J'ai dû le garder. Il doit être là quelque part...

J'ai presque pitié d'elle tant elle panique, mais elle finit par le trouver.

Elle le consulte et déglutit.

— Il... Madame Leroy, j'ai bien peur que ça ne nous aide pas à trouver la personne à l'origine de ce fax. Il a été renvoyé depuis un bureau de poste.

Ce qui donnerait un alibi béton au mari cocu.

Quelqu'un a passé la commande à sa place, il ne s'est rendu compte de rien et il a payé la facture, comme prévu. La mère de la mariée prend un air sévère.

— Comment le savez-vous ?

Mme Chapelier retourne la feuille et lui montre la mention écrite en petits caractères, en bas de la page, à côté du numéro d'envoi : « Bureau de Poste de Saint-Germain-des-Prés, 53 rue de Rennes, Paris 6e ». Et en haut à droite, l'adresse de facturation au nom de M. Lesage.

Soudain, nous remarquons toutes un détail troublant : M. Lesage est domicilié au 51 de la même rue.

Mme Leroy reste immobile quelques secondes, puis explose :

— Je vais le tuer !

Personne n'a le temps de dire un mot, elle sort comme une furie du magasin et disparaît sur le trottoir. Je me retourne vers ma patronne, elle est aussi échevelée que si on l'avait secouée comme un prunier. Je la sens tout de même un peu tremblante, alors je vais lui chercher une chaise.

— Asseyez-vous, madame Chapelier. Ça va aller ?

Elle s'évente, les joues plus rouges que jamais.

— Mais quelle histoire, mais quelle histoire...

— Vous êtes au moins rassurée sur un point, vous n'avez commis aucune erreur.

— Seigneur, oui...

Je lui tends la bouteille d'eau qu'elle se réserve toujours sous le comptoir.

— Tout est bien qui finit bien, enfin, pour nous, conclus-je en souriant.

Elle boit une ou deux gorgées, puis me tend la

bouteille en me regardant de haut, ce qu'elle fait très bien, même depuis sa chaise.

— Certes, mais que ceci vous serve de leçon !

J'accuse le coup, incertaine d'avoir bien compris.

— Je vous demande pardon ?

Ma fragile patronne reprend du poil de la bête et se lève pour me faire face.

— Eh bien oui, Louise, vous auriez dû avoir la puce à l'oreille en livrant ces fleurs jaunes.

Je plisse les yeux.

— Et pas vous, peut-être ?

Elle pousse un petit cri de consternation.

— Le langage des fleurs, c'est votre métier, et je vous rappelle que vous avez été la première à rencontrer le faux curé. Si vous aviez fait preuve d'un peu plus de discernement, tout ceci ne serait pas arrivé.

Alors ça, c'est la meilleure !

— Vous ne pensez quand même pas ce que vous dites, madame Chapelier ?

Je la vois prendre un petit air supérieur tout à fait insupportable.

— Mais bien sûr que si, Louise. Et j'espère bien que cette situation restera exceptionnelle. Il en va de la réputation de la boutique. Si *La dame au cabanon* se retrouvait impliqué dans plusieurs histoires de ce genre, nous pourrions mettre la clé sous la porte, je vous le rappelle. Je vous demande donc d'être plus vigilante à l'avenir. Maintenant, si vous voulez bien vous remettre au travail, vous avez une commande à préparer pour le prochain mariage de samedi. Hors de question de faire un seul faux pas, compris ?

La mâchoire m'en tombe.

D'un geste, elle me congédie dans l'arrière-boutique

et, tout sourire, accueille le jeune couple qui vient d'entrer dans le magasin.

Me vient alors une pensée nette, précise et concise :
Connasse !

3

En fin de journée, je suis dans un tel état de nerfs, que quand ma copine Emma m'appelle pour me proposer de boire un verre, je dis oui tout de suite. Il me faudra au moins trois piña colada pour faire passer la pilule.

Moi qui déteste les gens qui ressassent leurs problèmes à longueur de temps, je n'ai cessé de revenir sur les propos de Mme Chapelier, et n'arrive toujours pas à digérer qu'elle me tienne pour responsable de l'avortement du mariage Leroy/Lesage. Tout l'après-midi, elle m'a servi un sourire mielleux nimbé de menaces sous-jacentes : « Je vous pardonne, mais ne recommencez pas. » Comment diable peut-elle me faire porter le chapeau pour un truc qu'elle aurait tout aussi bien pu éviter elle-même, sans en ressentir le moindre remords ? Bon sang... j'en suis encore toute retournée.

Emma m'a donné rendez-vous à 19 h 30 dans un pub près de la Grand'Place. Je la repère, qui m'attend sur la terrasse. En arrivant, je jette mon sac à main par terre et me laisse tomber sur une chaise. Emma fait la grimace.

— Ben, ma vieille, je t'ai connue plus joviale. Un problème à la boutique ?

Emma tient une galerie d'art dans le centre de Lille. La semaine dernière, elle est partie plusieurs jours à Londres pour ramener des toiles, je n'ai pas encore eu l'occasion de lui raconter mes déboires du week-end. Je commande ma première piña colada et lui fais un topo rapide. Par la même occasion, je vide mon sac au sujet de ma responsable. Elle m'écoute tout le long en mangeant des cacahuètes, sans dire un mot, comme suspendue à mes lèvres. C'est la première fois que je captive autant son attention. Sur le coup, je ne sais pas trop comment le prendre. Je conclus en me plaignant encore peu :

— Je n'arrive pas à croire qu'elle m'ait dit que c'était de ma faute. C'est un truc de boss, ça, accuser pour se dédouaner ? Tu es aussi injuste que ça avec Karina ?

Karina est son assistante. Son unique employée. Une baba cool de vingt-trois ans pour qui la vie semble être, je cite « un merveilleux mélange de couleurs et de perfection ». Tu parles !

Emma me coule un regard débordant d'affection.
— Non, c'est une perle.

C'est plus fort que moi, je prends la mouche.

— Et pas moi, peut-être ? Je suis la femme à tout faire dans cette boutique, et je suis payée à coups de lance-pierre. Tout le monde sait très bien que *La dame au cabanon* ne fonctionnerait pas aussi bien sans moi. Je ne crois pas être la pire des employées. Sans compter que je ne m'envoie pas en l'air avec la Terre entière dans le dos de mon futur mari. En quoi devrais-je prendre la responsabilité des séances de baise de Catherine-couche-toi-là ?

Emma lève les mains.

— Hé, doucement, ce n'est pas ce que j'ai dit. Soyons rationnelles, tu veux ? Ta boss cherche un coupable, ça la rassure sur son propre sérieux. La belle affaire ! Il y a peu de chances qu'une telle situation arrive encore, pas vrai ? Ne te bile pas. T'es tombée sur le mauvais mariage, c'est tout.

Je me renfrogne en sirotant mon cocktail.

— Tous les mariages sont mauvais.

Emma secoue la tête en souriant.

— Pardon de te le dire, mais parfois, tu as vraiment des idées à la con, chérie.

Je termine mon verre et la défie du regard.

— Tu sais ce qu'Oscar Wilde disait à ce sujet ?

Elle tapote ses longs ongles rouges sur la table en attendant ma réponse.

— Je t'écoute.

— Que le mariage est la principale cause du divorce.

Emma soupire devant mon air déterminé.

— Question de loterie, ma vieille. Il suffit de tomber sur le bon numéro.

— Ben justement. Quand tu vois le nombre de gens qui ont gagné le jackpot à l'Euro Millions, ça ne laisse pas rêveur !

— Tu dis ça parce que tes parents sont divorcés et que tu l'as très mal vécu.

Sa remarque est peut-être un tantinet sournoise, mais vraie. J'avais onze ans quand ils se sont séparés, et à partir de ce moment-là, ça a été une succession de roquettes envoyées de part et d'autre. Mon frère et moi nous trouvions au milieu. Pour autant, je ne peux pas dire que ça a été le point déclencheur de mon aversion pour le mariage, non, ça s'est produit beaucoup plus tôt. Mon père aimait ma mère du fond du cœur, ça se voyait, mais c'était un coureur invétéré, et ma mère, ma foi... une victime consentante. Elle fermait les yeux par amour, et pour préserver l'environnement de ses enfants. Jusqu'à ce que ça explose...

Bref, pour moi, le mariage est une harmonie éphémère qui finit toujours par faire des cocus, j'en ai encore eu la preuve le week-end dernier. Alors je vis ma vie selon un concept bien connu des gens intelligents : il vaut mieux être seul que mal accompagné.

Emma lève le doigt en direction du serveur et lui fait signe de renouveler la commande. Puis elle sort une cigarette de son étui argenté et la porte à ses lèvres pour l'allumer.

— Ton histoire me fait penser au mariage auquel un cousin éloigné a assisté il y a un mois.

— Hum ?

— C'est ma mère qui m'a rapporté le truc, alors ça vaut ce que ça vaut. Grand mariage, chapeaux, belles robes, Rolls-Royce, tout le tralala... Tout le monde était attroupé devant les marches du château pour la traditionnelle photo de groupe quand un mec est arrivé dans sa Mini arc-en-ciel. Dérapage contrôlé sur les graviers, coups de klaxon, opéra de Verdi à fond les ballons dans l'autoradio... Il est sorti de sa bagnole en clamant son amour au marié sur l'air de *L'Orfeo*. Furieuse et humiliée, la mariée a déclaré que de toute façon, elle était *in love* de sa témoin depuis toujours. Le marié s'est cassé avec son chanteur d'opérette, et la mariée avec sa super copine. Je ne sais pas ce qu'ils sont devenus, la fin de l'histoire ne le dit pas. Ah ! Ça y est, tu souris, se félicite-t-elle.

Et pour cause, ma mauvaise humeur a fait place à une irrésistible envie de rire. Emma est incapable de rester sérieuse plus de dix minutes. Elle fait partie de ces personnalités chez qui la désinvolture est un art majeur, quelles que soient les circonstances. Elle et moi, on se connaît depuis les bancs de l'école, c'est ma plus vieille amie et d'aussi loin que je me souvienne, en sa compagnie, mes coups de blues n'ont jamais résisté bien longtemps.

— Sacrée Emma...

Elle baisse ses Ray-Ban, me gratifie d'un clin d'œil.

Le serveur arrive avec nos cocktails. Elle lui offre un de ces sourires ensorceleurs dont elle a le secret et lui demande s'il veut bien nous ramener deux ou trois bricoles à grignoter, elle meurt de faim. À cet instant, je sais que nous aurons droit à autre chose que des cacahuètes : ce brave garçon est complètement sous le charme d'Emma. Mon amie n'a pas seulement de l'esprit, elle est aussi très jolie. Une pure beauté exotique. Brune, un mètre soixante, quarante-huit kilos, une poitrine qui remplit un généreux bonnet C, de grands yeux verts, une peau mate, et un magnifique visage hérité de son père vietnamien. Je l'aime d'amour, Emma, mais au lycée, qu'est-ce que j'ai pu la détester. Quand je marchais à côté d'elle, pas un garçon ne s'intéressait à moi. Elle était le top canon du bahut, j'étais la grande girafe blonde trop maigre – je dépasse Emma de quinze bons centimètres. Mais les années ont fini par m'étoffer et donner raison à mes longues jambes toutes blanches : je suis un pur produit du Nord, on ne force pas le soleil à nous rendre visite plus souvent.

Je l'observe écraser sa cigarette dans le cendrier et lui souris.

— Tu as inventé cette histoire de toutes pièces, n'est-ce pas ?

— En partie. Il n'y avait pas de Mini arc-en-ciel,

pas de Rolls-Royce, pas de grands chapeaux, et ça s'est passé à la mairie. Mon cousin aurait raconté à ma mère que le type a déboulé à moitié ivre dans la salle de mariage en hurlant son amour au futur époux, mentionnant toutes les nuits torrides qu'ils avaient partagées.

— Ah oui ?

— Han han... Le marié n'est pas parti avec lui, mais les noces n'ont jamais eu lieu. La belle aurait pris la poudre d'escampette.

Malgré moi, je plisse les yeux.

— Comment était le mec ? Celui qui a fichu en l'air le mariage ?

Elle éclate de rire.

— Comment veux-tu que je le sache ? Je n'y étais pas ! Et je te vois venir... La cérémonie a eu lieu en région parisienne, et en admettant que ce que ma mère m'a rapporté soit vrai, il y a quand même très peu de chances qu'il s'agisse de ton faux curé, tu ne crois pas ?

Je bougonne et avale une gorgée de piña colada.

— Je ne vois pas en quoi ce serait si extraordinaire. Regarde, dans le cas de Catherine future ex-Lesage, c'est son mari qui a tout prémédité, et le mec qui a joué le rôle du curé était très bon. Qui nous dit qu'il en était à son coup d'essai ?

Emma s'appuie contre sa chaise et, d'un doigt, rajuste ses lunettes de soleil.

— Tu regardes trop de séries, chérie. Si ça se trouve, ton mec était juste le meilleur pote du marié et lui a rendu service.

Je suis sceptique.

— Et la mariée ne l'aurait jamais vu avant ?

— Ouais, bon, peut-être...

Elle semble réfléchir et ajoute :

— Si tes soupçons sont avérés, qui sait ? Tu auras peut-être encore affaire à lui ?

Ça me fait à peine sourire. Avec ce que j'ai pris aujourd'hui dans les dents, je ne suis pas près d'oublier que si j'assiste encore à une telle mascarade, Mme Chapelier me le collera sur le dos et je finirai par me retrouver à la rue. Ou pire : elle ne me renverra pas mais m'en parlera pendant des mois !

Emma s'accoude à la table et englobe son visage entre ses paumes.

— Au fait, ma chère Louise, on cause, on cause, mais tu ne m'as toujours pas dit à quoi ressemblait ce charmant curé !

Sur les coups de 23 heures, je descends du Uber qui m'a conduite devant chez moi. Emma m'a traînée dans une pizzeria dans laquelle elle adore aller. Nous avons mangé comme quatre, bu comme six, et si je suis vannée, je suis bien plus détendue qu'en sortant du boulot.

J'habite au quatrième étage d'un vieil immeuble du centre-ville, sans ascenseur. Je passe devant les boîtes aux lettres sans ouvrir la mienne – même si elle doit déborder de prospectus –, grimpe les marches et pousse la porte de mon antre. Je laisse tomber mon sac à main, dénoue l'élastique de ma queue-de-cheval en me dirigeant vers le salon, et gémis de soulagement en échouant sur le canapé.

À l'origine, mon appartement servait d'atelier de couture à un styliste dont le nom est encore visible sur la façade. On avait fait sauter la plupart des cloisons, sauf celles en briques rouges séparant ma chambre et la salle de bains privative du reste de l'espace. J'ai eu un vrai coup de cœur pour ce faux loft. De hauts plafonds, de grandes baies vitrées à croisillons, un vieux parquet en chêne massif... Je l'ai acheté et l'ai gardé tel quel, à l'exception des grands placards muraux que j'ai fait installer.

J'ai veillé à ce que l'espace demeure le plus épuré possible. Dans l'entrée, un buffet en bois recyclé sur lequel j'ai posé une lampe à abat-jour blanc et un broc en laiton pour mettre mes clés. Dans la pièce principale, une cuisine moderne aménagée donnant sur un salon d'inspiration *vintage* avec un canapé gris trois places, plaid et coussins pour le côté cosy, un fauteuil assorti, une table basse vitrée posée sur un tapis à bouclettes brun, et une console télé en poirier qui supporte un écran plat. À l'opposé, une bibliothèque bien remplie prend tout un pan de mur, et une table en verre pour huit convives. Peu de bibelots, pas de cadres photo, mais de grandes plantes d'intérieur. Côté bibliothèque, un ficus *elastica* dépolluant, et près d'une des fenêtres du salon, deux avocatiers de presque ma taille et qui n'ont jamais donné de fruits. Dans ma chambre, j'ai choisi un lit à baldaquin caché sous une multitude de coussins, deux tables de nuit et lampes de chevet, un tapis berbère et une commode multicolore cérusée. Les fenêtres de ma chambre sont d'ailleurs les seules auxquelles j'ai installé des rideaux. J'ai trop besoin de lumière pour risquer de la cacher.

Je m'étire comme un chat, bâille à m'en décrocher la mâchoire et allume la télé, par habitude. Je tombe sur une émission littéraire que je laisse en fond sonore pendant que je vais prendre une douche et me mettre en pyjama. En même temps que je me brosse les dents, je songe à la conversation que j'ai eue avec Emma. Quand elle me demande à quoi ressemble le « père Loïc », elle espère que je vais lui annoncer un coup de cœur, un désir profond d'être culbutée et un rendez-vous déjà fixé puisque, d'après elle, ça fait trop longtemps que mon corps n'exulte pas. Dans les faits, je ne peux pas la contredire, ma dernière aventure remonte à il y a plusieurs mois. Dans la pratique, je manque d'entrain. J'ai vécu une seule relation sérieuse, elle a duré trois ans. C'était fusionnel, passionnel, charnel, mais pas suffisant pour Renaud qui voulait visiter le monde. Seul. La rupture m'a fait beaucoup de mal, aussi ai-je compensé en collectionnant les hommes comme on enfilerait des perles, ce qui ne m'a pas moins fait souffrir. J'ai mis des mois à me retrouver et à cesser mes bêtises, c'est pourquoi je ne suis pas très motivée pour remettre le couvert, même de temps en temps, au grand dam d'Emma qui, elle, n'a jamais arrêté sa consommation de drogue... dure. Sans compter que pour se laisser séduire par un faux curé destructeur de mariages, il faut avoir une sacrée case en moins !

Je sens que la fatigue est en train de m'engourdir. Je me rince la bouche, prends le temps de me démêler les cheveux, de les sécher, j'éteins la télé puis je vais au lit.

J'ouvre les yeux à 9 heures.

9 heures !

J'ai oublié de mettre mon réveil alors que ça ne m'arrive jamais. Je devrais être à la boutique depuis une bonne heure pour réceptionner les fleurs !

Je m'éjecte des draps, saute dans le premier pantalon que je tire de la penderie, enfile un T-shirt au hasard, chausse des tennis en deux temps trois mouvements, puis je sors de mon appartement pour m'élancer dans les escaliers. Par chance, j'habite à deux pas.

Lorsque j'arrive, le livreur attend dans son camion, en double file. Il a provoqué un bouchon pas croyable dans la rue. Je frappe à sa portière. Il ouvre la fenêtre, je me confonds en excuses :

— Je suis désolée d'être en retard, je vais vous donner un coup de main !

Il ne grogne pas, mais je vois à sa tête combien il ne me remercie pas. J'ai de la chance qu'il m'ait attendue !

Pendant qu'il commence à décharger, j'ouvre le magasin et enfile mon tablier.

Rien n'est mis en place dans la boutique, et s'il vient à l'idée de Mme Chapelier de se pointer avant 11 heures, je suis bonne pour me prendre un sermon !

J'entasse tout dans l'entrée, signe le bon de livraison et entreprends de remiser l'arrivage tant bien que mal.

Une heure et six clients plus tard, tout est en place. Ma responsable n'est pas encore là, le magasin ne fermera pas avant un bon tour de cadran. En temps ordinaire, je déteste être dans l'arrière-boutique quand elle n'est pas là, mais j'ai pris un retard considérable et voudrais préparer ma commande pour le mariage de samedi. Cette fois-ci, pas de surprise, rien que de très traditionnel : les mariés affectionnent les orchidées. Aujourd'hui, je vais confectionner les boutonnières de ces messieurs ; témoins, pères et futur époux.

Dans l'arrière-boutique, je mets un peu de musique, prépare les épingles à nourrice et commence par découper les rubans en satin, le raphia et la toile de jute qui contiendra les fleurs.

J'ai laissé la porte du magasin fermée, mais je garde un œil sur l'entrée.

Lorsque le carillon retentit, je lève la tête, aperçois la silhouette d'un homme en costume et lance un jovial :

— J'en ai pour une minute, je vous en prie. Faites comme chez vous !

Pure rhétorique, ça va de soi, c'est pourquoi, lorsque je rejoins mon client, je reste stupéfaite. Le nouveau venu se trouve derrière le comptoir et est en train de fouiller dans les bannettes rangées sous la caisse.

J'ai appris à conserver mon sang-froid, aussi je reste calme, mais garde une main enfoncée dans la poche de mon tablier, prête à dégainer, au choix, téléphone portable ou sécateur.

— Monsieur, qu'est-ce que vous faites ? Vous n'êtes pas autorisé à...

— Qu'est-ce que vous en avez foutu ? aboie-t-il sans se retourner.

Les feuilles se mettent à voler dans tous les sens.

L'espace d'une seconde, je pense qu'il s'agit d'un braquage, puis je réalise que l'intrus ne montre aucun intérêt pour la caisse. Ce qui est plutôt intelligent à cette heure de la journée.

Je tente de lui faire entendre raison, prête à m'élancer hors du magasin si ça tourne mal.

— Monsieur, je vous demande de...

Les mots s'étranglent dans ma gorge quand il fait volte-face.

Ce visage. Ces yeux noirs, de surcroît en colère...

Il s'agit de Pierre Lesage, le marié cocu.

— Où avez-vous mis ce putain de fax ?

J'en reste bouche bée. Cette histoire est en train de prendre des proportions incroyables.

— Où est-il ?

J'en bégayerais presque.

— Je suppose qu'il a été archivé.

Car dans mon souvenir, hier après-midi, Mme Leroy n'est pas partie avec.

Pierre Lesage fonce sur moi et me postillonne au visage.

— Alors, désarchivez-le ! Il me le faut.

Par son attitude, aussi en colère soit-il, je comprends que je n'ai pas grand-chose à craindre de lui si ce n'est un retournement de fond en comble du magasin. Je redresse le menton et le regarde droit dans les yeux.

— Pourquoi le voulez-vous ?

En réalité, je connais déjà la réponse.

— Parce qu'il est hors de question que cette vieille connasse me fasse porter le chapeau. Sa salope de fille a mérité ce qui lui arrive !

Je feins une désinvolture à toute épreuve, de celle qu'Emma manifesterait si elle était à ma place.

— Mais vous êtes bel et bien responsable du fiasco de votre mariage, monsieur Lesage. Comment espérez-vous faire croire que ce n'est pas le cas ?

Il devient tout rouge.

— Sans fax, pas de preuve ! Où l'avez-vous mis ?

— « Je » ne l'ai mis nulle part, monsieur Lesage. Je ne sais pas où il se trouve, et quand bien même, je ne vous le donnerais pas.

Il gonfle les narines pour prendre un air menaçant, mais avec les longs poils qui en dépassent, ça n'a pas du tout l'effet escompté. Je reste imperturbable.

— Ah oui ? gronde-t-il.

Je vais jusqu'à croiser les bras sur ma poitrine, accentuant un peu plus l'entêtement qui me caractérise depuis toute petite.

— Tout à fait. J'ai bien peur qu'il vous faille trouver un autre moyen de vous sortir de cette affaire, monsieur Lesage.

Alors, il rentre son ventre bedonnant et me prend de très haut :

— Vous avez divulgué à un tiers une information confidentielle me concernant. Une pièce comptable qui ne regardait que votre boutique et son client. C'est une faute professionnelle, mademoiselle. Très grave. Vous risquez votre poste.

Mon Dieu, il est aussi désespéré que ridicule, et moi, je commence à en avoir ras le bol de toute cette histoire.

— Je ne risque rien du tout, monsieur Lesage, puisque je n'ai divulgué aucune information, c'est ma responsable qui s'en est chargée. En revanche, vous, monsieur, vous avez organisé un coup monté dans le but de soutirer de l'argent à votre belle-famille. Coup monté pour lequel vous avez été pris en flagrant délit. Juridiquement parlant, je crois qu'on appelle ça un abus de confiance ou, non... une escroquerie ! M'est avis que devant un juge d'instruction, l'adultère dont votre épouse s'est rendue coupable ne va pas peser bien lourd. Si j'étais vous, j'éviterais d'aggraver mon cas en faisant chanter une employée et en... braquant le magasin dans lequel elle travaille.

Il blanchit d'un coup.

— Je n'ai braqué personne ! Je me contrefous de votre argent !

— Certes, mais vous aviez tout de même l'intention de nous subtiliser un document, n'est-ce pas ?

Il ne répond plus rien. Il est piégé et il le sait.

Il y a des fois où je m'épate.

Allez, encore un petit peu...

— Monsieur Lesage, je comprends votre colère, moi non plus je n'aurais pas aimé être trompée, mais vous êtes allé jusqu'à payer un faux curé pour humilier votre femme en public.

— Je ne vous permets pas de me juger ! C'est elle qui m'a trahi !

Je sens la conclusion arriver à grands pas, je hausse les épaules.

— Vous auriez pu ne pas l'épouser et rompre. Comment comptez-vous vous en sortir, monsieur Lesage ?

Il resserre le nœud de sa cravate et rassemble le peu de fierté qu'il lui reste.

— Je finirai par mettre la main sur ce foutu fax, croyez-moi !

Sur cette promesse qui me hérisse le poil, il tourne les talons et quitte la boutique avant même que j'aie l'occasion de lui répondre.

Je suis restée calme tout du long, mais j'ai les mains tremblantes et le cœur qui bat la chamade. Il aurait pu me violenter, et à moins qu'un client ne soit rentré au même instant, personne ne se serait rendu compte de rien.

Au lieu de prendre une chaise pour m'asseoir et me remettre de mes émotions, j'entreprends de ranger le fourbi que Lesage a laissé derrière lui. Je sens que si je m'appesantis sur la situation, mes nerfs vont lâcher et je vais finir par fondre en larmes. Ce qui n'est pas du tout le genre de la maison, je déteste pleurer parce que quelqu'un m'y a contrainte.

Je ramasse le pot à crayons, rassemble les papiers et les remets dans leurs bannettes. Ironie du sort, la dernière feuille A4 que je récupère se trouve être le fameux fax. *Sombre crétin ! Pas foutu de voir le Graal quand il est sous son nez.*

Lorsque je me redresse, le *P'tit Quinquin* retentit

dans les rues du centre de Lille. Il est midi. Et Mme Chapelier, qui n'est pas la cordonnière la plus mal chaussée, arrive comme une fleur, fraîche comme une rose et aussi urticante qu'une ortie.

— Bonjour, Louise ! C'est le bazar ici, vous auriez pu faire un peu de rangement !

4

C'est avec une certaine nervosité que je livre les fleurs en l'église Saint-Folquin, à Esquelbecq, un charmant village des Flandres françaises, le samedi suivant, à 9 heures. Je suis assise au volant de l'utilitaire, garée devant le magnifique édifice en briques rouges, et mastique un chewing-gum en attendant que le sacristain ouvre les portes. Amère, je ne peux m'empêcher de me dire que s'il y en avait eu un, la dernière fois, le fiasco ne se serait pas produit et j'aurais évité la demi-heure de sermon de Mme Chapelier juste avant de partir. Elle a tout vérifié, que les bouquets étaient bien agencés, chaque pétale hydraté, les nœuds de raphia tous ajustés... Un jour, cette femme aura ma peau, c'est certain.

Je vois arriver un petit homme à lunettes, tout maigre, d'une bonne soixantaine d'années, en pantalon de toile beige et chemise à rayures, chaussé de sandales de pèlerin marron. Qu'on me pardonne, mais des sacristains de son acabit, portant ces chaussures-là, j'en ai rencontré des tas. Le cliché se confirme.

Je sors de la voiture et vais à sa rencontre en souriant.

— Bonjour ! Je suis Louise Adrielle de *La dame*

au cabanon, à Lille. Je viens pour décorer l'église avant le mariage de 11 heures.

Il accepte la main que je lui tends et me rend mon sourire. Je le dépasse d'une bonne tête.

— Bonjour, mademoiselle, me salue-t-il avec un accent flamand à couper au couteau. J'ai ouvert les portes en grand, vous pouvez entrer. Vous avez besoin d'un coup de main ?

Malgré moi, je suis sur la défensive. Inutile de rappeler de quelle manière ça s'est terminé la dernière fois que j'ai accepté l'aide d'un tiers. Ce monsieur n'a certes aucun point de comparaison avec le « père Loïc », mais une femme avertie en vaut deux, alors...

— Je vous remercie, monsieur, mais ça va aller, je dispose d'un chariot que je me contenterai de pousser !

Sur les pavés, avec des chaussures à talons.

Il n'en prend pas ombrage et me montre le chemin.

Je me mets au travail, installe les compositions au bout de chaque rangée de bancs, prends le temps de photographier la mise en place pour le site Internet du magasin – toutes ces orchidées sont ravissantes et l'église est somptueuse –, puis je retourne m'enfermer dans la voiture, non sans remettre au gentil sacristain la grande boîte en polystyrène contenant les boutonnières de ces messieurs. Si jamais il y a une mauvaise surprise, je ne serai là ni pour y assister ni pour le raconter plus tard. Chat échaudé craint l'eau froide.

Le prochain rendez-vous est à 10 h 15, avec la mariée, afin de lui remettre son bouquet ; une superbe cascade d'arômes, d'orchidées, de roses blanches et de lierre sauvage. Pour que personne ne la voie avant le cortège, elle restera cachée derrière l'église jusqu'au dernier moment, dans une berline aux vitres teintées, à quelques mètres d'où je me suis garée.

Les invités affluent et se regroupent sur le parvis de l'église quelques minutes avant d'y pénétrer. Pas de cohue ni d'excès vestimentaires. De toute évidence, ce mariage a été organisé de façon traditionnelle et ça me rassure. Toutefois, je ne peux m'empêcher de tout observer, de traquer la moindre anomalie qui viendrait faire retentir ma sonnette d'alarme. Pour être tout à fait honnête, je cherche un certain curé. C'est plus fort que moi, dix minutes avant de remettre son bouquet à la mariée, je sors de l'utilitaire et fonce derrière l'église pour frapper à la porte de la sacristie. C'est le petit monsieur qui m'ouvre.

Je cherche une excuse vite fait bien fait, une de celles qui, de la part d'une femme, ne pourra jamais être remise en doute.

— Pardonnez-moi, puis-je emprunter vos toilettes ? Je sens que je vais faire pipi dans ma culotte si je me retiens trop longtemps.

J'aurais pu éviter ce détail, le pauvre homme semble ne plus respirer du tout. Comme il ne bouge pas, j'insiste :

— C'est possible ?

— Il y a des toilettes publiques sur la place, m'informe une voix dans son dos.

Le curé s'avance vers nous. Je me retiens pour ne pas soupirer de soulagement. Il est petit, dégarni, porte des lunettes et a la peau noire. Rien à voir avec le père Loïc !

— La cérémonie va bientôt commencer, nous allons fermer la sacristie, ajoute le prêtre d'un ton amical, mais ferme.

— Monsieur l'abbé, c'est la dame des fleurs, intervient le sacristain, gêné.

L'homme d'Église qui, du reste, m'a l'air fort sympathique, se confond en excuses.

— Pardonnez-moi, mademoiselle. Pendant les cérémonies de mariage, il y a de jeunes plaisantins qui s'amusent à entrer dans la sacristie pour s'introduire dans les toilettes et en boucher les canalisations. Nous sommes obligés d'être vigilants, vous comprenez ?

— Euh... oui, bien sûr.

De « jeunes plaisantins ». Je me demande si je dois prendre cet aveu comme un compliment.

Il met la main sur le battant et ouvre la porte en grand pour me laisser passer.

— Je vous en prie.

Puisque mes doutes sur le curé ont été dissipés, je n'ai plus besoin d'entrer, mais ne dit-on pas qu'il vaut mieux prévenir que guérir ? Je me faufile à l'intérieur et me laisse guider vers les toilettes. Ce faisant :

— Mon père, êtes-vous le seul prêtre à officier dans cette église ?

— Tout à fait. Depuis 2015, ainsi que sur la paroisse de Saint-Winoc.

Au bout du couloir, il désigne une porte sur la gauche.

— Voici les toilettes. Prenez tout le temps dont vous avez besoin.

J'ai envie de rire. Je n'ai jamais annoncé être atteinte de dysenterie !

— Mon père, cette histoire de toilettes, c'est récent ?

— Oh que non ! C'était déjà ainsi avant que je sois en poste. Certains enfants du village s'ennuient, ce qui requiert notre prudence. Mais ne vous en faites pas, le mécanisme est en parfait état.

Me voilà rassurée. Le père Loïc n'est pas passé par là.

— Je dois vous laisser. Bert vous raccompagnera vers la sortie.

Je hoche la tête.

— Merci, mon père.

La cérémonie se termine vers 12 h 15 sous un soleil radieux. Et il n'y a pas eu le moindre problème ! Mon soulagement est tel que je rassemble les bouquets en vitesse et file dans la salle de réception du château, quelques kilomètres plus loin, pour la décorer à son tour. Ça me prend une grosse heure. Tout est prêt lorsque les mariés et les invités reviennent de leur séance photo. Je consulte ma montre, je serai chez mon frère pile-poil pour le dessert ! Aujourd'hui, il fête ses trente-deux ans.

Être fleuriste me prive d'un certain nombre de repas familiaux le samedi et le dimanche parce que je travaille. Je ne m'en plains pas. Depuis que mes parents ont divorcé, je ne prends aucun plaisir à me diviser en deux pour partager le bonheur que ma mère et mon père n'ont pas su construire ensemble. La nouvelle femme de mon père est à peine âgée de deux ans de plus que moi et passe son temps à s'acheter des fringues et décorer leur maison avec des sculptures en pâte à sel hideuses. Quant au deuxième mari de ma mère, Jean-Louis, c'est un vieux con à la retraite qui sait tout sur tout. Et aujourd'hui, Arnaud a réussi à réunir tout ce petit monde. Mon frère a toujours été le plus flexible de nous deux.

J'envoie un message rapide à Mme Chapelier pour la rassurer, avale le sandwich que j'ai préparé avant de partir, liquide une canette de Coca zéro et reprends la direction de Lille afin de déposer l'utilitaire.

Lorsque je monte dans ma voiture et que le mariage est bel et bien derrière moi, je me rends compte de la pression cumulée durant la semaine, et qui tombe d'un seul coup. Emma avait raison, les chances pour que le fiasco de la semaine dernière se reproduise étaient presque nulles. Comme moi, de m'être fait autant de mouron.

J'arrive chez mon frère vers 16 heures. Lui, sa femme et leur fille sont allés se paumer à Zuydcoote, dans un petit village de la Côte d'Opale. Leur maison se trouve à une centaine de mètres de la plage. Zuydcoote c'est le charme des dunes, des blockhaus et... c'est à peu près tout. Il paraît que le besoin de s'isoler survient quand on a des enfants. Ce qui n'est pas près de m'arriver. Je ne caresse aucun rêve qui va dans ce sens. Avoir des mômes, c'est comme le mariage : ça vous enchaîne.

Il y a tout un tas de voitures garées sur le parking qui sépare la maison de la dune. Retrouvailles au grand complet. Je serre les dents. Ma mère va me dire que j'ai encore maigri et m'obligera à avaler plusieurs parts de gâteau, veillant à ce qu'il ne reste rien dans mon assiette, mon père va me demander quand je me déciderai à venir accompagnée, ma belle-mère s'obstinera à me faire la conversation en parlant fringues et maquillage, et mon beau-père fera comme si je n'existais pas. Mais mon frère me serrera dans ses bras à m'en étouffer, ma belle-sœur me dira qu'elle me trouve resplendissante, comme toujours, et Adèle, ma nièce de six ans, me prendra par la main pour me montrer combien elle prend soin de la dernière poupée que je lui ai offerte. Rien que pour ça, ça vaut le coup de venir. Je les aime, tous les trois. Même si j'estime qu'ils auraient pu s'enterrer ailleurs que dans le trou du cul du monde.

Je prends la première place que je trouve, attrape le bouquet de fleurs que j'ai confectionné pour Meriem, ma belle-sœur, le sac dans lequel il y a le cadeau d'anniversaire de mon frère, ainsi que la bricole que j'ai prévue pour Adèle, puis vais sonner à la porte.

— Ah, quand même, c'est pas trop tôt ! s'exclame ma mère en ouvrant. On se demandait si tu allais arriver un jour, on a presque terminé le dessert. Qu'est-ce qui t'a tant retenue, cette fois-ci ? Les petits-fours, le champagne, ou les délicieux canapés de chez Méert ? Si c'est le cas, tu n'en as pas assez mangé, tu es épaisse comme un coucou, ma fille !

Qu'est-ce que je disais ?

Je me penche pour l'embrasser.

— Bonjour, maman.

— Si seulement c'était son futur mari ! renchérit mon père en glissant une main autour de mes épaules. J'aimerais bien être grand-père une seconde fois avant d'être trop vieux !

L'ambiance a l'air bonne, c'est pourquoi je m'abstiens de lui rétorquer qu'au moins, sa femme ne sera pas trop vieille, elle. Et puis ma mère est là, il ne sert à rien de remuer le couteau dans la plaie. Même si, désormais, ils s'entendent bien, elle n'a jamais digéré que mon père se remarie avec une femme plus jeune qu'elle.

Je plaque un sourire sur mon visage et rejoins la famille dans le jardin.

∗
∗

Adèle sur mes genoux, j'écoute Arnaud, mon frère, expliquer à Jean-Louis, notre beau-père, que non, une entreprise qui fait 600 millions d'euros de bénéfices, qui augmente ses actionnaires et multiplie les salaires de ses cadres dirigeants par deux, ne devrait pas pouvoir licencier à tour de bras pour raison économique. Pour Jean-Louis, c'est une notion étrangère ou pire : inconcevable. Il était à la tête d'une très grosse imprimerie familiale, mais ça fait une petite dizaine d'années qu'il est à la retraite et il ne se cache pas de regretter sa grande période capitaliste. Je crois que j'aurais détesté l'avoir comme patron. Il faut l'entendre parler avec condescendance des « petites gens » nécessaires à la vie d'une grande entreprise, mais qu'on ne peut pas trop faire évoluer sous peine qu'ils réclament davantage.

Ma mère l'a rencontré peu de temps après le départ de mon père. Je n'ai jamais compris ce qu'elle lui trouvait, à part le contenu de son portefeuille. Car je peux reprocher bien des choses à Jean-Louis, mais pas d'être radin, loin de là. Pour ma mère, il est prêt à toutes les folies. Ce qui le rendrait plus sympathique à mes yeux s'il ne l'écrasait pas autant sous sa domination. Un jour j'ai essayé de lui en parler. Elle a admis que Jean-Louis était peut-être un peu autoritaire, mais qu'elle préférait ça à se retrouver seule. Quand ils se sont mariés, il y a cinq ans, j'ai compris que je ne lui ferais jamais entendre raison. Victime consentante, encore et toujours...

— Churchill a dit que le vice inhérent au capitalisme consiste en une répartition inégale des richesses, cingle mon frère. Personne ne peut le contredire, puisque c'est bel est bien ce qui se passe.

Mon beau-père laisse échapper ce rire de complaisance qui lui est propre.

— Oh ! je ne le contredirai pas, Arnaud, surtout quand il dit que la vertu inhérente au socialisme est une égale répartition de la misère !

Et mon frère réplique... C'est reparti pour un tour.

Les prises de tête familiales, c'est le genre d'arrêt sur image que je déteste le plus au monde. Je me suis levée à 5 heures du matin pour terminer les dernières compositions du mariage, j'ai été gavée de sucre par ma mère, je n'arrive pas à contourner le mal de crâne qui est en train de me marteler les tempes. Et Jean-Louis qui parle comme si tout le monde était sourd...

— Lolo, pourquoi tu fais la grimace ? me demande Adèle de sa petite voix stridente.

Focus sur ma personne ; pour le coup, plus personne ne dit mot. J'éprouve une seconde de gêne, puis lâche le morceau. Après tout...

— Parce que papa et Jean-Louis donnent l'impression que quand on est en famille, il n'y a rien de mieux à faire que de se chatouiller.

Elle me regarde de ses grands yeux bleus interrogatifs. Quand elle bat de ses longs cils, je vois mon frère. Le contraste avec sa peau mate et ses cheveux noirs hérités de sa mère m'a toujours fascinée. Cette gamine est d'une beauté saisissante.

— Mais, Lolo, personne ne se chatouille !

— Si, moi !

Ni une ni deux, je fais courir mes doigts sur ses côtes. Adèle se tord en éclatant de rire et détend l'atmosphère comme personne n'aurait été capable de le faire.

— Martine, prends ton téléphone pour filmer ! crie mon père à ma mère.

Elle lâche tout pour fouiller dans son sac et, l'espace d'un instant, la famille semble unie comme par le passé. Mon père à côté de ma mère, mon frère qui vient au secours de sa fille en me chatouillant à son tour. Pour une raison que j'ignore – deux ans de thérapie n'ont pas suffi à me faire mettre des mots dessus –, cette bulle d'air me fait du bien autant qu'elle me fait mal.

Ma migraine empire. Avec le plus de délicatesse possible, je me dégage et mets fin à la récréation. Mon frère me rattrape par la main avant que je ne disparaisse dans la cuisine.

— Hé, petite sœur...

Nous sommes tous grands dans la famille, blonds aux yeux bleus, mais Arnaud, avec son mètre quatre-vingt-dix-huit, dépasse tout le monde d'au moins une tête. C'était pratique lorsque j'étais au collège et lui, au lycée : personne ne prenait le risque de m'embêter.

— Tu m'as l'air tendue, Lolo.

Je lui souris, je m'en veux déjà.

— Pardon... tu n'y es pour rien. J'ai eu une semaine difficile et je me suis levée très tôt ce matin. Je crois que j'ai besoin de repos.

Il consulte sa montre.

— Tu as prévu quelque chose, ce soir ?

— Rien à part dormir, dormir, dormir... Je bosse demain matin.

Du bout des doigts, il me caresse la joue.

— Est-ce que ta patronne t'en voudrait si tu allais bosser avec la même tenue qu'aujourd'hui ?

Je fais la tête de quelqu'un qui n'a pas compris.

— Reste ici ce soir, ça nous ferait plaisir à tous les trois. Et je te promets que j'aurai mis tout le monde dehors avant l'heure du dîner, ajoute-t-il avec un clin d'œil.

Quatre ans nous séparent, mais nous avons toujours été très proches. Peut-être encore plus maintenant que nous avons les pieds bien ancrés dans la vie d'adulte. Nous nous comprenons mieux. Je suis la plus jeune, mais j'ai autant protégé Arnaud qu'il l'a fait avec moi. Et c'est encore ce qui est en train de se passer aujourd'hui. Il veut que je reste parce qu'il sait que j'en ai besoin, et je vais accepter, parce que je sais que rien ne lui ferait plus plaisir.

— Je pourrais venir en pagne et soutien-gorge noix de coco du moment que je vide le stock de son magasin. Je vais rester.

— Ça tombe bien, Meriem a fait des makrouts, et parce que c'est toi, je veux bien les partager !

Meriem est d'origine tunisienne, et ce petit veinard est nourri comme un roi.

Je lui offre un vrai sourire.

— D'accord.

Élodie, la femme de mon père, s'élance dans le jardin, son smartphone à la main.

— Pierre ! Regarde le bermuda que j'ai trouvé sur Internet. Il est fuchsia. Je suis sûre que le fuchsia t'irait super bien ! Et c'est tendance !

Mon frère et moi roulons des yeux, puis finissons par éclater de rire.

À 21 heures, après un pique-nique moquette frugal, Meriem, Arnaud et moi sommes vautrés dans les fauteuils du salon, un verre de vin à la main. Adèle est couchée depuis une bonne heure. Nous refaisons le monde, parlons de politique, de mes dernières péripéties. Avec mon frère, nous nous remémorons des souvenirs d'enfance, ça fait rire Meriem, nous cassons du sucre sur le dos de Jean-Louis, nous nous amusons sur le compte d'Élodie, réalisons que nous sommes de vraies langues de vipère et nous resservons un verre de vin.

Une heure et demie plus tard, je commence à piquer du nez, leur souhaite une bonne nuit et monopolise la salle de bains pour une longue douche bien méritée. Pour dormir, j'enfile le T-shirt et le shorty que Meriem m'a prêtés et me glisse entre les draps frais de la chambre d'amis.

Couchée en étoile de mer, je fixe le plafond en souriant.

C'était une bonne journée. J'ai beau râler contre ma famille, leurs remarques, leurs différences et leur façon de vivre, j'ai besoin d'eux comme point d'ancrage. Ils sont mon équilibre, mes fondations, ont contribué à faire de moi la femme que je suis. Enfin, pas mon beau-père, hein ! Lui, il...

Je m'exhorte à arrêter de penser à lui et m'empare de mon téléphone portable pour régler l'heure du réveil. J'ai l'intention de me lever tôt histoire de passer chez moi me changer. Au moment où je valide 6 heures du matin, le nom de Mme Chapelier s'affiche en haut de mon écran.

SMS.

Je ne me souviens pas qu'elle m'ait déjà contactée une seule fois à une heure pareille en onze ans de service. Et même sans ça, il est très rare qu'elle m'envoie des textos.

Intriguée, j'ouvre le message.

La boutique vient d'être dévalisée.

5

Pierre Lesage est un crétin.

Comment va-t-il faire pour s'en sortir, cette fois ? *La dame au cabanon* est sens dessus dessous. On n'a pas touché à la caisse ni à tout ce qui a un tant soit peu de valeur, mais la paperasse, elle... Il y en a partout. Et comme de bien entendu, le fameux fax a disparu.

Avec la déposition que je viens de faire à l'officier de police, il est évident que les soupçons mènent tout droit au mari cocu.

Je ne sais pas ce qui me met le plus en rogne : que ce gougnafier en ait profité pour piétiner les fleurs jusque dans la chambre froide, ou bien qu'il ait donné du grain à moudre à ma patronne. Ma responsable ne cesse de rappeler que tout est ma faute, que si j'avais été vigilante avec le curé, j'aurais pu éviter le fiasco du mariage, l'effraction de sa précieuse boutique, le dernier tremblement de terre au Japon, qui sait ? Tout ceci est ma faute, encore et toujours...

J'en ai ras le pompon. Il est 14 heures, le magasin n'a pas ouvert, alors que le dimanche matin constitue notre meilleur chiffre d'affaires de la semaine, et je vais en avoir pour des heures à tout remettre en place au lieu de profiter de mon après-midi de congé. Parce que comme de bien entendu, Mme Chapelier est en train de boucler sa propre déposition et s'occupe de réunir les documents pour l'assurance. Je suis en repos demain, la nouvelle stagiaire arrive mardi matin et je devrai faire avec le stock de fleurs restant jusqu'à la prochaine livraison de mercredi : maudits soient Pierre Lesage, sa femme, et tous ceux qui vont décider de se marier un jour !

Je remplis d'eau un seau en métal et y mets les fleurs rescapées que je pourrai utiliser pour les décorations de tables ; dans un grand sac-poubelle, je jette celles que je ne pourrai pas sauver. Quel gâchis ! Je passe un temps fou à ramasser les feuilles arrachées, les pétales écrasés, à essuyer les litres d'eau renversés. Bien sûr, tout a éclaboussé contre les vitres. Elles sont à laver et la déco est à refaire.

Je m'essuie le front du dos de la main. J'ai de plus en plus de mal à étouffer ma colère. Des heures de travail fichues en l'air ! Entre les bouquets à préparer et les compositions de mariage, j'ai dû passer deux jours entiers à réaliser cette vitrine. Parce que, bien sûr, Mme Chapelier est bien trop radine pour payer une étalagiste, ici, je me charge de tout.

Lorsque le téléphone de la boutique se met à hurler, j'évite de répondre. Le récapitulatif de tout ce que je fais ici, ajouté à la réalité de ce qui arrive sur mon compte en banque chaque mois, sont sur le point de me faire entrer en éruption. Personne n'aimerait que ça lui tombe dessus. Et puis, merde, quoi ! On est dimanche après-midi, je ne suis pas supposée être ici. Je devrais être chez moi à larver devant une série télé, ou dans un parc à me faire dorer la pilule au soleil. Je fais la sourde oreille et accélère le mouvement. Plus vite ce sera fait, plus vite je serai dehors.

Lorsque mon téléphone portable se met à sonner à son tour, je lâche un juron. D'un bond, je m'élance derrière le comptoir pour m'en saisir et l'éteindre. Je regarde l'écran, il s'agit d'Emma. Je décroche.

— Salut, ma poule !

Je réponds un bonjour grognon. Emma fait comme si elle n'avait pas entendu.

— Je vais au *Crazy Bass*, ce soir, tu m'accompagnes ?

— La boutique a été vandalisée, Emma, je ne sais pas si j'aurai le courage de sortir.

— Oh merde ! Beaucoup de dégâts ?

— Plus de la moitié du stock a été piétinée, et la boutique ressemble à un champ de guerre.

Je l'entends faire des oh ! et des ah ! de consternation.

— Un rapport avec le mari trompé ?

Je soupire.

— Tout juste... Il a trouvé ce qu'il cherchait. Tout ça pour finir derrière les barreaux, quelle connerie !

— Vous êtes sûres qu'il s'agit de lui ?

Je hausse les épaules.

— À 99 %. L'enquête le confirmera.

— La vitrine a été brisée ?

— Non. Il a fracturé la porte de service depuis l'allée. Ce sont les voisins qui ont appelé la police.

— Ce matin ?

— Hier soir.

— Quel con... Et la serre ?

Emma sait l'affection toute particulière que je porte à mes plants de fleurs exotiques, ainsi que le temps que j'y investis. Par chance, cet imbécile de Lesage n'y a pas touché. Je lui aurais moi-même arraché les yeux si ça avait été le cas.

Je la rassure, puis raccroche sans lui promettre de venir ce soir. À peine une heure plus tard, elle me surprend en venant me prêter main-forte, sandwichs, biscuits, salopette et baskets à l'appui.

En dépit de ma colère et de ma lassitude, je suis heureuse et reconnaissante de la voir ici. J'ai, sans nul doute possible, la meilleure copine du monde !

Nous terminons sur les coups de 16 heures. Bien sûr, ma patronne n'a pas montré le bout de son nez, et comme elle a bien insisté sur le fait qu'elle ne fermerait pas un jour de plus au risque de mettre la clé sous la porte – tout se résume toujours à ça –, Emma s'est occupée de rhabiller la vitrine avec des objets déco pendant que je préparais quelques bouquets, et prenais soin de remplir tous les seaux pour stocker les fleurs survivantes dans la chambre froide.

— Eh bien, voilà ! se félicite Emma en s'essuyant le front. Plus d'excuses pour ne pas venir ce soir, tu l'as bien mérité.

Elle a les yeux qui pétillent. Dans le regard d'Emma, il y a toujours cette joie de vivre sincère et communicative.

— Tu n'es jamais fatiguée, hein ?

Elle laisse échapper un rire cristallin et sort un paquet de cigarettes de la poche de sa salopette. Je ne lui fais pas les gros yeux, je m'en fous. L'alarme incendie se trouve dans la réserve. Elle tire une taffe et s'assoit sur le tabouret de bar derrière la caisse.

— Je suis toujours fatiguée, mon chou, mais j'aurai bien assez le temps de roupiller lorsque je serai morte !

On se retrouve à 19 heures ? Et ne dîne pas, on se fera une plancha, c'est moi qui invite !

— Compte dessus et bois de l'eau fraîche !

Après l'aide inestimable qu'elle vient de me donner, elle peut toujours courir pour payer quoi que ce soit !

Lorsque j'arrive chez moi, je n'ai qu'une envie, roupiller jusqu'au lendemain matin. Mais comme je me sens crasseuse et transpirante, je me force à prendre une douche et à me laver les cheveux. Propre comme un sou neuf, je me glisse enfin sous les draps, nue, pour une petite sieste bien méritée, et m'endors comme un bébé.

Des tables basses, des fauteuils en cuir, une lumière tamisée et une musique de fond jazzy : le *Crazy Bass* est un de ces endroits feutrés où il fait bon oublier ses ennuis. Le bar à cocktails a ouvert il y a un moins d'un an dans le Vieux-Lille, les férus de musique des années 50 s'y retrouvent en masse, et des groupes de jazz s'y produisent, parfois.

En temps ordinaire, j'aime beaucoup venir ici, mais ce soir, c'est bondé, on est les uns sur les autres. Avec l'arrivée du soleil, l'établissement a mis en place une terrasse sous tonnelle à l'extérieur, tout le monde s'y est précipité – Emma la première, qui ne voudrait être privée de cigarettes pour rien au monde.

Yann et Jeffrey nous ont rejointes. Yann est un ami de lycée, le seul que nous ayons gardé avec Emma. Il est commercial dans une société d'assurance, grande gueule, brun, les yeux noir corbeau, beau comme un dieu avec son look de dandy. C'est un indécrottable dragueur. Lorsqu'on était au lycée Emma et moi, on s'est fait la promesse de ne jamais s'amouracher de lui. Cet ami génial a toujours brisé les cœurs comme moi les œufs pour faire une omelette. À l'époque, s'il avait dû jeter son dévolu sur l'une de nous deux, ce serait tombé sur Emma, et il en pince toujours pour elle, même s'il ne l'avouera jamais.

Jeff, quant à lui, est un ami d'enfance d'Emma. Leurs parents se voyaient souvent le week-end. Il est aussi court sur pattes que Yann est grand, aussi élégant que ce dernier est désinvolte, aussi dégarni que Yann est chevelu, et possède les plus beaux yeux bleus que j'aie jamais vus. Jeff a monté sa boîte de développeur web il y a trois ans et fait un vrai carton, il emploie près de dix personnes.

En bref, nous avons tous les quatre le même âge, la même passion pour le célibat et le même amour pour le rhum. D'ailleurs, j'en suis à mon deuxième mojito, on n'a encore rien mangé, j'ai donc tout intérêt à lever le pied si je ne veux pas rouler sous la table.

Trois paires d'yeux se braquent soudain sur moi, alors je comprends que je grimaçais sans même m'en rendre compte.

— Quoi ? demandé-je.

— Tu fais une drôle de tête, me répond Jeff.

Je leur souris et les rassure.

— Non, tout va bien ! Mais j'ai faim !

La diversion fonctionne bien, personne n'insiste.

Je me lève et vais commander une plancha géante. Beaucoup de charcuterie pour Emma, beaucoup de fromage pour moi, beaucoup de tout pour Jeff et Yann.

À l'intérieur, l'air est plus respirable. Je m'assois sur un tabouret de bar, m'accoude au comptoir et demande un jus de fruits.

— Non-fumeuse ? m'interroge le barman.

J'acquiesce.

— C'est le vice du siècle, constate-t-il en posant devant moi un bol de condiments au vinaigre.

J'adore ça.

Je le remercie, pique un morceau de piment vert à l'aide d'un cure-dents et le porte à mes lèvres.

— Tu vis sur Lille ? m'interroge-t-il.

Je lève le nez et le regarde un peu mieux, il ébauche un petit sourire en coin. De toute évidence, le plan drague est activé.

À peu près de ma taille, brun, les yeux marron, regard rieur.

Il est mignon.

— Oui, dans le centre-ville.

Flegmatique, il essuie ses verres, les pose sur l'étagère derrière lui. Je suis ses gestes avec un intérêt tout particulier. Je n'ai pas couché avec un homme depuis longtemps, et là, tout de suite, je me dis qu'il ne serait pas désagréable de rompre le jeûne avec lui. Il a l'air cool.

Mais je ne le ferai pas.

— Et toi ? répliqué-je pour alimenter la conversation.

Cette fois, il m'offre un vrai sourire. Il a de très belles dents.

— Pareil. C'est pas la première fois que tu viens ?

Je secoue la tête.

— Nan.

— On n'a encore jamais eu le temps de discuter, je crois.

Pure rhétorique, il sait aussi bien que moi que nous n'avons jamais échangé un mot. Même pas lorsqu'il m'est arrivé de passer une commande. Jusqu'à ce soir, j'ai toujours eu affaire à sa collègue.

— Eh non ! Je ne suis pas une grande bavarde.

— Mais tes amis, oui, s'amuse-t-il en jetant un œil dehors.

Il n'a pas tort. Emma et Jeff ont le chic pour se faire remarquer. Éclats de rire, vannes graveleuses, et chansons de carnaval, parfois. Jeff a grandi à côté de Dunkerque, il les a toutes apprises à Emma.

Je bois une gorgée.

— On a les amis qu'on mérite.

— Je me réjouis que tu ne sois pas bavarde.

— Pourquoi ?

— Parce que moi non plus, et que les mots ne sont pas toujours utiles pour faire passer un message.

Et hop ! Il pose sur moi un regard lourd de sens.

L'assurance que je lis dans ses yeux me crispe. Il est certain que je finirai dans son lit ce soir, et parce que je ne suis plus à un paradoxe près, si je trouve ça flatteur, ça me déplaît. J'aime être courtisée et me faire désirer un minimum. Je peux même dire que j'apprécie de mener la danse quand il s'agit de choisir avec qui je vais faire la bête à deux dos. Alors soudain, il devient beaucoup moins intéressant. On ne s'est même pas dit nos prénoms. Ça aurait dû commencer par là.

Je vide mon verre, descends du tabouret et abandonne le bol de condiments.

— Merci pour les pickles, je retourne à ma table.

S'il est déçu, il n'en montre rien. Il hoche la tête et me souhaite une bonne soirée.

Avant de sortir, je fais un détour par les toilettes. C'est très bête, mais j'ai besoin de me rassurer, voir à quoi je ressemble, quelle image j'ai offerte à ce type : une fille qui a la tête sur les épaules, ou une de celles qui donnent l'impression qu'on peut les sauter sans effort parce qu'elles sont complètement larguées. Je lève les cils vers le miroir et ne trouve aucune réponse. Je suis tout à la fois. Responsable et paumée. Épanouie sur le plan professionnel, creuse et vide d'un point de vue sentimental. Je prétends être une femme indépendante, libérée, et d'un autre côté, je m'inquiète d'avoir l'air d'une fille facile. Je suis tout et son contraire, c'est ridicule. Emma a raison, j'ai vraiment besoin de m'envoyer en l'air.

Je sors un tube de rouge à lèvres de mon sac, du blush, et me remaquille un peu. Je défais un bouton de ma chemise, et enlève la barrette de mes cheveux que je laisse flotter sur mes épaules. Je suis loin d'être une femme fatale, mais désormais, le message est on ne peut plus clair.

Je remballe mes affaires, déterminée à retourner vers le barman et à lui laisser mon numéro de téléphone. Quand je rentre dans la salle, une rouquine occupe le tabouret sur lequel j'étais assise un peu plus tôt. Le type est penché sur elle, en pleine conversation. Il y a un nouveau bol de pickles sur le comptoir.

— Déçue, Jonquille ?

Je sursaute et fais volte-face.

Il me faut une bonne poignée de secondes pour réaliser qui se tient devant moi.

Je n'en crois pas mes yeux. Le « père Loïc » est là, à la cool, les mains dans les poches, il me sourit. J'ai même l'impression qu'il prend tout l'espace. Je ne me souvenais pas qu'il était aussi grand.

— Tu viens de te prendre un râteau, Jonquille.

Je manque m'étrangler tant je suis consternée, puis je sens le rouge me monter aux joues, et pas parce que j'éprouve de la gêne, ça, non ! Cet individu fout un mariage en l'air et, par la même occasion, la sérénité de mon emploi. Et en plus, il est en train de se payer ma tête ? Je ne pensais pas le revoir un jour, mais maintenant qu'il est en face de moi, j'ai bien envie de lui planter des cure-dents dans les yeux.

— Vous !
— En chair et en os.
— Qu'est-ce que vous faites là ?

Mais qu'est-ce que c'est que cette question à la noix ? J'aurais pu le traiter de tous les noms d'oiseaux, lui dire que j'allais appeler la police afin de le faire boucler pour complicité d'escroquerie, le menacer de lui mettre ma responsable sur le dos – de mon point de vue, c'était pire que la prison – et au lieu de ça, je lui demande ce qu'il fait ici ? *Crétine !* Sa réponse va être aussi simple que...

— Je suis venu boire un verre, et vous ?

Par quoi commencer ? Non pas que j'aie l'intention de lui répondre, mais que dire en premier lieu ? Je sens que je n'ai pas les idées claires. La musique que je n'avais pas vraiment écoutée jusque-là est en train de m'assourdir, les deux mojitos me battent les tempes et mon estomac me donne l'impression d'avoir ingurgité du plomb.

Tant pis. J'attaque.

— Pourquoi avez-vous fait ça ?

Il prend un air d'innocence à lui mettre des gifles.

— Fait quoi ?
— Vous avez saboté un mariage. Pas parce que vous êtes curé, mais parce que vous... vous avez été payé pour le faire !

Il penche la tête en souriant.

— Tu fais les questions et les réponses, Jonquille.

— Arrêtez de m'appeler Jonquille et cessez de me tutoyer.

Ça l'amuse.

— Vous rendez-vous seulement compte de ce qui a découlé de votre petite représentation, monsieur ?

— Je n'en ai pas la moindre idée, et je m'en moque, mademoiselle Adrielle.

J'ai l'impression d'avoir pris un seau d'eau sur la tête. Je me souviens très bien lui avoir dit mon prénom, mais c'est tout.

— Vous connaissez mon nom de famille ?

— De toute évidence, oui.

J'en reste muette quelques secondes, puis reviens à la charge.

— Votre commanditaire s'est mis dans une situation très grave.

— C'est son problème.

C'est pas croyable d'entendre ça. Il ne doute de rien !

— J'ai bien peur que non. Vous êtes impliqué dans une affaire d'escroquerie, monsieur, et je pense que je vais vous dénoncer !

Un éclair d'amusement passe dans ses yeux sombres, puis je remarque qu'il est en train de se laisser pousser la barbe et que ça lui va très bien.

— Mais je vous en prie, Louise. Faites, faites...

— Vous croyez-vous au-dessus des lois pour ne rien craindre ? Sous recommandation divine, peut-être ?

— Au-dessus d'aucune loi, ma chère. Mais il se trouve que j'ai signé un contrat tout ce qu'il y a de plus légal avec mon client.

J'émets un rire moqueur.

— Légal ? C'est l'hôpital qui se moque de la charité ! Vous avez détruit un mariage !

— Permettez-moi de vous contredire. Officiellement,

à la demande des mariés, j'ai animé la cérémonie de mariage en vue de la véritable célébration et...

Je lève le doigt pour le faire taire.

— Une minute... À la demande *des* mariés ?

— Tout à fait. M. Lesage m'a fait signer un contrat paraphé par sa future femme et lui.

— Un faux ! m'outré-je. Elle n'a pas pu signer votre torchon !

Il prend un air horrifié.

— Mon Dieu, êtes-vous en train de dire que je me suis moi-même fait escroquer ?

— Vous êtes sans scrupule !

Il me sourit de toutes ses belles dents blanches.

— Aucun. Vous gênez le passage.

Qu'est-ce qu'il a dit ?

— Pardon, mademoiselle !

Je me retourne, un serveur porte la plancha que j'ai commandée. Je me décale pour le laisser passer et songe au kilo de fromage que les garçons vont manger. Je leur laisse ma part, j'ai l'appétit coupé.

— Juste une question, *mon père*. Détruire des mariages, c'est votre boulot ?

— Mariages, enterrements, bar-mitsva... Je propose du « clé en main », oui.

Quoi ? Des bar-mitsva ?

Il m'a tuée.

— Vous êtes ignoble.

— Vous êtes charmante.

Je reste sans voix.

— Allez, ne faites pas cette tête. Je ne fais que mon travail, Louise. Je suis un honnête homme.

— Laissez-moi rire ! Il n'y a rien d'honnête dans ce que vous faites. Rien du tout ! Vous avez détruit un mariage, certes à la demande du marié, mais vous l'avez fait sans l'ombre d'un remords. Vous avez semé la zizanie dans une famille et mis le foutoir dans ma vie professionnelle par la même occasion.

Aussitôt, je regrette ce que j'ai dit. Il n'a pas besoin de savoir ça.

— Dans votre vie professionnelle ?

— Laissez tomber.

Il plisse les yeux, s'interroge. Qu'il aille se faire voir ! Je n'en dirai pas plus.

Je prends une profonde inspiration et l'affronte du regard.

— Est-ce que vous comptez recommencer ?

— Tout à fait.

À quoi pouvais-je bien m'attendre d'autre de la part d'un type pareil ?

— Très bien. Dans ce cas, auriez-vous l'amabilité de me dire si j'aurai de nouveau la malchance d'assister à l'une de vos mauvaises blagues ?

Il se redresse, mi-figue mi-raisin.

— Vous êtes charmante, Louise, mais rabat-joie. Ça n'a rien d'une plaisanterie. C'est mon travail, et je le fais bien.

Je ricane.

— Oh ! je vous en prie ! Être fleuriste, c'est un vrai travail. Être comptable, c'est un vrai travail. Caissière, plâtrier, plombier, boulanger, enseignant, sont de vrais métiers. Vous, vous n'êtes qu'un margoulin. Pire, un margoulin de pacotille !

Son visage se ferme, et ça me réjouit à un point que je n'aurais pas soupçonné.

— Un margoulin qui n'a pas fini de vous en faire voir, ma chère.

Je me tends comme un arc.

— Je ne le permettrai pas !

Son regard s'illumine quand il se penche de façon à ce que sa bouche se retrouve tout près de mon oreille.

— Fais-moi taire, si tu peux... Et rendez-vous aux prochaines noces.

Je blanchis d'un coup pendant qu'il se relève et tourne les talons.

— Une minute ! Quelles noces ? Attendez !

Je m'élance et le retiens par le bras.

— Qu'est-ce que vous mijotez ?

Il me fait face et me fixe droit dans les yeux.

— Ce sera à vous de le découvrir, *Jonquille.*

6

En arrivant à la boutique, mardi matin, je ne suis toujours pas certaine de l'attitude à adopter. En revanche, ce dont je suis sûre à 100 %, c'est que je ne dirai rien de ma rencontre avec le « père Loïc » à Mme Chapelier. Elle en ferait un ulcère et me condamnerait à entendre ses jérémiades jusqu'à ce que mort s'ensuive. Vu l'état de tension dans lequel je me trouve, il ne lui faudrait pas moins d'une journée pour m'achever. Je suis à deux doigts de me faire porter pâle pour le reste de la semaine.

J'ai réfléchi et tourné la situation dans tous les sens. Ce bon vieux Loïc n'a pas affirmé qu'il saboterait l'un des mariages fleuris par *La dame au cabanon*, mais le fait qu'il précise que je n'aurai qu'à le découvrir par moi-même est un aveu en soi. Et hélas, je n'imagine pas une seule seconde qu'il bluffe.

Mais bon sang, comment peut-on exercer un métier pareil ? Et pourquoi faut-il que ça tombe sur moi ?

Je garde mon calme, je fais bonne figure, mais je suis en ébullition. Ce type m'a annoncé, même s'il n'en a pas conscience, qu'il va me pourrir l'existence et risquer mon propre emploi. Oui, parce que Mme Chapelier ne supportera jamais d'être mêlée à un nouveau scandale. D'autant que le prochain mariage que nous devons fleurir est celui de la fille de Gérard Maes, l'un des notables le plus influents de la ville. Le gars doit posséder plus d'une centaine d'appartements et fonds de commerce dans le centre-ville. C'est le genre de type que personne n'aime contrarier. Il m'a déjà montré de quel bois il était fait, alors je n'ose pas imaginer de quoi il sera capable cette fois-ci. J'en suis malade. Non : je suis furieuse. Qu'il fiche en l'air des mariages, des enterrements ou des nuits de noces, je m'en moque, c'est son problème, mais si je suis un dommage collatéral, ça devient aussi le mien.

J'ai bien pensé contacter les futurs mariés en question, sauf que je n'ai aucune certitude quant au fait que leurs noces soient concernées, je risque de les faire paniquer et de mettre la zizanie dans leur couple. Et puis si ça se trouve, c'est l'un des époux qui a prémédité tout ce cirque. En les alertant, je risque de faire pire que mieux. Sauf que même si je n'ai pas la moindre affinité pour le mariage, je refuse d'assister à une seconde humiliation publique, c'est insoutenable.

Je n'ai aucune information, aucun indice qui pourrait m'aider à déjouer les plans de cet escroc. D'où vient-il ? Où habite-t-il ? Qui le paie ? Il connaît mon nom de famille, mais moi, je ne sais rien de lui, à part que c'est un foutu empêcheur de tourner en rond ! Et puis, quelle cérémonie va tirer le gros lot ? La saison des mariages vient juste de commencer. Du premier samedi de juin, au dernier week-end de septembre, *La dame au cabanon* en fleurit un par semaine. Et encore, c'est parce que je suis toute seule à m'occuper des compositions, sans quoi nous multiplierions les commandes par trois. Si je ne mettais pas mon veto,

Mme Chapelier serait capable de me faire travailler de 6 heures à 22 heures, sept jours sur sept.

Il est 7 h 30, je suis la première à passer la porte du magasin. Leslie, l'apprentie, ne sera pas là avant 9 heures, Mme Chapelier, pas avant 10, ça me laisse un peu de temps pour éplucher les commandes des prochains mariages, resituer les clients et traquer d'éventuelles anomalies ou changements de dernière minute.

J'ai préparé un maximum de bouquets dimanche après-midi, aussi je ne passe pas plus d'une demi-heure à en confectionner de nouveaux. De toute façon, il ne reste presque plus de stock. Lorsque j'ai rangé le dernier seau, je me prépare un thé et vais m'installer dans la serre, sur le vieux rocking-chair, le cahier de commandes sur les genoux. J'ouvre la page du prochain samedi et la lis avec la plus grande attention.

En commande, des gerbes traditionnelles, des bouquets de mariée classiques, des décors de bancs et de tables tout ce qu'il y a de plus basique, je ne découvre rien de probant de ce côté-là. Les acomptes ont été versés, les devis sont sans ambiguïté, je comprends vite que ce n'est pas non plus par là que je dois commencer si je veux trouver quelque chose. Il est 8 h 30, je décide d'approfondir mes investigations en passant un coup de fil aux heureux futurs époux. Je prétexte vouloir peaufiner la forme des bouquets, avoir besoin de détails supplémentaires, etc.

Au bout de quelques secondes d'échange, je me rends vite compte qu'ils se connaissent non seulement très bien, mais qu'en plus, ils n'ont qu'un objectif, se plaire l'un à l'autre et sans commune mesure. La fille de Gérard Maes a l'air folle de son futur mari, lequel ne semble pas l'aimer moins. Raté.

Ça me chagrine. Si je ne trouve aucun indice qui justifierait un coup monté de la part de l'un ou l'autre, rien ne me certifie non plus que leur mariage n'est pas la cible de Loïc. Après tout, un amant éconduit ou une ancienne maîtresse abandonnée pourrait bien être le commanditaire.

Je soupire et donne encore un appel à un couple, tout aussi infructueux. Je déteste ça.

Le beffroi sonne 9 heures. Je n'ai plus le temps d'appeler quelqu'un d'autre. Mon thé est froid, je l'avale en vitesse et me lève avec l'intention d'ouvrir la porte du magasin. Surprise, j'entends le carillon retentir alors que je ne suis pas encore sortie de l'arrière-boutique, puis je vois la silhouette de Mme Chapelier se dessiner devant celle de Leslie à travers le rideau de perles. Je ne me souviens pas l'avoir déjà vue arriver aussi tôt.

— Il est 9 heures passées ! s'écrie-t-elle. Heureusement que j'arrive pour ouvrir la boutique, sinon... Oh ! Louise ! Que s'est-il passé, ici ?

Hein ?

Lorsque je la rejoins, elle a les pieds dans l'eau. Une immense flaque s'est formée sur le carrelage.

De concert, nous levons la tête et regardons l'eau qui s'infiltre par le plafond avant de s'écraser en lourdes gouttes sur le sol.

Grosse inondation chez le voisin.

Il ne manquait plus que ça.

— Entre *La dame au cabanon* et toi, je me demande qui a le plus mauvais karma, se moque Emma en croquant dans sa part de pizza.

En quelques minutes, mon salon est devenu l'antre de la malbouffe. *Junk food*, ketchup, mayonnaise...

Je grogne :

— L'assurance des voisins réglera la facture, mais moi, qui me sauvera ? Tu as conscience que je risque de perdre mon job, hum ?

— Je suis sûre qu'il y a moyen d'en savoir plus sur ce... Loïc, c'est ça ?

Je hoche la tête.

— S'il est aussi bon comédien que tu le dis, c'est sûrement parce qu'il en est un, tu ne crois pas ? Et s'il est comédien, il a un agent !

Je jette ma pizza sur la table basse et m'essuie les mains.

— Rien n'est moins sûr. Il doit plutôt bosser en freelance. Quel agent cautionnerait ce qu'il fait ?

Emma glousse.

— Oh ! tu serais surprise ! Allez, on doit bien pouvoir trouver son nom quelque part.

Je souris.

— « On » ?

— Bien sûr « on » ! Je ne vais quand même pas te laisser dans cette galère. Je te rappelle que je tiens une galerie d'art, je fréquente donc des artistes, tout le temps. Des torturés, des cinglés, des capricieux, des amplifiés.

Je pouffe de rire.

— Des amplifiés ?

— Ouais, répond-elle la bouche pleine, ce sont ceux qui pensent avoir du talent, mais qui n'en ont pas. Faut les entendre se donner de l'importance. Bref, parmi mes clients et mes fournisseurs, il doit bien y en avoir un qui connaît le milieu du théâtre. Pour gagner sa vie, ton Loïc doit forcément avoir un numéro de téléphone où on peut le joindre.

Certes...

Emma sort son iPhone et commence à pianoter.

— Co-mé-diens, Lille. Tiens ! Tous référencés en artistes du spectacle. Il y en a quelques-uns.

Elle fait glisser son doigt sur l'écran, puis fait la moue.

— Aucun ne s'appelle Loïc.

Blasée, je me laisse aller contre le canapé.

— Qu'est-ce que tu crois ? Qu'avec un job pareil, il va s'enregistrer avec son vrai nom ? Puis si ça se trouve, il ne s'appelle même pas Loïc. Sans compter que l'affaire pourrait être au nom de son associé s'il en a un.

— *One point*... Et si on les appelait tous ?

J'écarquille les yeux.

— Il est 21 heures.

— Ouais, ben j'ai jamais vu un artiste se coucher tôt !

Je l'écoute baratiner une histoire pas possible à son premier interlocuteur. Elle raconte qu'elle doit se marier, qu'elle a été forcée, et demande franco s'il est possible de saboter son mariage et de la sauver par la même occasion. Le gars lui répond, j'entends même son éclat de rire. De toute évidence, on ne lui a jamais fait une demande pareille et la requête d'Emma n'est pas dans ses attributions. Elle le remercie et raccroche.

Elle passe encore trois coups de fil, fait chou blanc chaque fois, puis me tend son téléphone.

— À ton tour !

Je regarde son iPhone comme si elle me demandait de téléphoner avec une banane.

— Je n'ai pas ton talent...

— On s'en moque. Tu veux trouver ton gars, oui ou non ?

89

Je hoche la tête et, parce qu'il le faut bien, compose l'avant-dernier numéro de la liste.

Cinq sonneries, et ça décroche. Je mets le haut-parleur.

— Cyril Regis, bonsoir.

Au son de sa voix, je sais qu'il ne s'agit pas de Loïc. Je n'en suis pas moins tétanisée. Je me racle la gorge et commence mon pitch, peu ou prou le même qu'Emma.

— Bonsoir, monsieur. Pardon de vous déranger à une heure aussi tardive, mais il se trouve que j'aurais besoin d'un renseignement et...

— Viens-en au fait ! chuchote Emma.

— Je vous écoute, m'invite à continuer mon interlocuteur.

— Eh bien... Je vais me marier dans quelques semaines.

Le dénommé Cyril fait montre de patience et se tait pour me laisser terminer. Comme ça ne vient pas, il continue à ma place.

— Félicitations. Que puis-je faire pour vous ?

— Je...

Emma me fait de grands gestes pour m'inciter à y aller.

— Je cherche quelqu'un qui pourrait saboter mon mariage.

Le blanc qui suit manque me faire raccrocher, mais Cyril Regis reprend la parole.

— Je n'offre pas ce genre de prestation, mademoiselle.

J'apprécie qu'il ne pose pas plus de questions que ça, je n'aurais pas su quoi lui répondre. Cependant, son absence de réaction me met la puce à l'oreille. Il aurait dû s'offusquer, ou rire comme l'ont fait ses confrères juste avant. Mais rien ; et c'est le seul à agir ainsi. Le gars fait montre d'un flegme déroutant.

De deux choses l'une, je suis parano ou il me mène en bateau. Mon instinct fait pencher la balance pour la deuxième option. J'ai l'impression qu'il a quelque chose à cacher. Ou quelqu'un à protéger...

Emma me fait les gros yeux pour que je continue.

— Je comprends, monsieur Regis. Peut-être connaissez-vous quelqu'un qui pourrait m'aider ?

— Personne, mademoiselle. Navré. Bonne soirée.

Il raccroche avant que je n'aie l'occasion d'insister davantage.

Emma se cale dans le fauteuil et croise les bras sur sa poitrine.

— Hum... Il y a anguille sous roche.

— C'est ce que je pense aussi.

— Tu crois qu'ils bossent ensemble ?

— Ou ils se connaissent, tout est possible. Mais si c'est le cas, j'ai l'impression qu'ils n'ont pas envie d'avoir de nouveaux clients.

Je récupère ma part de pizza et croque dedans à pleines dents tandis qu'Emma reprend son téléphone pour pianoter sur l'écran.

— Registre des sociétés ! Notre gars, Cyril Regis, est référencé en tant que gérant d'entreprise. Un seul salarié : lui-même. S'il fait appel à ton Loïc, c'est du freelance.

— Même en freelance, il faut bien avoir un moyen d'être contacté.

— Oui, mais le dernier numéro de la liste est celui d'un couple bien connu du milieu. Ils sont magiciens et ne travaillent avec personne.

Je fais la moue.

— On n'a rien, quoi...

— Pour le moment ! Je vais me renseigner de mon

côté. Et comme on est à peu près sûres que Cyril Regis cache quelque chose, je vais creuser.

— Il me faut des informations officielles avant samedi, Emma... Je veux aller le trouver, et lui faire comprendre qu'il a tout intérêt à laisser tomber s'il ne veut pas que je le balance.

Elle penche la tête d'un air désolé.

— Je ne peux rien te promettre.

— Je sais, et c'est tout là le problème : le manque de certitudes.

J'attrape mon verre de vin et le vide.

— Je n'ai pas joué ma dernière carte.

Emma écarquille les yeux.

— Qui est ?

— Pierre Lesage.

— Il ne te donnera jamais aucune information. Il est déjà dans une merde pas possible.

— Je sais comment le convaincre de me donner le nom et l'adresse de ce fichu comédien.

Emma se penche en avant et pose les coudes sur ses genoux.

— Tu m'intrigues.

Comme je ne révèle rien de plus, une ride bien épaisse se forme entre les yeux d'Emma.

— Qu'est-ce que tu caches, ma vieille ?

Je cache que je n'ai aucun moyen de chantage, mais je vais en inventer un, comme lui dire que s'il me donne ces informations et qu'il accepte de prendre en charge les réparations des dégâts qu'il a causés à *La dame au cabanon* – et pourquoi pas ceux de l'inondation –, Mme Chapelier allégera ses soucis en retirant sa plainte. Mensonge éhonté, elle ne fera jamais une chose pareille, mais la fin justifie les moyens. Pierre Lesage me paraît être la solution la plus rapide à mes problèmes, même si c'est la plus compliquée – notre tête-à-tête dans la boutique ayant quelque peu aggravé nos... relations.

J'offre un sourire déterminé à Emma.

— J'ai la haine de l'injustice chevillée au corps, tu sais ça ?

— Que trop bien, oui ! Au lycée, déjà, tu étais la seule à rentrer dans le lard des profs pour les heures de colle que tu jugeais injustifiées.

— Voilà ! C'est pourquoi je ne perdrai pas mon job, parce que ce ne serait pas juste.

— Je ne sais pas ce que tu mijotes, mais gare à ne pas te mettre dans une situation plus délicate qu'elle ne l'est déjà.

— Croix de bois, croix de fer, si je mens, je vais en enfer ! déclaré-je en levant la main droite, même si j'ai l'intention de m'arranger avec la vérité pour obtenir mes informations. Détends-toi, ma grande, je ne vais rien faire d'illégal.

Ou presque...

— Alors tant mieux ! Mais je continue mes recherches de mon côté.

— *Yeah !*

Emma remplit nos verres et me tend le mien pour trinquer.

— À la réussite et à la justice !
— À la réussite et à la justice !

Il est plus d'1 heure du matin lorsque je me mets au lit. Et quand je me réveille, à 5 heures, groggy par le vin de la veille et par la nervosité qui m'a tenue en demi-sommeil une bonne partie de la nuit, j'ai le net sentiment que je vais droit dans le mur. Je ne suis plus aussi déterminée que la veille.

Mon instinct me donne raison. Lorsque je débarque chez Pierre Lesage sur les coups de 6 h 30 pour ne pas le rater, je me cogne le nez à la porte : l'escroc a vidé les lieux.

Retour à la case départ.

7

Il pleut des cordes et je suis tendue à l'extrême lorsque le samedi suivant, j'arrive devant l'église Saint-Maurice. Je gare la fourgonnette le long d'un bas-côté, rabats la capuche de mon ciré et, bon gré mal gré, sors le chariot du coffre, ravie d'être restée en jean le temps du déchargement.

Mariage pluvieux, mariage heureux ! Si seulement c'était un vrai présage... Je n'ai obtenu aucune information sur Loïc. Pas plus par Pierre Lesage qui semble avoir disparu dans la nature, que par les investigations d'Emma. J'avance à l'aveugle, me demandant à quelle sauce les mariés vont être mangés – s'il s'agit bien d'eux – et moi aussi, par la même occasion.

En toute logique, Loïc ne pourra pas utiliser le même ressort que la dernière fois. Ici, les membres du clergé sont présents à plein temps, ce fourbe ne passerait pas inaperçu. C'est tout ce que j'ai trouvé pour me rassurer.

L'église Saint-Maurice est une bâtisse exceptionnelle, en plein centre historique de Lille. Elle ne reçoit que les très grands mariages, c'est dire mon stress. Tout le gratin de l'agglomération lilloise sera présent, des familles roubaisiennes les plus riches aux représentants politiques les plus en vue des Hauts-de-France. Un faux pas, et tout le monde s'en fera les gorges chaudes. Car si Gérard Maes, le père de la mariée, est un homme influent, il n'en est pas apprécié pour autant. Il a la réputation d'être un financier impitoyable, et nombreux sont ceux qui aimeraient le voir tomber de son piédestal.

Je charge le roll avec les quinze paniers de pétales de roses, les vingt-cinq boutonnières, les compositions et guirlandes de bancs, je les couvre d'une bâche afin de les protéger de la pluie et fais mon premier voyage. Il est 14 heures, la cérémonie sera célébrée à 15, alors vu le timing serré, deux amis des mariés m'attendent pour me prêter main-forte, et dans le fond, deux autres personnes sont en train de faire les derniers réglages son.

— Bonjour ! me salue une magnifique rousse vêtue d'une robe lilas, et juchée sur d'immenses talons. Je suis Rebecca. Vous devez être Louise Adrielle de *La dame au cabanon* !

Son accueil est si sympathique que je lui rends son sourire avec beaucoup de plaisir.

— C'est bien ça ! Enchantée, lui réponds-je en lui tendant la main.

Elle s'en saisit et s'efforce de ne pas grimacer quand elle se rend compte que j'ai les doigts tout humides. Je la vois secouer les siens avant de se tourner vers l'autre témoin.

— Léo, voici mademoiselle Adrielle. La fleuriste.

Ledit Léo s'approche à grands pas, un sourire ravageur accroché aux lèvres. La trentaine, grand, athlétique, les cheveux bouclés, les yeux bleu clair, et doté d'un sourire irrésistible. Il ressemble à Hugh

Grant, en mieux. J'en reste médusée. Les invités seront-ils tous aussi beaux ?

— Bonjour, mademoiselle. Par quoi devons-nous commencer ?

Quand il me tend la main, j'ai toujours la bouche ouverte, mais pas un son n'en sort. Je n'ai pas retiré ma capuche, mon jean me colle aux cuisses, mes Converse sont dégoûtantes... Mais pourquoi ne me suis-je pas tout de suite mise sur mon trente et un, comme d'habitude ? Mes vêtements de rechange sont dans la camionnette, je suis à deux doigts de courir pour les enfiler. Au lieu de ça, je m'essuie la main comme je peux aux poches de mon pantalon et me saisis de ses doigts.

Il m'offre un regard mutin qui me désarçonne encore plus. Mon apparence n'a pas l'air de le rebuter et ça me rend toute chamallow.

— Bonjour, monsieur.

— Appelez-moi Léo ! Quand on me donne du monsieur, j'ai l'impression qu'on s'adresse à mon père.

La rousse vient se planter à côté de lui pour lui donner un léger coup de hanche.

— Léo, arrête ton numéro de charme ! Tu vois bien que tu fais rougir Mlle Adrielle.

Ben tiens...

Puis elle pointe le chariot du doigt.

— J'ai pensé mettre un bouquet rose tous les deux bancs et intercaler avec un bouquet mauve. Qu'en pensez-vous ?

Je me détache des yeux bleus de son... ami – petit ami ? Mari ? Peu importe, il ne porte pas d'alliance – et tâche de m'intéresser à ce qu'elle dit.

— C'est une bonne idée. Il y a des rubans assortis à chaque bouquet.

Elle se tourne vers moi, radieuse et excitée comme une puce.

— Alors j'y vais ! Viens m'aider, bourreau des cœurs ! Mets tous les bouquets sur un banc pendant que je commence à les accrocher. On a peu de temps !

Aussitôt dit, elle entreprend de vider le chariot.

Le « bourreau des cœurs » hausse les épaules, m'adresse un clin d'œil et obtempère.

J'en profite pour retourner à la fourgonnette et déplier le deuxième roll. Il y a encore toutes les gerbes de sol à charger, les couronnes destinées aux petites filles d'honneur et les deux cascades de fleurs à placer au dos des chaises nuptiales. Ce sera réglé en deux voyages.

Mes renforts sont d'une efficacité redoutable, rapides, soigneux ; l'église est parée en deux temps trois mouvements. À 14 h 30, les premiers invités arrivent sous un ciel de parapluie, il ne me reste plus qu'à récupérer les gerbes à déposer sur le parvis de l'église. Je suis ennuyée, les fleurs exotiques sont fragiles, j'ai peur qu'elles ne supportent pas le vent et la pluie. Je monte à l'intérieur du véhicule et, le dos courbé, m'empare de la première composition avant de sortir à reculons.

— Bonjour, Jonquille.

La surprise est telle que je me redresse d'un coup et me cogne la tête au châssis métallique.

— Aïe !

— Hé, doucement, jolie fleur, je sais que vous avez la tête dure, mais quand même pas à ce point !

Je me retourne, tâchant d'ignorer la douleur qui m'irradie l'arrière du crâne.

J'ai espéré de toutes mes forces que ce ne soit pas *ce* mariage que Môssieur Loïc saccage, et voilà qu'il se pointe ! C'est aussi effrayant que jubilatoire, car si ça me terrorisait, j'étais sûre qu'il viendrait. Ce type est si prévisible !

— J'étais persuadée de votre présence à ce mariage, dis-je en me frottant la tête.

Son regard s'illumine de mutinerie.

— Je ne l'aurais manqué pour rien au monde.

Puis il s'approche suffisamment pour protéger la moitié de mon roll.

Il est tiré à quatre épingles, abrité sous un immense parapluie noir, habillé d'un costume trois-pièces gris et d'un foulard en soie qui ne font que renforcer son arrogance naturelle.

— Mon père, vous avez troqué l'habit d'ecclésiaste contre un costume de pingouin ? Qu'est-ce que vous mijotez, ce coup-ci ? Vous vous êtes déguisé en marié, peut-être ?

— Je suis un véritable caméléon, chère amie.

Je rabats ma capuche, descends de la fourgonnette et pose la gerbe sur le chariot. Il en reste quatre. J'y retourne sans perdre de temps.

— Je vous préviens, je n'ai pas l'intention de vous rendre la tâche facile, l'avertis-je. À partir de maintenant, je reste ici et vous surveille. Si vous tentez quoi que ce soit, il vous faudra plus que de l'assurance pour me faire taire.

Il éclate de rire.

— Dans cette tenue ? Le père de la mariée va adorer votre audace. Sa famille aussi.

Touchée ! Déjà que je me sentais pouilleuse. Néanmoins, je ne lâche pas le morceau.

— Mon audace, ma tenue, et ce que je vais lui révéler à votre sujet, si vous osez quoi que ce soit !

Il se penche vers moi et me gratifie d'un clin d'œil à lui mettre une gifle.

— Je ne demande qu'à voir... *Jonquille*.

Je sors de la fourgonnette, les mains sur les hanches, prête à lui dire ses quatre vérités.

Alors là ! Il ne sait pas sur qui il est tombé ! Il ne sabotera pas ce mariage, je m'y engage personnellement.

— Je vous préviens, si jamais vous...

— Hé, salut, mon vieux ! Je vois que tu as fait la connaissance de notre adorable fleuriste.

Interdite, je me retourne vers Léo et son parapluie... rose.

— Elle est charmante, n'est-ce pas ? insiste ce dernier.

Je ne rougis pas, je ne bouge pas les lèvres, je ne cligne pas des paupières, je suis médusée. Ils se connaissent !

Loïc me regarde de la tête aux pieds d'un air moqueur.

— Si on aime le genre rural.

J'ignore le sarcasme, Léo prend ma défense.

— N'écoutez pas ce qu'il dit, Louise, il a toujours eu des problèmes de vue. Vous êtes ravissante.

— Loïc ! On n'attendait plus que toi !

Et voilà que la flamboyante Rebecca s'y met aussi ! Nom d'un chien, qu'est-ce que c'est que ce coup fourré ? La pluie dégoulinant de ma capuche, je les observe tous les trois de mon expression la plus atterrée. Ils ne sont quand même pas tous de mèche pour réduire ce mariage en poussière, si ? Ou alors, ils sont amis ? Amis des mariés ? Je n'y comprends plus rien. À quoi joue Loïc ?

Il me regarde, fort amusé.

— Que de surprises, n'est-ce pas, mademoiselle Adrielle ?

— Vous vous connaissez ? semble sincèrement s'étonner Rebecca.

Ce qui tend à me rassurer. J'ai trouvé Rebecca et Léo si sympathiques que ça me chagrinerait qu'ils soient dans le coup. Toutefois, ils se connaissent, c'est bien suffisant pour que je reste sur mes gardes. Si ça se trouve, ils sont complices et Loïc a juste omis de parler de moi. Le hasard existe, c'est vrai, mais tous mes voyants sont au rouge. Prudence...

Loïc l'embrasse sur la joue.

— Nous nous sommes croisés lors d'un précédent mariage, il y a deux semaines.

La belle rousse sourit de toutes ses dents. Blanches et bien alignées.

— Oh ! Eh bien, jamais deux sans trois !

Puis elle se tourne vers moi.

— Louise, puis-je récupérer le bouquet de la mariée, s'il vous plaît ? La limousine vient d'arriver.

Je suis son regard. Une Audi A8 noire, vitres teintées, se gare devant l'église. Alors que j'aurais moult questions à leur poser, je panique. Les invités sont presque tous là et les gerbes ne sont pas encore installées. L'espace d'un instant, j'en oublie jusqu'à la présence de Loïc et me ressaisis ; je ne me suis même pas changée ! Il ne faudrait pas que j'en oublie ce pour quoi je suis payée !

— Oui, oui !

Je fonce dans la fourgonnette et le lui remets.

Rebecca me remercie et se précipite vers la voiture de la mariée.

— Un dernier coup de main ? me propose Léo.

Innocent, pas innocent ? Qu'importe, je suis à la bourre !

— Ce n'est pas de refus ! Il me reste à installer les fleurs sur le parvis.

— Alors allons-y ! Gérard Maes doit déjà être dans le coin.

Pas besoin d'en rajouter, j'ai compris le message ; il l'aurait surnommé « le grand méchant loup » que ça aurait sonné pareil.

Je pousse le chariot en courant presque, et pendant que nous le déchargeons, la pluie semble vouloir s'arrêter. Tant mieux, les orchidées n'en souffriront pas.

J'installe tout comme il faut, vérifie que l'ensemble est harmonieusement disposé, et me mets en retrait, le temps que tout le monde s'installe dans l'église. Avec ma tenue, il vaut mieux que je me fasse discrète.

Tous ceux qui feront partie du cortège attendent sur le parvis, parents, témoins, filles et garçons d'honneur et... marié, qui discute avec Loïc. Je les observe, essaie de déceler le moindre truc bizarre chez eux, d'éventuels regards de connivence qu'ils pourraient échanger... Je ne les quitte pas des yeux. Puis, la musique retentit dans l'église, les convives se lèvent. Loïc se décide enfin à entrer, non sans avoir tapé dans le dos du marié comme pour lui souhaiter bonne chance, puis juste avant de disparaître à l'intérieur, il se tourne vers moi et m'offre un sourire en coin dont je me serais bien passée.

— Bon courage, Jonquille.

Si j'avais pu lui envoyer une gerbe de fleurs dans la tête, je l'aurais fait. Pourquoi se croit-il obligé de me mettre la pression plus que je ne l'ai déjà ? Je déteste cet homme !

Alors que le cortège avance, la mariée s'extirpe de

la voiture, arborant une magnifique robe blanche à bustier. Blonde comme les blés, coiffée d'un chignon discret, peu maquillée, ne portant aucun bijou, elle est aussi élégante que naturelle.

Elle s'avance au bras de son père, Gérard Maes, un homme à la corpulence imposante et aux cheveux gris et épais. Lorsque je vois le regard froid et fier du sexagénaire, j'en ai des frissons d'angoisse et me ratatine un peu plus contre le mur. Aujourd'hui, mon deuxième pire cauchemar, c'est lui et ce qu'il serait capable de faire si Loïc, le briseur de mariages, venait à faire des siennes.

Je retire mon ciré, me le mets sur le bras, laisse le cortège entrer et pénètre à mon tour pour assister à la cérémonie, alors que je devrais être en train de courir jusqu'au château où le dîner aura lieu, à vingt kilomètres d'ici, pour décorer la salle de réception. Mais puisque ce cher Loïc est ici, je ne veux prendre aucun risque et pouvoir intervenir, si besoin. Comment, je ne le sais pas encore, mais autant me l'avouer, je suis plus tendue que crispée.

Les rangées du fond sont vides, je m'installe sur la dernière et embrasse l'édifice des yeux. Il est immense et plus de la moitié des bancs sont occupés. À vue de nez, il doit y avoir au moins deux cent cinquante personnes. Je lève le menton pour essayer de repérer Loïc et ses deux amis, je les aperçois au bout d'un banc. Concentrés sur le curé qui lève les bras, ils n'ont pas l'air de mijoter quoi que ce soit, mais je préfère rester vigilante.

La cérémonie commence : homélie, prières, lecture de psaumes, d'évangiles, témoignages, chansonnettes, consentement des mariés, offrandes, signature du registre, musique de fin et... c'est tout. Il ne se passe rien. Rien de rien.

Je suis désarçonnée. Il va forcément intervenir. Mais quand ? Comment ? Je suis dans tous mes états. Si le mariage des Lesage était éprouvant pour tout le monde, un esclandre serait bien pire ici, parmi toute cette bourgeoisie n'attendant qu'un événement croustillant pour le répéter et le répandre comme de la mauvaise herbe. Dieu que je suis crispée.

Comme s'il sentait ma confusion, Loïc se retourne pour me chercher des yeux et me repère. Dans son regard, je jurerais lire le défi qu'il me lance : « Je parie que tu ne devineras jamais quand ni comment ! » Puis il me tourne le dos, comme si de rien n'était.

Qu'est-ce qu'il est en train de mijoter ? Pourquoi n'a-t-il encore pas agi ? J'en viens à douter de ses intentions. Non, il me manipule, c'est tout. Il semble être proche du marié, mais je suis certaine qu'il vendrait père et mère pour une petite rentrée d'argent. C'est tout à fait le genre d'homme à trahir pour s'enrichir. Sans scrupule.

Vers 16 heures, l'assemblée quitte l'édifice, et Loïc n'a toujours pas moufté. Je suis dans un tel état de pression que j'ai la sensation d'enquiller les séries d'apnée. Je suis sur le point de sortir lorsque la belle Rebecca me repère et vient à ma rencontre en souriant. Je doute de tout et tout le monde, c'est affreux.

— Louise ! Belle cérémonie, n'est-ce pas ?

J'avale le plomb que j'ai dans la bouche.

— Oui... très.

— Je suppose que vous allez partir décorer la salle ?

Il me reste deux heures pour tout installer, la grande majorité des fleurs a déjà été livrée sur place et je n'ai pas à récupérer celles de l'église, elles sont offertes au clergé.

— Oui, je pars d'une minute à l'autre.

Toujours plus chaleureuse, Rebecca me prend les mains.

— Je ne sais pas si nous aurons le temps de nous revoir, mais merci pour cette superbe décoration. Je sais qu'elle a plu à nos mariés.

Je reste sur la réserve et me détache avec politesse.

— Alors tant mieux. Je dois filer, maintenant.

— Oui, bien sûr ! Et merci encore !

Elle tourne les talons pour rejoindre Loïc et Léo, me laissant encore plus perplexe qu'il y a deux minutes. Il n'y a eu aucun esclandre, aucune accusation, pas le moindre règlement de comptes, mais je ne suis pas tranquille, je les regarde tous les trois et suis certaine qu'ils préparent quelque chose. Or, mon travail ici est terminé. Je dois partir. Je n'ai pas le choix et ça me rend malade. Je renfile mon ciré et rejoins la camionnette. Advienne que pourra !

Il est pile 17 h 45 lorsque je pose la dernière guirlande de noisetier, fleurs de lotus et anthuriums verts sur la longue table d'honneur.

La salle est décorée avec goût avec ses grandes tables rondes et ovales placées tout autour de la piste de danse, ses chaises recouvertes de housses couleur crème, son carrelage en grès clair, son haut plafond blanc à la française et ses murs de pierres dorées, mais je ne suis pas peu fière de ma petite touche personnelle. Pour l'occasion, les traditionnelles tentures rayées de la salle ont été remplacées par de superbes voilages noués dans lesquels j'ai accroché du lierre sauvage mêlé de fleurs de jasmin qui embaument tout. Sur chaque table, des lanternes en vieux fer forgé sont posées au milieu d'une couronne de fagots de bois et boutons de pivoines rose clair, et dans chaque assiette, un nid de branches souples et de fleurs de pommier porte le prénom des convives. Mais le clou du spectacle reste la cascade de lierre, de roses blanches et de bougies que j'ai fait courir le long de la rampe de l'immense escalier ouvert sur la salle. Elle tombe au sol avec abondance et délicatesse. C'est une petite surprise de la maison. Mme Chapelier a tenu à offrir cette généreuse composition aux mariés. En vérité, il est évident que c'est à Gérard Maes qu'elle est destinée. Le mettre dans sa poche est ce qu'il y a de plus important pour la moitié des commerçants de la ville.

Les premiers invités sont en train de se garer. Le vin d'honneur aura lieu dehors, sous une tonnelle prête à accueillir trois cents personnes. J'y ai déposé plusieurs compositions bien moins délicates, mais tout aussi odorantes. Le propriétaire des lieux n'a pas manqué de me féliciter. « Louise, c'est absolument magnifique ! Vous êtes la meilleure fleuriste de votre génération ! » Du reste, c'est ce qu'il fait chaque fois que je décore son château ou son domaine.

Comme j'ai terminé, je rassemble mes affaires en vitesse, laisse les consignes au personnel de service pour la pulvérisation des fleurs de lotus, et sors avec l'intention de regagner ma fourgonnette sans me préoccuper davantage de la suite des événements. Après tout, s'il se passe quelque chose, Mme Chapelier ne pourra pas me reprocher de ne pas être restée sur place pour empêcher le navire de couler. Je n'ai pas reçu de carte d'invitation !

Je tente de cacher la petite voix sournoise qui me

crie que non, je ne peux pas partir sans en avoir le cœur net, et marche d'un bon pas jusqu'au parking. J'ouvre les portes arrière, jette les papiers et godets vides à l'intérieur, et m'apprête à partir, la main sur la poignée.

— Une minute, mademoiselle !

Je me retourne sur le froid et imposant Gérard Maes.

— Je reviens de la salle de réception.

Je le dévisage. Content ? Pas content ? Dieu qu'il a un air sévère ! Si je ne le savais pas homme d'affaires, je l'aurais bien vu chef d'établissement dans l'Éducation nationale, tiens !

Je me racle la gorge.

— Il y a un problème ?

— Aucun. Ma fille et mon beau-fils aimeraient vous parler.

— Ah.

Je marque un temps d'arrêt et attends. Il ne m'en dit pas plus, mais me fait signe de le suivre. Pendant tout notre échange, le froncement de ses sourcils ne l'a pas quitté.

OK, OK. *Jawohl herr Colonel !*

Lorsque nous rejoignons la salle de réception, les mariés s'y trouvent, accompagnés de leurs parents respectifs et, bien sûr, de Léo, Loïc et Rebecca. Quand la mariée me voit, elle me saute littéralement dessus.

— Mademoiselle Adrielle, c'est merveilleux ! Rémy et moi tenions à vous remercier personnellement pour ce que vous avez réalisé. C'est magnifique !

Gênée, et sentant le regard moqueur de saint Loïc posé sur moi, je ne sais pas quoi dire.

— Eh bien... je... tant mieux, vous m'en voyez ravie.

Et là, c'est une avalanche de compliments qu'on déverse sur ma petite personne. Les mamans sont ravies, les mariés sont conquis, j'en reste coite. J'ai rarement rendu les gens aussi heureux.

Le jeune époux me sourit et pose un bras sur mon épaule.

— Ma femme et moi serions enchantés de vous avoir avec nous ce soir.

J'arrondis les yeux.

— Ce soir ?

— Ouiiiiiiiiiiii ! s'enthousiasme la mariée. Léo et Rebecca m'ont dit que vous avez sympathisé et que vous connaissez déjà notre cher Loïc. Vous serez installée à leur table.

Je les regarde tous les trois, bouche bée, prête à parier que l'idée vient d'eux et, pour le coup, ce n'est pas pour me rassurer. Rebecca m'adresse un sourire banane, Léo prend un air satisfait, et Loïc... ma foi, me regarde avec des yeux pétillants de... vice !

Ils sont de mèche, ça ne peut pas être autrement ! Loïc veut me montrer de quoi il est capable et me persuader que même ma présence ne pourra pas l'arrêter.

Mauvaise pioche, monsieur le faux curé, je peux être la peste et le choléra à moi toute seule, si je veux.

— Dites oui, s'il vous plaît, reprend la mariée. Nous voulons vous remercier pour l'extraordinaire travail que vous avez fait.

Mon regard croise celui de Léo. Pas la peine de parier sur ce qu'il a envie que je réponde, ses yeux me font des signaux comme un phare en pleine tempête.

— Sans compter que la moitié des invités vont vouloir vous rencontrer pour fleurir le prochain mariage de leurs enfants ! renchérit le marié de sa belle voix chaude. Faites-nous l'honneur de rester, mademoiselle.

J'observe Loïc-le-fourbe. Parce que je viens d'obtenir une chance inouïe de lui mettre des bâtons dans les roues, et qu'il a été suffisamment bête pour croire que j'allais assister à son petit numéro la bouche en cœur, j'accepte.

— Eh bien... je vous remercie. C'est d'accord.
— Ouiiii ! s'écrie la mariée en me prenant les mains comme si nous étions des amies de toujours. Vous vous prénommez Louise, n'est-ce pas ?
— C'est bien ça.
— Appelez-moi Victoire.
— Très bien !

Elle est tellement sympathique, qu'à cet instant, je me fais un point d'honneur de défendre son mariage coûte que coûte.

— Je vous conseille tout de même d'aller vous changer, cingle Gérard Maes en me considérant comme si j'étais une mouche dégoûtante.

— Ce que tu es rabat-joie, grogne sa femme, tout sourire, en le prenant par le bras. Allez, assez piaillé, allons retrouver les invités.

Au contact de cette magnifique blonde d'une soixantaine d'années, le visage de l'homme d'affaires s'adoucit.

— Que ne ferais-je pas pour voir tes joues se rosir sous l'effet du champagne...

Elle laisse fuser un rire délicieux.

— Vil manipulateur !

Alors que je suis en train de les suivre du regard et que tout le monde leur emboîte le pas, Loïc passe à côté de moi et me glisse à l'oreille dans un souffle chaud :

— C'est aussi ce que vous direz de moi avant la fin de la soirée, Jonquille. À tout de suite.

Je n'ai pas le temps de répliquer qu'il est déjà sorti.

8

Il me faut une heure et quart pour rentrer chez moi, mettre une tenue de soirée et revenir.

Aucun chichi dans ma tenue ni la moindre extravagance : j'ai choisi de porter une robe bleu marine à brides, longue, souple et évasée, des escarpins de même couleur, pas trop hauts, une étole blanche et puis c'est tout. Un maquillage très léger, pas un seul bijou, aucune barrette dans les cheveux – je les ai laissés libres, faute de temps.

Lorsque j'arrive au château, il pleut des cordes et les convives en sont encore au vin d'honneur, agglutinés sous l'immense tonnelle installée dans le parc.

Bien abritée sous un parapluie, je prends quelques secondes pour embrasser la foule des yeux. Tout semble normal, les mariés sont en train de discuter avec un couple de personnes âgées, un orchestre joue un morceau de jazz, et les invités semblent enchantés par le champagne servi sans aucune limite. Je respire et espère du fond du cœur qu'il n'y aura aucun scandale. Je crains pour mon job, c'est vrai, mais Rémy et Victoire ont l'air si amoureux, ils sont si charmants que je serais malade de voir leur couple voler en éclats à cause de la perfidie d'un homme qu'ils pensaient être leur ami. Je ferme quelques secondes les paupières et me surprends à prier que ça n'arrive pas, et que Loïc ne soit qu'un invité parmi les autres.

— Très bon choix de tenue, Jonquille, Léo va vous manger dans la main.

Je n'ai pas sursauté et j'en suis ravie, mais la voix chaude et calculatrice de Loïc me fait l'effet d'une caresse au gant de crin.

— Je vais vous avouer quelque chose, me glisse-t-il à l'oreille, je ne pensais pas vous voir revenir.

Je me retourne, il est lui aussi protégé sous un parapluie. Le dandy dans toute sa splendeur.

Il me sonde de ses yeux bruns, et me sert un petit sourire en coin de sa spécialité. Il a dû l'étudier un millier de fois pour parvenir à le rendre si irritant. Je le lui rends sans ciller.

— Arriver dans le dos des gens, c'est votre truc, n'est-ce pas ?

Son regard s'illumine.

— Vous n'imaginez pas à quel point !

Je secoue la tête sans pouvoir m'en empêcher. C'est tout à fait le genre de gars que les scrupules n'étouffent pas.

— Prête pour le grand show, Jonquille ?

Ce surnom ridicule me tape presque autant sur le système que sa présence ici. Mais je me garde bien de le lui faire remarquer, il aimerait trop ça. Je le défie du regard.

— Plus que jamais. J'espère que vous avez prévu un plan B.

Il plisse le front.

— Un plan B ?

— Oui, car le A, vous ne le mènerez pas à terme.

Il se fixe un instant sur mes yeux, impassible,

puis il fait courir son regard le long de ma robe, ne s'attardant pas plus sur mon décolleté que sur mes hanches ou mes chevilles.

Il essaie de me déstabiliser. Raté.

Finalement, il se compose un air faussement perplexe.

— Eh bien, nous verrons ça, ma très chère Louise.

— Oui, vous verrez ! Maintenant, si vous voulez bien m'excuser, je vais me manifester auprès des mariés.

Cette conclusion faite, je tourne les talons.

— N'abusez pas trop du champagne et restez vigilante, ajoute-t-il, moqueur. Et n'oubliez pas de remercier Victoire et Rémy de vous avoir mise à ma table !

Son regard me brûle la nuque, mais pas question de me retourner.

Je lève la main avec désinvolture.

— Je n'y manquerai pas !

J'ai à peine mis un pied sous la tonnelle que Victoire, la mariée, se précipite vers moi, un sourire merveilleux accroché aux lèvres. Je secoue mon parapluie et le dépose à l'entrée avec les autres.

— Comme je suis ravie que vous ayez accepté de venir, Louise. Nous avons la pluie, mais ne dit-on pas qu'elle porte chance ?

Puisse-t-elle avoir raison...

— Merci à vous de m'avoir conviée. Vous avez choisi un endroit magnifique.

Elle a une petite mine adorable quand elle fronce le nez.

— Les châtelains sont des amis de mon père. J'ai toujours aimé ce château, et suis reconnaissante qu'ils nous aient permis de fêter notre mariage ici.

Elle me prend par le bras et me conduit vers le buffet des apéritifs. Les verres sont empilés en pyramide, le champagne abonde, les petits-fours semblent recouvrir toute la table, la réception est aussi généreuse que les mariés.

— Léo vous attend avec impatience, m'informe-t-elle avec un sourire mutin, tout en regardant dans sa direction.

Le trentenaire sexy est en train de discuter avec deux très jolies brunes qui le regardent avec l'appétit de chattes devant un pot de crème. Je l'observe du coin de l'œil, il a l'air de se moquer de cette attention féminine comme d'une guigne, tout concentré à piquer des toasts sur la table.

Victoire suit mon regard et sourit tout en m'offrant une coupe de champagne.

— Rebecca affirme que vous lui avez tapé dans l'œil.
— Ah...

Elle fait la moue.

— Pardonnez-moi, je n'aurais peut-être pas dû vous le dire.

— Non, non, ce n'est rien. C'est juste que je ne voudrais pas être à l'origine d'une situation délicate...

Victoire cligne des paupières.

— Entre lui et Rebecca ?

Je hoche la tête, elle éclate de rire.

— Ça ne risque pas, ils sont jumeaux !

Ma bouche s'arrondit de surprise. Elle est aussi rousse qu'il est brun, aussi petite qu'il est grand, possède des yeux aussi bruns que ceux de Léo sont bleus.

— La ressemblance n'est pas frappante.
— C'est ce qu'on leur dit toujours ! Je vous ai placée à leur table, en compagnie de Loïc et d'un couple de cousins éloignés. Ils sont charmants, vous verrez.

Elle me tend la perche sans le savoir ; je m'en saisis.

— Vous le connaissez depuis longtemps ?
— Loïc ?
— Oui.

Son sourire se fait plus grand.

— Il est allé au lycée avec Rémy, mon époux. Tout comme Léo et Rebecca, d'ailleurs. Je les ai rencontrés il y a cinq ans. Si Léonard est plutôt du genre discret, Loïc, lui, est un sacré numéro !

Feindre l'innocence en toute circonstance.

— Ah oui ? Pour quelle raison ?
— Il est comédien et a toujours un tour dans son sac ! Rémy voulait qu'il soit son témoin, mais mon père s'y est opposé, ajoute-t-elle avec un sourire triste. Il avait peur qu'il nous fasse une mauvaise blague.

Je dois me concentrer pour ne pas tousser.

— Quand même pas le jour de votre mariage, si ?
— Loïc ne ferait pas de mal à une mouche, mais il n'a peur de rien, répond-elle en levant les yeux au ciel. Il ne connaît pas la honte et est capable de se mettre dans une situation que la plupart des gens trouveraient mortifiante juste pour faire le clown. Nous l'apprécions beaucoup, Rémy et moi.

À écouter la mariée, je n'ai aucune raison de penser qu'il souhaite détruire leur mariage, et encore moins que Rebecca et Léo soient de mèche. Pourtant, Loïc n'a jamais prétendu qu'il ne le ferait pas, au contraire, quant à Rebecca et Léo, j'hésite encore, ils sont si charmants... De fait, je suis tentée de mettre les pieds dans le plat et d'informer Victoire de la situation, mais l'éventualité de faire erreur et de déclencher les foudres de Gérard Maes m'en dissuade. Cet homme ne me donne pas l'impression de plaisanter avec les convenances. Si le mariage de sa fille est perturbé par mon intervention, je le paierai sûrement très cher.

— Et vous, Louise, où avez-vous rencontré Loïc ? Car j'ai cru comprendre que vous vous connaissez, n'est-ce pas ?

Je prends une gorgée de champagne, consciente de devoir éluder la question avec adresse, peu ou prou de la même façon qu'avec Rebecca.

— Je l'ai rencontré lors du mariage d'une connaissance commune.

— Décidément ! Le prochain sera peut-être le vôtre !

Je m'étrangle avec mon verre, pas certaine d'avoir compris.

— Le mien, à moi ?

Elle rit.

— Non, à vous et Loïc !

J'esquisse un mouvement de recul. À lui et moi ? Quelle idée !

— Ah ! Léo ! s'exclame-t-elle. Louise s'impatientait !

Je suis sur les fesses. La mariée a peut-être eu une vision de Loïc et moi au bras l'un de l'autre, mais à moins de faire erreur, c'est avec l'ami d'enfance de celui-ci qu'elle essaie de me caser.

Puis elle se tourne vers moi.

— Je vous laisse en bonne compagnie, Louise. À plus tard !

Je reste imperturbable et accueille Léo avec un sourire poli.

— Je vois que les hostilités ont commencé, s'amuse-t-il en jetant un œil à ma coupe de champagne. Finissez-la que je m'empresse de vous en offrir une deuxième ! Vous êtes ravissante, Louise.

— Merci, Léonard.

Il manque s'étrangler.

— Grands dieux, tout sauf ça ! Mon prénom est

si désuet que j'ai l'impression de prendre vingt ans dans les dents chaque fois qu'on le prononce.

— Il n'est pas plus désuet que le mien.

Il penche la tête, le regard lumineux et me lâche d'une voix lourde de sous-entendus :

— C'est vrai, mais même avec deux décennies supplémentaires, vous serez toujours aussi séduisante.

Eh bien, eh bien...

À mon expression – je pose les yeux partout, sauf sur les siens –, il devine que je n'ai pas envie d'être entraînée sur ce terrain-là. Mon petit doigt me dit que ce beau et grand brun ne cherche pas qu'une relation d'un soir – enfin, je crois –, et comme mes attentes sur le sujet sont inexistantes... Sans compter que, jusqu'à preuve du contraire, je me méfierai de lui tant que je n'aurai pas tiré au clair son implication dans les plans de Loïc.

Léo devient tout penaud.

— Je suis fin comme du gros sel, n'est-ce pas ?

Inutile de prolonger le malaise. Je bats l'air de la main.

— Pas de problème, Léo. C'était juste un compliment, je l'ai pris comme tel.

Il m'observe avec une sincérité désarmante : non, ce n'était pas qu'un compliment. Il a vraiment flashé sur moi.

Il n'a pas le temps de répondre, sa sœur, Rebecca, nous rejoint.

— Tout le monde va passer à table d'une minute à l'autre, vous venez ?

Léo me couve d'un regard tendu, sourit de façon tout aussi crispée et emboîte le pas de sa sœur, moi sur leurs talons.

Dans la salle de réception, notre table se situe non

loin de l'escalier que j'ai pris tant de plaisir à décorer. Un couple de trentenaires est déjà installé, les fameux cousins par alliance.

Les présentations sont vite faites : il s'appelle Romain, et elle Sonia. Ils ont un fils de six ans, Clovis, qui joue avec les autres enfants et qui viendra manger le dessert à notre table si ça ne dérange personne.

Rebecca s'installe à côté de Romain. Léo tire une chaise, de façon à ce que je me retrouve assise à côté de lui. Je me réjouis, j'ai été placée de telle façon que j'ai une vue complète sur la salle. Je tâcherai d'avoir les yeux partout. Puis je prends conscience de la chaise vide à ma droite et réprime un soupir. Elle est pour Loïc. Évidemment. Lequel ne tarde pas à arriver. Malgré moi, je me tiens droite comme un i. Lorsqu'il s'assoit, je perçois sur lui un fort parfum de vinaigre que je n'avais pas remarqué plus tôt. J'en ai la nausée, fais la moue et fronce le nez.

— Vous avez séjourné dans un pot à cornichons ? demandé-je sans le regarder.

— Ça vous incommode, Jonquille ?

— Beaucoup.

— Alors tant mieux, c'était le but.

Ben voyons !

— Mais où as-tu traîné ? lui lance Rebecca en portant la main à son visage. Cette odeur est épouvantable !

— Dans une vieille cuve à pinard, à coup sûr ! se moque Léo à qui l'odeur n'a pas non plus échappé.

Le couple de cousins affiche un sourire poli, mais n'en pense pas moins.

— Je réserve une petite surprise à notre chère Victoire. Faute d'avoir pu me prendre comme témoin, elle m'offre la première danse. Je veux tester son flegme à toute épreuve. Il lui faudra au moins ça pour supporter Rémy !

Rebecca plisse le front.

— Elle n'est pas destinée au père de la mariée, normalement ? Puis à son époux ?

Loïc se sert un verre d'eau et en boit une gorgée avant de répondre.

Quel art du teasing ! Tout le monde est suspendu à ses lèvres.

— Disons, la première après son père et son mari.

Je dois me contrôler pour ne pas serrer les poings sur la table. Qu'est-ce qu'il mijote ?

— Tu aurais pu t'asperger de vinaigre au dernier moment, non ? lui reproche Rebecca avec un air dégoûté.

Loïc se met à rire.

— Et rater vos mines effarées ? Jamais de la vie !

— Tu n'as vraiment honte de rien, grogne-t-elle.

— Jamais !

— Vous n'allez pas embarrasser Victoire, au moins ? s'inquiète Sonia, la cousine.

— Juste lui laisser un souvenir mémorable, lui répond Loïc avant de se tourner vers moi pour me dévisager, la fourberie dans les yeux.

Le cousin éclate de rire.

— Du moment que vous ne fichez pas en l'air son mariage !

Léo et Rebecca échangent un regard que j'ai du mal à interpréter.

Je crispe les orteils dans mes chaussures. Ça m'agace de ne pas réussir à deviner s'ils sont complices ou blancs comme neige. Cette situation commence à me rendre dingue.

Je prends une profonde inspiration, aussi discrète

que possible, et me concentre sur les amuse-bouches qui viennent d'être servis.

Des escargots, beurk ! Ça commence bien...

Trois heures plus tard, nous finissons tout juste nos assiettes de fromage. Le dîner était exquis, et la présence de Léo et Rebecca me ferait presque oublier ce pour quoi j'ai accepté de venir. Pendant que Loïc est en grande conversation avec les cousins, ses deux amis me demandent si j'ai toujours voulu être fleuriste, où j'ai cultivé l'art des fleurs, si je n'aimerais pas mieux être à mon compte plutôt que de bosser pour quelqu'un. Je crois que l'idée ne m'a même jamais effleuré l'esprit. *La dame au cabanon* n'est certes pas l'endroit le plus reposant ni celui qui paie le mieux, mais je suis convaincue que prendre la place de Mme Chapelier reviendrait à m'endetter jusqu'à la fin de mes jours.

J'apprends que Rebecca est interprète, que Léo est modèle, qu'il voyage dans le monde entier sans jamais avoir le temps de le visiter, et qu'il se divise entre un appartement à Villeneuve-d'Ascq et un autre à Bruxelles. Bref, nous avons tous les trois un échange si agréable que malgré mes doutes à leur sujet, nous finissons par échanger nos numéros de téléphone. Ils pourraient m'être utiles.

— Ah ! Te voilà ! s'écrie soudain Sonia, la cousine. Pas trop fatigué, mon loulou ?

Nous nous retournons sur un petit garçon aux cheveux blonds, presque blancs. Il est minuit et il me semble aussi en forme que s'il était à peine 20 heures.

— Tu t'es bien amusé ? lui demande son père.

— Oh oui ! La dame est super gentille avec nous,

on a fait plein d'activités. Mais elle a dit que c'était bientôt le dessert !

Je me laisse attendrir quelques secondes, puis réalise que Loïc a quitté sa chaise. Depuis combien de temps ? Je ne l'ai même pas vu faire ! Je me retourne, le cherche des yeux, en vain.

Dans mon ventre, la boule revient de plus belle ; je panique.

— Quelque chose ne va pas ? me demande Léo.

Difficile de garder mon calme. Je pose ma serviette sur la table et me lève.

— Euh... non, tout va bien. J'ai besoin d'aller aux toilettes.

Je le plante comme ça et traverse la salle en regardant partout. Tout va s'accélérer d'un seul coup, j'en suis certaine. Lorsque j'atteins l'arche qui mène aux toilettes, je le vois. Il s'engouffre dans un couloir. Alors je le suis. Sans bruit. Loïc entre dans ce qui me semble être les cuisines, les portes sont grandes ouvertes. Je m'approche, m'adosse au mur et tends l'oreille.

Il ne se passe rien, mais j'entends des pas venir vers moi. Paniquée, je ne trouve rien de mieux que courir au bout du couloir pour me cacher derrière l'immense tenture d'une baie vitrée. J'attends, le cœur et la vessie sur le point d'éclater – déjà petite, j'avais une indicible envie de faire pipi chaque fois que je jouais à cache-cache.

Les pas s'arrêtent à moins de deux mètres de moi, je retiens ma respiration.

— Tout est prêt ? demande Loïc.

— Oui, monsieur.

— Bien. Personne d'autre n'est au courant ?

— Non, personne, comme vous l'avez demandé.

Je suffoque presque. J'ai envie d'intervenir, de ruiner

ses plans, mais je sais que pour qu'il cesse son petit business nauséabond, il faut que je le prenne la main dans le sac, devant tout le monde.

— Très bien. On récapitule. Les lumières vont s'éteindre et ce sera le moment des danses, pendant une petite demi-heure. Quand la fontaine à champagne est prête, fin de la musique et toast des mariés. Lorsqu'ils auront trinqué, vous arrivez avec le gâteau, vous le leur présentez et leur tendez le couteau. C'est à ce moment, et à ce moment seulement, que vous donnez le signal. C'est bien compris ?

Tous mes sens s'affolent. Le signal ? Quel signal ? Ils vont cracher le morceau, oui !

— Bien, monsieur, acquiesce son interlocuteur.

Il y a un léger froissement de papier, puis :

— C'est pour vous. Et bien sûr, pas un mot.

Des billets !

— Vous pouvez compter sur moi, monsieur.

Les pas commencent à s'éloigner, puis la voix de Loïc s'élève une dernière fois :

— La fille est comment ?

— En tout point comme vous l'avez demandé, monsieur. Vêtue... en conséquence. Elle sera camouflée sous la nappe du chariot.

— C'est parfait.

Les pas s'éloignent définitivement.

Je suis pétrifiée. Tout dans sa voix sent le complot. Je suis sûre de ne pas me tromper. Je ne sais pas exactement ce qui va se jouer ni de qui il sert les intérêts, mais l'humiliation sera à son comble, c'est insupportable. Je ne laisserai pas faire ça !

Je me précipite dans la salle au moment où la lumière s'adoucit. Les invités poussent des « oh » de surprise, j'ai le cœur qui bat à cent à l'heure. Puis la musique s'élève et le père de la mariée invite sa fille à ouvrir le bal. Tout le monde est focalisé sur eux. Je regarde en direction de ma table, Loïc n'est pas revenu, Rebecca et Léo sont debout et filment la valse. En toute honnêteté, à les voir comme ça, je dois admettre qu'ils n'ont pas l'air impliqués le moins du monde dans cette mascarade. Je patiente, le cœur au bord des lèvres.

— Prête, Jonquille ?

Cette fois, je ne peux pas m'empêcher de sursauter, puis je me reprends. Il ne doit pas savoir que je suis au courant, sous aucun prétexte.

— Je vous avoue que je suis surprise, Loïc.

Il penche légèrement la tête.

— Vraiment ?

— Oui, j'étais persuadée que vous feriez un esclandre, ce soir.

Il sourit d'un air satisfait.

— La soirée n'est pas finie, mon chou. Tout est encore possible.

Le marié a repris le flambeau, il danse avec sa femme. Loïc sort un minuscule vaporisateur de la poche de sa veste, s'en asperge le cou et se penche vers moi, m'envoyant sa puanteur dans les narines.

— Si vous voulez bien m'excuser...

Je le regarde s'éloigner et assiste à ce que j'aurais pu trouver très drôle si je ne connaissais pas la suite des événements. Une fois entre les bras de Loïc, la mariée affiche une grimace de dégoût qui fait rire la salle entière. D'autant que Loïc fait mine de ne pas comprendre pourquoi elle cherche à s'éloigner et s'obstine à la retenir coûte que coûte. On dirait presque un vieux film des années 40 dans lequel Chaplin se serait illustré à la perfection. Au bout de quelques minutes, ils sont rejoints par le reste des invités. Je pourrais retourner à ma table, mais préfère rester dans le coin pour être là au moment crucial. Sauf que je n'avais pas prévu que Léo m'invite à danser. Quand je le vois se diriger vers moi, je comprends tout de suite.

— Mademoiselle, me dit-il en esquissant une courbette.

— Je ne sais pas danser la valse...

Pas plus la valse qu'autre chose. Danser n'a jamais fait partie de mes talents.

— Je vais vous apprendre.

Il me prend par la main et m'entraîne sur la piste, au milieu de dizaines d'autres couples qui ne prêtent attention qu'à eux-mêmes.

— Laissez-vous faire, me chuchote-t-il.

J'ai du mal à me concentrer, la fontaine à champagne est en train de se remplir, on est presque dans l'œil du cyclone. Je ne suis déjà pas très dégourdie, mais la tenaille qui me broie le ventre ne fait qu'empirer la situation. Je marche sur les pieds de Léo à plusieurs reprises. Il n'abandonne pas la partie et me serre plus fort contre lui. Si bien qu'au bout d'un moment, j'en oublie presque ce qui va se passer et prends un plaisir fou à valser, même si je suis la partenaire la plus nulle de l'univers.

Nous enchaînons au moins trois danses, mais quand la dernière se termine et que la musique cesse, je redeviens Louise Adrielle, la gardienne des noces. Je prétexte un autre besoin pressant, et me cache dans un coin en attendant que le chariot des desserts arrive. J'entends les invités se réjouir lorsque les mariés partagent un verre de champagne, le discours imprévu d'un Gérard Maes très ému, puis les roues du chariot qui entre dans la salle.

Je sors de ma cachette, Loïc se tient à proximité en compagnie de Léo et Rebecca. Tous les convives entourent les mariés qui s'apprêtent à trancher le gâteau d'une même main. Et moi, je suis à deux doigts de m'évanouir, tant j'ai la trouille.

Le serveur complice affiche une mine impassible, ne laissant rien transparaître de ce pour quoi il a été payé. Je m'approche et attends.

Encore un peu.

Le couteau est mis entre leurs mains.

Maintenant !

Je m'élance dans leur direction en criant un « attendez ! » qui résonne dans la salle. Tout le monde se retourne vers moi. Galvanisée par l'adrénaline, je continue dans ma lancée.

Mais alors que j'ai presque atteint les mariés, un gosse qui semble à peine savoir marcher et qui n'a rien à faire ici à cette heure, court à travers la salle, passe devant moi, me déséquilibre et me fait faire un plat spectaculaire sur la mariée que j'entraîne avec moi dans ma chute... sur le gâteau.

J'entends à peine les cris outragés des invités. Des mains se tendent vers nous pour nous relever, nous sommes dégoulinantes de crème fouettée, de copeaux de chocolat et de fraises. Le gâteau nuptial est en bouillie.

— Seigneur Jésus ! s'écrie une dame.

Gérard Maes accourt, rouge de colère.

— Mais qu'est-ce qui vous a pris ?

Désorientée, je reprends mes esprits.

— Je... c'est...

Je retire la couche de crème qui me dégouline sur les yeux et lève sur lui mon air le plus pitoyable.

— Je... j'ai évité le pire, monsieur.

Il me regarde comme si j'étais un moucheron sur une bouse de vache.

— Louise..., gémit la mariée. Pourquoi avez-vous fait ça ?

— Expliquez-vous ! tonne Maes d'une voix qui ne laisse aucune chance de se dérober

Je regarde autour de moi, croise le regard consterné de Rebecca et de Léo, celui de Loïc qui, les bras croisés sur la poitrine, ne perd pas une miette de la scène. Je vois la vahiné miraculeusement apparue et qui se tient debout devant le chariot, couverte de crème elle aussi. J'ai envie de pleurer.

— Il... je croyais que... J'ai entendu Loïc discuter avec le serveur. Ils préparaient quelque chose pour ruiner le mariage.

— Pour ruiner le mariage ? s'étonne Rémy en se tournant vers Loïc.

— Il...

— Qu'est-ce qui vous fait dire ça ? gronde Maes, le visage noir de colère. Mon gendre et lui se connaissent depuis le lycée !

Je suis cramoisie.

— Il a donné de l'argent au serveur, parlait d'une fille cachée sous le gâteau, il... il manigançait quelque chose.

— Et vous avez cru quoi ? demande calmement Rémy. Qu'il voulait détruire mon mariage ? C'est mon meilleur ami !

J'ai honte, mais j'ai honte ! Je regarde mes chaussures, tant j'ai honte.

— Et que faites-vous là, vous ? demande le père de la mariée à la fille déguisée en vahiné.

La brune recouverte de crème, vêtue d'un pagne

et de deux noix de coco en guise de soutien-gorge, semble vouloir s'enfuir par un trou de souris.

— On m'a engagée pour remettre un billet d'avion aux mariés, dit-elle d'une toute petite voix en levant une enveloppe devant elle. Pour leur voyage de noces.

— Offert par Rebecca, Loïc et moi-même, intervient Léo en posant sur moi un regard dont je ne sais s'il se rapproche plus de la colère ou du mépris. On voulait leur faire une surprise. Bravo, c'est réussi !

J'ai envie de disparaître, moi aussi. Dans quel pétrin me suis-je fourrée ?

Gérard Maes me fait face. Les rides de son visage et son regard glacial lui confèrent une telle autorité que je pourrais m'en liquéfier. Je ne crois pas m'être déjà sentie aussi microscopique devant quelqu'un.

— Comment avez-vous osé, mademoiselle ?

Chacun de ses mots me tétanise, et je sais que je ne pourrai pas en prononcer un seul.

— Vous avez été conviée de bon cœur et c'est ainsi que vous nous remerciez ?

Je secoue la tête, c'est tout ce que je parviens à faire.

— Ne pensez pas que vos actes seront sans conséquence. Personne ne vient perturber le mariage de ma fille sans en payer le prix !

Ce n'est pas une menace, mais une certitude.

Il plisse les paupières, me méprisant de toute sa hauteur.

— Maintenant, veuillez quitter les lieux, s'il vous plaît. Et vite, c'est un conseil.

Je cherche un regard ami et n'en trouve aucun. Je ne suis pas chez moi, ici, pas parmi les miens, il n'y a personne pour me tendre la main. Je suis une étrangère qu'on a invitée et qui a mis un boxon de tous les diables.

Mes yeux croisent ceux de Loïc. J'aurais préféré qu'il m'observe d'un air moqueur, mais c'est pire : je lis de la pitié sur son visage. Oh ! il peut en avoir, car par sa faute, je me suis non seulement ridiculisée, mais en plus, je viens de signer la fin de mon contrat chez *La dame au cabanon*.

À cet instant, je n'ai plus aucune dignité, inutile de faire semblant.

Je quitte la salle dans un bruit spongieux, un morceau de gâteau encore accroché à l'un de mes talons, et regagne la fourgonnette. Tant pis pour les sièges, et tant pis pour mon parapluie et mon étole. Je les ai oubliés. Au point où j'en suis...

9

— Si tu veux mon avis, ma vieille, fais-toi mettre en arrêt maladie pour folie passagère. Ça excusera tout.

Je jette un regard pathétique à Emma. Elle trouve la situation très drôle. Il n'y a pas de quoi.

« Je viens de raccrocher avec Gérard Maes, Louise. Il ne portera pas plainte contre la boutique, mais je ne vous félicite pas. Nous venons de perdre un client important, vous me décevez beaucoup. J'ai besoin de vous, c'est pourquoi je ne vous renvoie pas. Mais sachez qu'à la prochaine incartade, vous prendrez la porte. »

Grondée comme une gosse après une grosse bêtise, je n'ai même pas su quoi répondre à Mme Chapelier quand elle m'a appelée, ce lundi matin, aux aurores. Maes n'a pas traîné pour se plaindre. Je tremblais comme une feuille lorsque j'ai raccroché.

— Si je suis virée, personne ne voudra jamais plus m'embaucher.

Emma vide sa tasse de café et s'enfonce un peu plus dans mon canapé.

— Les grandes enseignes cherchent toujours et se moquent royalement de tes petites histoires.

Je sens le désespoir prendre un peu plus possession de moi.

— C'est supposé me rassurer ? Faire des bouquets préformatés, à la chaîne, sans créativité, c'est tout ce que je déteste.

— Allez ! Un peu de nerf, ce n'est pas la fin du monde ! Tu n'es PAS virée, c'est l'essentiel.

Je me renfrogne.

— Elle va faire de ma vie un enfer.

— Oui, eh bien tu as jusqu'à demain matin pour te préparer. Aujourd'hui, c'est ton jour de congé ! En attendant, tu vas me faire le plaisir d'arrêter de déprimer, de retirer ce pyjama immonde, de prendre une douche et de t'habiller pour sortir un peu.

Je baisse les yeux sur ma tenue. Je porte une combinaison Marsupilami en pilou, avec une capuche et des oreilles, et quand je marche, une longue queue traîne derrière moi. Je ne connais rien de mieux que ce pyjama quand j'ai envie de m'isoler de la Terre entière. Si Emma ne s'était pas pointée à l'improviste, elle ne m'aurait jamais vue comme ça. Tant pis pour elle. Elle n'avait qu'à prévenir.

— J'ai rendez-vous avec un artiste dans quinze minutes, je dois y aller, conclut-elle en se levant.

Je l'imite et rabats ma capuche jusqu'aux yeux.

Emma soupire, pose son mug vide sur la table et me prend dans ses bras.

— Par pitié, bouge-toi et ne te morfonds pas, ça ne sert à rien.

Elle me tapote le dos comme le faisait ma grand-mère lorsque j'étais enfant, puis recule pour me regarder.

— Tout va s'arranger, tu verras.

Emma accroche son sac à l'épaule et m'embrasse sur la joue.

— Et quoi qu'il arrive, tu peux compter sur moi.
— Merci.

Je la raccompagne à la porte, referme le battant et me traîne jusqu'aux fenêtres où je tire les rideaux qu'Emma avait grand ouverts, puis je rallume la télé. Je n'ai pas envie de quitter mon pyjama ni mes pantoufles hérisson. Je n'ai pas envie de prendre une douche. Je n'ai pas envie de voir qui que ce soit. Je n'ai pas envie de sortir. Même pas pour ramener la montre qu'Emma a oubliée sur la table basse. Quand elle s'en rendra compte, elle viendra la récupérer.

Moi qui adore les lundis, celui-ci, je le déteste.

Je vais chercher un pot de Nutella dans le placard de la cuisine, une cuillère et m'installe sur le canapé devant *Zig et Sharko*. C'est mon dessin animé préféré du moment.

Affalée, le pot sur le ventre et la bouche pleine de chocolat, j'ai bien conscience du pathétique de la situation, mais personne n'est là pour me voir ni pour me le faire remarquer. Quel intérêt de faire semblant, de toute façon ? Je repense à ma vie, à mon travail, à Loïc, au mariage, à la façon dont je me suis ridiculisée ; mon ventre et ma gorge se compriment. Pour la peine, je m'enfourne une nouvelle cuillère de pâte à tartiner dans le gosier. Ce n'est peut-être pas le meilleur remède du monde, mais ça y ressemble.

Je suis là, à me lamenter sur mon sort et à ressasser les événements du samedi soir quand ça sonne à la porte. Je ne sursaute pas, c'est Emma qui vient chercher sa montre. C'est la seule de mes amies à connaître le digicode de l'entrée. Elle va en profiter pour en remettre une couche quand elle va voir que je n'ai pas bougé d'un iota.

M'en fiche...

Le pot de Nutella sous le bras, je vais ouvrir la porte d'entrée et me statufie quand je vois Loïc se dessiner dans l'embrasure, l'air aussi surpris que moi. Mais pas pour les mêmes raisons : si je ne m'attendais pas à lui, lui ne s'attendait visiblement pas à mon pyjama.

J'attends une seconde de trop pour lui claquer la porte au nez : il me pousse et s'engouffre dans l'appartement.

Plein de questions me traversent l'esprit, mais la seule que je retiens est : comment a-t-il trouvé mon adresse ?

— Oh non... par pitié, partez d'ici !

Il ferme le battant à ma place, puis me détaille de la tête aux pieds, mi-consterné, mi-amusé.

— Le jaune, c'est votre truc, finalement.

Je me précipite sur la poignée et rouvre la porte en grand.

— Fichez le camp d'ici !

Il me sourit.

— Pas pour tout l'or du monde.

Il me colle dans la main le parapluie et l'étole que j'avais oubliés au mariage, et hop ! Il pénètre tout tranquillement dans mon salon, jetant un œil circonspect à la pièce. Les coussins du canapé sont sens dessus dessous, il y a des tasses sur la table, un verre vide, des boules de mouchoirs en papier un peu partout, des miettes de gâteau sur le tapis...

— Ah, l'alcool... que de ravages, fait-il.

J'arrive derrière lui, consternée.

— L'alcool ? Je n'ai pas bu !

Il se retourne et affiche un air faussement étonné.

— Ah oui ? Vous donnez pourtant l'air d'avoir la gueule de bois. Et pour être tout à fait franc, je pensais que pour nous avoir offert un tel spectacle samedi soir, c'est que vous deviez avoir un petit coup dans le nez. Non ? Entre vous et moi ?

Je n'en crois pas mes oreilles.

— Vous plaisantez ?

Il lève les mains.

— Je ne voulais pas être désobligeant.

Je sens la colère me monter au nez, aux joues, jusque dans le bout de mes doigts qui risquent fort de s'écraser sur son visage d'une seconde à l'autre. Je pose l'étole et le parapluie sur le buffet dans l'entrée, et reviens à Loïc.

— Vous n'êtes pas seulement désobligeant, vous êtes un imposteur, un menteur, un manipulateur, un traître, un saltimbanque de bas étage, un guignol, une vermine, un terroriste, un...

Il me coupe la chique en se mettant à rire. À rire !

— Je ne vois pas ce qu'il y a de drôle !

Il fait mine de s'essuyer une larme au coin d'un œil.

— C'est la première fois que je me fais insulter par un Marsupilami avec des hérissons à la place des pieds, alors veuillez pardonner mon émotion.

Je brandis mon pot de Nutella en guise de menace, la cuillère s'en échappe et vient s'écraser sur sa belle chemise blanche. Je n'en reviens pas, mais suis ravie, le timing est parfait !

Surpris, il baisse les yeux sur la tache. J'embraye.

— Que faites-vous ici ? Comment avez-vous eu mon adresse, et qui vous a donné le code de l'entrée ?

Il attrape un mouchoir en papier sur la table et s'essuie tant bien que mal. C'est pire que mieux : il en étale partout. Il abandonne et jette le mouchoir sur la table.

— Vous avez donné votre numéro de portable à Léo.

— Mon numéro, pas mon adresse !

Il a le culot de soupirer ! Limite s'il ne lève pas les yeux au ciel.

— Ce que vous êtes tatillonne ! J'ai un contact chez Orange. Quant au code d'accès, ma foi, je suis entré quand quelqu'un sortait.

Je cligne des paupières.

— Un contact chez Orange ?

Il est sérieux ?

L'instant de surprise passé, je m'insurge :

— Qu'est-ce que vous me voulez ? Vous êtes venu savourer votre victoire ? Profiter que je sois à terre pour me montrer votre suprématie ?

Il croise les bras sur sa poitrine et me toise de toute sa hauteur, son regard noir insufflant une assurance désarmante. S'il savait à quel point il me tape sur les nerfs et me déstabilise en même temps. Je fais de mon mieux pour ne rien montrer.

— Jonquille, vous n'avez pas votre pareil pour mettre l'ambiance dans un mariage. Je tenais à vous le dire.

Je bous littéralement.

— À me le dire ?

— À vous féliciter.

De mieux en mieux !

— Non, vraiment, vous avez un talent indéniable pour empêcher les gens de tourner en rond. Être aussi rabat-joie n'est pas donné à tout le monde, vous savez ?

— Allez vous faire voir !

Il s'invente un soupir de déception.

— Moi qui pensais vous convaincre de vous associer avec moi.

La mâchoire m'en tombe.

— M'associer avec vous ?

Son regard s'illumine. J'ai du mal à savoir s'il se paie ma tête ou non.

— Mais oui ! Imaginez ce que nous pourrions faire ! Vous, avec votre fougue, moi, avec ma perfidie. Nous serions redoutables !

— Vous ne doutez jamais de rien, n'est-ce pas ? Me proposer de m'associer avec vous ? Vous ne manquez pas de toupet, Loïc. Comment pouvez-vous vous imaginer une seule seconde que je vais participer à votre petit business nauséabond ?

Il prend un air déçu.

— Ça veut dire non ?

Il est venu jusqu'ici juste pour se moquer de moi. Ça suffit ! Je lève l'index en direction de la porte.

— Sortez de chez moi.

Il ne bouge pas d'un poil.

— Allons, Jonquille, ne soyez pas fâchée, c'est de bonne guerre. Vous avez fichu en l'air ma surprise et j'ai dû me coltiner la colère de Gérard Maes.

— Vous ne croyez tout de même pas que je vais pleurer sur votre sort ? Maintenant, je répète : sortez de chez moi ou j'appelle la police.

Il se met à rire.

— Ah, cette phrase que toutes les femmes profèrent quand elles sont à court de mots... Vous me décevez, Louise, je vous pensais plus combative.

— Je me contrefous de vous décevoir, Loïc. Ah non ! C'est tout le contraire ! Je suis ravie de vous décevoir autant, ça vous fera peut-être déguerpir plus vite de ma vie. Oh ! Et histoire de me préparer psychologiquement : combien de mariages fleuris par *La dame au cabanon* êtes-vous encore censé pulvériser ?

Il sourit.

— Jusqu'à nouvel ordre, aucun.

— Tant mieux ! Nos chemins se séparent donc là.

Toute cette pression aurait fini par me rendre dingue, c'est pourquoi, même si je ne suis pas totalement sûre de lui, je ne cherche pas à faire taire mon désir d'être soulagée.

Loïc m'observe.

— Je ne vous imaginais pas si acariâtre, Jonquille.

Là, je sens la moutarde me monter au nez. Mais genre vraiment.

— Je vous demande pardon ? Acariâtre, vous dites ? Vous m'avez pourri l'existence et je suis acariâtre ? Mais qui de nous deux l'est le plus, *mon père* ? Qui montre une aversion pour le mariage relevant du trouble psychologique ? Vous, pas moi.

Il plisse les yeux.

— Une aversion ?

— Oui ! Une aversion qui vous pousse à détruire plutôt que construire. Qu'est-ce qui ne va pas chez vous, Loïc ? Pourquoi voulez-vous anéantir les mariages à tout prix ? On n'a pas réglé son complexe d'Œdipe ? On a voulu se marier avec maman, elle a refusé et ça nous a brisé le cœur ? Vous savez, Loïc, les psys ne sont pas faits pour les chiens. Ils peuvent régler ce genre de problème. Consultez d'urgence, c'est un conseil.

C'est à cet instant précis que je vois son visage revêtir une expression effrayante, les yeux noirs de rage, les mâchoires serrées. De toute évidence, j'ai touché un point sensible. Mais je suis tellement en colère que j'enfonce un peu plus le clou.

— Allez faire un gros câlin à maman et cessez d'embêter les gens, vous voulez ? Cherchez un vrai boulot, et qui sait, vous trouverez peut-être une gentille collègue qui vous fera penser à votre mère ?

Je me tais, ne sachant pas comment poursuivre pour le rendre encore plus furieux.

Auréolé d'une colère froide, il étire son immense corps mince, ce qui le rend bien plus impressionnant encore. Je ne me démonte pas et lève le menton avec fierté.

Alors il se penche pour se mettre à ma hauteur et me regarder droit dans les yeux.

— Vous. Ne. Savez. Rien. De. Moi, articule-t-il d'une voix désincarnée qui me glace jusqu'à la moelle. Vous pouvez vous cacher derrière votre bonne morale, vous donner des airs de sainte, mais vous ne parviendrez jamais à camoufler l'essentiel de votre personnalité : vous vous tuez à la tâche, vous jouez au béni-oui-oui, vous vous dévouez à un employeur qui se moque de vous comme d'une guigne, vous vous pliez aux règles, mais n'attendez qu'une chose, que quelqu'un vous libère, parce que vous êtes trop lâche pour le faire vous-même.

Malgré moi, je sens mes lèvres frémir et ma main droite à deux doigts de le gifler. Je me bats pour contenir des larmes de rage. Je déteste profondément cet homme, c'est pourquoi jamais je ne lui montrerai la moindre faiblesse.

Je redresse le menton et le regarde droit dans les yeux.

— Partez.

Il me dévisage quelques secondes, le visage inexpressif, me contourne et s'en va.

Il ne claque même pas la porte en sortant.

Je tremble de tous mes membres. Je me retiens au canapé, et m'assois, le regard dans le vide. J'ai touché un point sensible, mais lui aussi. Oui, je travaille sans compter, je m'occupe, tout le temps. Et si je le fais, c'est parce que je fuis la solitude, la vraie, l'ennui, celui qui vous pousse à réfléchir à ce que vous avez, à ce que vous voudriez et que vous n'obtiendrez peut-être jamais. Pour moi, une famille et un mariage heureux. Parce que ça n'existe pas, alors à quoi bon s'obstiner et vivre dans l'illusion ? Construire une relation qui, tôt ou tard, sera vouée à l'échec ? Devoir repartir à zéro, la tête et le cœur chargés de souvenirs qui vous modèlent et estompent qui vous étiez ? Lorsque mes parents ont divorcé et se sont déchirés, salis, blessés, écrasés, j'ai réalisé que jamais je ne voudrai dépendre de quelqu'un, que jamais je ne voudrai ressentir la peur de perdre une personne, parce que c'est cette peur qui vous conduit à tout foutre en l'air. Je ne serai jamais prête à prendre le risque de tout partager pour finalement tout perdre. Mon travail, mes fleurs, j'en suis plus sûre que je ne le serai jamais d'une relation avec un homme.

Je prends une ample inspiration et décide que quand j'expirerai, il en sera fini de mes réflexions, de Loïc et de mes contrariétés professionnelles. Je vais passer à autre chose.

Alors je lâche l'air contenu dans mes poumons et regarde le pot de Nutella toujours serré dans ma main droite. Je plonge le doigt à l'intérieur. Il est vide.

Je rejette la tête contre le dossier, ferme les paupières et soupire. Il ne me reste plus qu'à aller chercher un deuxième pot.

Mardi matin, je suis clouée au lit par une crise de foie spectaculaire. Je n'arrête pas de vomir. Je trouve la force d'appeler mon médecin qui se déplace sur les coups de midi. Il me trouve une mine épouvantable et une tension bien en deçà de celle habituelle. Résultat des courses : une semaine d'arrêt. La première depuis au moins sept ans.

Mme Chapelier est dans tous ses états. On ne pourra pas me remplacer, c'est une catastrophe, je mets la boutique en péril, l'apprentie ne s'en sortira jamais seule, les compositions ne seront pas prêtes pour le prochain mariage, comment puis-je faire une chose pareille alors que *La dame au cabanon* est déjà en crise, par *ma* faute ?

Je ne suis pas en état de penser ni de me sentir coupable, alors je raccroche et vais comater dans mon lit jusqu'au lendemain.

Il me faut trois jours pour me remettre. J'ai perdu presque trois kilos et me retrouve avec autant d'énergie qu'une limace en plein soleil. Toutefois, c'est plus fort que moi, je m'inquiète pour le mariage qui aura lieu demain. C'est la première fois que Leslie, l'apprentie, se retrouve seule à honorer une commande aussi importante, et, surtout, à livrer les compositions. Comme je veux m'assurer que tout va bien, je prends mon téléphone et lui envoie un SMS.

Hello Leslie ! Tu vas t'en sortir toute seule, pour la cérémonie, demain ?

Elle me répond aussitôt.

Salut ! Ça ne pourra pas être pire que la semaine que je viens de passer avec Mme Chapelier. Elle m'a fait vivre un enfer ! Et toi, tu vas mieux ?

Ouch… Je suis désolée de l'apprendre. Je vais mieux, merci.

Pour être honnête, je suis morte de trouille. Si je me plante, Mme Chapelier ne va pas me rater et ce sera consigné dans mon dossier d'apprentissage.

Je ne le sais que trop bien, oui... La culpabilité est en train de me ronger. C'est à cause de moi que Mme Chapelier est plus tendue que d'habitude. Elle veut éviter les fausses notes à tout prix. Je ne peux pas laisser Leslie comme ça.

Tu veux que je vienne te donner un coup de main ?

Oh ! tu ferais ça ? Et ton arrêt maladie ? Tu as le droit ?

Non, mais tu n'en diras rien à personne ;) La cérémonie est à quelle heure ?

11 heures ! Au temple de Lille.

J'arrive vers 10 heures, ça ira ?

Largement oui ! Et fais gaffe, ils annoncent de la pluie.

Je ferai attention !

Merci mille fois, Louise. Tu es géniale !

C'est ce qu'on me dit toujours !

10

Le lendemain matin, je me lève de bonne heure pour me préparer. Je me sens toujours aussi barbouillée et aurais mille fois préféré rester bien au chaud chez moi plutôt que courir sous la pluie, mais Leslie a besoin de moi. Pas question de lui faire faux bond.

J'ouvre mon armoire, choisis un tailleur jupe couleur fuchsia du plus bel effet, ainsi qu'un chemisier blanc et une paire d'escarpins assortis. Livrer des fleurs ne sous-entend pas que nous devions nous présenter en jean baskets, c'est pourquoi, sauf exception, je mets toujours un soin particulier à choisir mes tenues. Je me remonte les cheveux à l'aide d'une jolie pince dorée, me maquille pour me donner bonne mine et applique une touche de parfum dans le cou.

Je commande un taxi et sors de chez moi à 9 heures. Je serai largement à l'heure.

Mais trente minutes plus tard, nous sommes toujours coincés dans les bouchons. Un accident, d'après le chauffeur. J'envoie un SMS à Leslie pour la prévenir de mon retard et en profite pour mettre mon téléphone en silencieux. Les rares fois où il m'est arrivé d'oublier, quand la sonnerie a retenti pendant la cérémonie, les curés m'ont fait connaître leur mécontentement.

Lorsqu'on arrive à 10 h 15, il pleut des cordes, et j'ai oublié de prendre un parapluie. Je paie la course, sors en courant du taxi et détale comme un lapin pour me réfugier dans l'édifice devant lequel j'arrive quand même trempée comme une soupe.

Essoufflée, je pousse la porte grinçante et lâche un « oh » strident en me prenant le pied dans le coin d'une dalle cassée. À mon grand soulagement, les cinq personnes déjà installées ne se retournent pas. J'avise l'intérieur du temple et me dirige clopin-clopant vers une rangée de deux chaises, sur le bas-côté. Je m'assois au dernier rang.

Leslie n'est pas encore arrivée. Sans doute est-elle tombée dans les embouteillages, elle aussi. Je retire mon escarpin, arrache le talon qui pendouille et le range dans mon sac, résistant contre l'envie de grogner, car je viens de bousiller ma paire de chaussures préférée. Je me tais, respecte le silence des cinq premiers invités et examine l'intérieur du temple en attendant l'arrivée de Leslie.

C'est dépouillé, sans chichi, icônes ni statues, mais les boiseries sont exceptionnelles. Une tribune fait le tour complet de l'édifice, et des caissons en chêne habillent le plafond de façon remarquable.

Happée par la sobriété du lieu, j'entends à peine la porte principale s'ouvrir. Je finis par tourner la tête et manque pousser un cri de stupeur. Mme Chapelier, les bras chargés de fleurs, s'engage dans l'allée centrale, suivie de Leslie qui, elle, me voit tout de suite. De sa main libre, elle me fait de grands signes pour que j'aille vite me cacher.

Mon cœur s'emballe. On est une poignée dans l'édifice, s'il vient à l'idée de ma patronne de se retourner, je serai découverte en moins de deux.

Le plus discrètement du monde je me lève pour me planquer derrière un pilier.

Je ne sais pas si le stress dû à la situation y est pour quelque chose, mais il me prend une telle envie d'éternuer que je ne suis pas sûre de parvenir à me retenir bien longtemps. Je me bouche le nez de toutes mes forces, puis tends l'oreille. J'entends Leslie et Mme Chapelier déposer les compositions, chuchoter sans comprendre ce qu'elles racontent, puis ressortir. Tout ce temps, j'ai l'impression de ne pas avoir respiré. J'attends encore un peu sans bouger, je sais qu'elles vont revenir.

Elles font encore deux voyages, puis les invités commencent à entrer.

Je tâche de rester calme, toujours cachée derrière mon pilier. Puis tout à coup, Leslie apparaît devant moi, je retiens à peine un cri de surprise.

— Je suis vraiment désolée, chuchote-t-elle. Je t'ai envoyé un message pour te dire de ne pas rester. Mme Chapelier a finalement décidé de venir.

Je secoue les mains devant moi, je ne fais pas ma fière.

— Mon téléphone est en silencieux. Vous allez assister à la cérémonie ?

— Bien sûr, comme toujours. Elle fait le pied de grue devant l'entrée, tu ne peux pas sortir.

J'en ai des sueurs froides.

— Qui tient le magasin ?

— M. Chapelier.

— M. Chapelier ?

Leslie hoche la tête.

— C'était ça où elle me laissait venir seule, ce qu'elle a jugé impensable, au dernier moment.

Je soupire.

— Bon, tâchons de rester calmes. Je reste ici jusqu'à ce que les bancs soient remplis, puis je retournerai m'asseoir contre le mur, OK ? Elle ne me verra pas.

Leslie est mortifiée.

— Je suis vraiment désolée, Louise.

— Ce n'est rien. Maintenant, file, elle va se demander où tu es.

Elle hoche la tête et repart d'un bon pas.

Je reste debout sans bouger, les mains croisées sur mon giron, et observe les nouveaux venus. Dieu qu'ils ont l'air taciturnes ! À les voir comme ça, habillés tout en noir, la tête plus ou moins baissée, on pourrait croire qu'ils se rendent à un enterrement.

Une minute... Les convives affluent et sont *tous* habillés en noir, sans exception ! Oh !

Je jette un œil vers les portes, pas de trace de Mme Chapelier, elle doit être encore dehors. Du coup, je marche d'un pas bancal jusqu'aux premiers rangs et détaille l'autel. Horrifiée, je vois des gerbes funéraires posées sur le sol.

— Excusez-nous, nous aimerions passer.

Je me retourne sur un couple de septuagénaires courroucés. Je bouche le passage, mais suis dans un tel désarroi que je ne parviens qu'à porter une main à ma poitrine.

— Et si je peux me permettre, ajoute la dame en me regardant de la tête aux pieds d'un œil méprisant, Philéas était un homme respectable et votre tenue est inconvenante. Il aurait détesté.

Je rougis jusqu'aux oreilles, car comme de bien entendu, le seul bonbon rose de l'assemblée, c'est moi ! Que Philéas me pardonne, si j'avais su, je ne serais même pas venue !

Je m'écarte, ravale ma fierté, oublie la crampe qui

me comprime l'estomac, et me réfugie sur une chaise contre le mur, regrettant qu'il n'y ait aucun confessionnal dans lequel je pourrais me cacher.

La vague de robes et costumes noirs, de visages graves, semble m'avaler tout entière. Un enterrement ! À aucun moment je n'ai demandé à Leslie de préciser de quel genre de cérémonie il s'agissait, tant il me paraissait évident qu'elle parlait d'un mariage. Sans compter qu'il y en a bien un, aujourd'hui, mais pas à la même heure. Je suis absente depuis mardi dernier, il est évident qu'un décès pouvait survenir à n'importe quel moment. Un enterrement... Et je ne peux même pas partir sans risquer d'être remarquée.

Je regarde autour de moi, les gens sont silencieux, les yeux rivés devant eux, comme si leurs voisins de droite ou de gauche n'existaient pas. Les proches du défunt sont assis au premier rang. Au centre, une dame de bien quatre-vingts ans. Je ne vois qu'une partie de son profil. Elle se tient droite, immobile et fière. Je suis prête à parier qu'il s'agit de la femme de l'homme qu'on enterre, elle possède des allures de matriarche que personne n'oserait contrarier. À sa droite, trois hommes âgés de quarante à soixante ans. Peut-être ses fils, bien qu'ils se ressemblent sans se ressembler vraiment : ils n'ont aucun trait physique commun, mais un air de famille indéniable. Toujours est-il que pas une larme ne leur fait briller les yeux. C'est perturbant. Leur indifférence est aussi visible que la couleur de mon tailleur. À gauche, à l'autre extrémité du banc, trois femmes. Les belles-filles ? Elles non plus, ne semblent pas le moins du monde touchées par la perte de leur proche.

Philéas, Philéas... Je ne sais pas qui vous étiez,

mais personne ne donne l'air de vous avoir beaucoup aimé.

Mme Chapelier et Leslie finissent par revenir. Elles s'installent sur les chaises, à l'opposée d'où je me trouve. Je me renfrogne un peu plus. Comment ai-je pu laisser passer les détails qui auraient sauté aux yeux de n'importe qui ? Elles sont elles aussi habillées en noir ! Aucun fleuriste ne livre des fleurs à un mariage, habillé en noir.

Mon Dieu... De quoi ai-je l'air dans ma tenue rose bonbon ?

Je suis à deux doigts de piquer le manteau du gars installé sur le banc à ma gauche. Je glisse sur ma chaise et me fais toute petite.

Au bout d'un moment, inconfortablement installée, je me redresse un peu et tourne la tête vers les portes. Là, j'aperçois un moustachu à lunettes, portant un long manteau noir et un stetson en feutre. Il vient juste de pénétrer dans le temple.

Démarche désinvolte, charisme auquel il est difficile de se soustraire... Je reste bloquée sur lui quelques secondes, puis sens mon cœur me remonter dans la bouche lorsque je réalise qu'il s'agit de Loïc lui-même.

C'est pas vrai ! Je l'ai reconnu tout de suite. De toute façon, il pourrait se déguiser en zombie putréfié que ça n'y changerait rien. Il ne va quand même pas faire son numéro ici ? *Tu parles !* Vu la façon dont il est accoutré, il y a peu de chances qu'il soit ici en simple « visiteur ».

Ma crampe à l'estomac redouble d'intensité quand je le vois venir dans ma direction. Il m'a remarquée tout de suite, lui aussi, et comme de bien entendu, arrivé à ma hauteur, il prend la chaise vide à ma gauche.

— Jolie tenue, me raille-t-il en ouvrant les boutons de son manteau.

Il me dévisage, baisse les yeux sur mon ensemble, mes escarpins dont j'essaie de cacher le talon cassé, puis remonte jusqu'à mes yeux.

— Laissez-moi deviner...

Je lève la main.

— Non, je ne vous laisse pas.

Il se retient de rire.

— Vous pensiez assister à un mar...

— Taisez-vous !

Il baisse les mains en signe de reddition.

— Vous savez que vous ne trompez personne avec ce déguisement ridicule ?

Il sourit et lisse ses fausses bacchantes ; je me renfrogne et lui demande :

— Qu'est-ce que vous mijotez ?

L'orgue répand soudain les premières notes d'une marche funèbre, en même temps que le pasteur ordonne à l'assemblée de se lever. Je m'exécute, les jambes en coton.

— Mon chou, me susurre Loïc à l'oreille, je ne vais pas vous le dire, mais je sens que vous allez adorer.

— Vous ne pouvez pas faire ça... C'est un enterrement !

Je suis aussi consternée qu'implorante, mais ça ne fonctionne pas du tout. Il me regarde avec un sourire à gifler et me défie :

— Fais-moi taire, si tu peux...

Puis il me plante là pour s'installer trois rangs plus près.

Je n'ai aucun moyen de répliquer. Le cercueil fait son entrée, porté par quatre hommes aux gants immaculés. Je le déteste, le déteste, le déteste !

— Pardon, mademoiselle, la chaise est libre ?

Un vieux et gros monsieur, aidé d'une canne, me regarde avec l'air suppliant de quelqu'un qui a peur qu'on lui dise non. Avec son gabarit, il lui est impossible de se glisser entre les bancs. Je me décale un peu et lui chuchote un « je vous en prie ». Il ne saura jamais à quel point il me rend service en jouant les paravents. Ainsi, je suis certaine de ne pas être vue de ma boss.

La musique s'efface, le pasteur prend la parole et commence à honorer la mémoire du défunt. J'apprends que le monsieur avait quatre-vingt-dix ans, qu'il était très influent, à la tête d'une entreprise familiale employant ses trois fils et ses trois belles-filles, et qu'il laisse derrière lui une épouse fidèle avec laquelle il était marié depuis soixante-cinq ans.

— C'était un grand homme, Philéas Le Dantec, murmure mon voisin d'une voix chevrotante. Mais il n'était pas très aimé de sa famille. Enfin, on dit qu'il était surtout apprécié pour son argent. Et il en avait beaucoup. Sa veuve et ses fils sont de vraies peaux de vaches : racistes, radins et puants.

Je hoche la tête avec politesse et essaie de voir ce que fait Loïc. J'arrive tout juste à distinguer l'arrière de son crâne. Qu'a-t-il prévu ? Quelle bassesse va-t-il utiliser pour écraser sa cible ? Et qui est la cible ? À en croire ce que vient de me dire mon voisin, ça peut être n'importe qui...

Les vingt premières minutes se déroulent dans la plus grande banalité : louanges, lecture d'évangiles, jusqu'au moment où le pasteur mentionne les volontés de Philéas Le Dantec.

— Philéas, notre frère, a rédigé une note qu'il a remise à maître Loris, notaire. Il souhaitait que quelques mots soient prononcés, à l'attention de ses proches. Ses volontés seront respectées. Sachez cependant que je ne sais pas d'avance ce qui y a été noté.

À ces mots, les gens se regardent, s'interrogent des yeux. Les miens ne quittent pas Loïc, car je sens que nous avons atteint le point de non-retour.

— C'était un sacré farceur, me confesse le monsieur à côté de moi. Il était connu pour son franc-parler, et n'hésitait pas à mettre les gens dans une situation embarrassante s'il sentait qu'on essayait de le rouler dans la farine. J'ai hâte d'entendre ça !

Je vois d'ici le tableau se dessiner, et l'humiliation se profiler.

Au moment où je tourne la tête pour regarder Loïc, je le vois se diriger vers l'autel, un papier à la main.

— Si vous le voulez bien, reprend le pasteur, maître Loris va nous lire une lettre.

Maître Loris... Je pourrais en aboyer de rire. Avec sa moustache et ses petites lunettes rondes, les cheveux ramenés en arrière, il a plus que le profil de l'emploi.

Il pose la lettre sur le pupitre, rajuste son nœud de cravate, remonte ses lunettes et se racle la gorge.

— « Ma très chère femme, en juillet, nous aurions fêté nos noces de palissandre, mais ce bon vieux barbu a décidé de me libérer de la mascarade à laquelle je m'adonne depuis soixante-cinq ans. Dieu merci, je peux enfin écorner les convenances, maintenant que je suis parti *ad patres.* »

Murmure dans la salle. Je ne suis pas le moins du monde concernée, mais je suis morte de honte. Je m'en cacherais sous les chaises, si je pouvais.

— « Monique, tu m'as donné trois beaux enfants à propos desquels, toute ma vie j'ai entendu : « Comme ils ressemblent à leur mère ! », et en effet, ils sont ton portrait craché. »

Les principaux concernés se consultent du regard et se mettent à gigoter sur leur siège.

— « Quoi de plus étonnant ? Ce ne sont pas les miens ! » ajoute théâtralement Loïc.

Cette fois, l'assemblée ne peut retenir sa consternation, tandis que la femme du défunt porte les mains à sa poitrine.

Loïc ne se démonte pas et continue :

— « Ça t'en colmate une fissure, n'est-ce pas, ma chère épouse ? Je suis au courant de tout, et ce, depuis l'annonce de ta prime grossesse. »

— C'est inadmissible ! s'écrie le plus âgé des fils illégitimes en se levant. Cessez immédiatement !

Le pasteur, sans doute plus mal à l'aise que l'assemblée, s'interpose :

— Maître Loris, ce sont des funérailles... Sommes-nous vraiment obligés de... ?

Loïc remonte ses petites lunettes et regarde pasteur, femme et enfants avec la plus grande sévérité.

— Je rappelle que selon la loi de 1887, reprise par l'article 433-21 1 du Code pénal, « toute personne qui donne aux funérailles un caractère contraire à la volonté du défunt », alors qu'elle en a connaissance, pourra être punie de six mois d'emprisonnement et d'une amende de 7 500 euros.

Les proches de Philéas Le Dantec pâlissent. Le pasteur aussi.

— Si quelqu'un ici se refuse à entendre ce que le défunt avait à dire, qu'il s'en aille, mais ses dernières volontés seront respectées sans possibilité de discussion.

Loïc leur laisse sciemment quelques secondes de réflexion. Et pendant que le silence s'étire, que l'assemblée n'en croit pas ses oreilles, la gêne que je ressentais fait place à l'admiration. Il est épatant. D'un sérieux extraordinaire. Si je ne savais pas la vérité, je ne remettrais jamais en cause sa fonction de notaire. Chapeau.

— Bien joué ! murmure mon voisin dans sa barbe. C'est digne de toi, Philéas !

Je l'observe du coin de l'œil, il semble surexcité. Il ne faudrait pas que papi nous fasse un infarctus.

— Votre décision ? réclame Loïc.

La veuve finit par se résigner et tire la manche de son fils aîné afin qu'il se rassoie. À sa gauche, ses belles-filles donnent l'impression de vouloir entrer dans un trou de souris.

— Très bien, je reprends. « Ma chère Monique, ayant contracté une varicelle tardive, je me suis retrouvé stérile à l'âge de quinze ans, sans aucune chance de voir cet état de fait s'inverser. Oui, je l'avoue, j'ai conservé pour moi ce petit détail lorsque nous nous sommes mariés. »

Même d'où je suis, je vois la veuve sur le point de défaillir. Mais ce qui me perturbe le plus, c'est que pas un de ses enfants ne la regarde bizarrement, comme s'ils savaient, eux aussi.

— « Aussi, quelle ne fut pas ma surprise quand, quelques mois après notre mariage, tu m'annonças, radieuse, que tu étais enceinte. Oh ! qu'elle fut dure à avaler, cette nouvelle, presque autant que la deuxième fois, mais à peine plus qu'à la troisième. Complexe d'infériorité viril, ou crainte de te voir me mépriser et t'éloigner ? J'ai gardé le secret et tu mon infirmité. »

— C'est un scandale ! s'écrie l'un des fils. Un ramassis de conneries !

— Tu parles ! persifle mon voisin.

Loïc se compose un visage sévère et se repenche sur sa lecture.

— « Bien sûr, vous vous en défendrez tous, mes enfants chéris, je vous entends de là, mais dans les années 80, des analyses ont officialisé ce que je savais déjà : mes spermatozoïdes ont toujours été des tire-au-flanc. Monique, j'ai fait contre mauvaise fortune bon cœur, donné mon nom et mon amour à ces enfants, que tu avais pourtant conçus avec d'autres. Vous qui êtes dans l'assemblée, avez-vous remarqué que s'ils ont tous quelque chose de leur mère, aucun ne se ressemble vraiment ? »

Les gens autour d'eux les dévisagent davantage, moi la première. Il est vrai qu'entre un brun, un blond et un roux, il y a de quoi s'interroger.

Loïc toussote pour attirer l'attention de l'assemblée et reprend la lecture :

— « Monique, ta trahison a été dure à avaler, mais j'ai appris à en tirer quelques avantages. Puisque tu avais le cuisseau accueillant et la fesse légère, j'en ai bien profité. Ce que j'ignorais en revanche, c'est que l'amour filial fût génétique. Car d'affection en retour, je ne reçus rien de la part de tes enfants. Pas l'once d'une effusion, pas l'ombre d'un élan de tendresse ! C'était à croire que tes rejetons avaient, inscrits dans leur ADN, le chromosome de l'ingratitude, ou que j'avais, tatoué sur le front : « Je ne suis pas votre père ! » »

Les trois frangins baissent la tête.

— Ils ont toujours su ! s'offusque mon voisin. Ces petites pourritures l'ont compris bien avant que leur mère ne leur dise !

Cette fois, il tremble de tous ses membres, je commence à m'inquiéter pour lui. Aussi je lui pose une main sur le bras, pour l'apaiser. Le regard fixé sur le pasteur, il ne me remarque même pas.

— « J'ai élevé ces enfants comme les miens, leur ai payé leurs études, leurs voitures, leurs vacances, me suis saigné aux quatre veines, conscient que la seule chose qui les intéressait chez moi, c'était mon pécule. En ce sens aussi, oui, je le confirme, ils te ressemblent bigrement, ces furoncles. Mon seul regret, au moment où cette lettre vous est lue, est de ne pouvoir me délecter de vos visages. Quel baume c'eût été de me réjouir de vos mines défaites. »

— Bien dit ! s'exclame le vieux monsieur.

— « Car sachez, mes chers « enfants », que les preuves de ma stérilité ont été déposées chez le notaire et que, *de facto*, votre part de l'héritage, vous pouvez vous asseoir dessus. Consigne a été donnée qu'elle soit reversée à une association caritative venant en aide aux migrants. Si j'en crois le fiel que vous avez écoulé des années durant à l'encontre de tout ce qui était un peu trop basané et nécessiteux, je suis sûr que ça vous piquera encore un peu plus le trou que vous avez dans le derrière. »

Des proches du défunt, pas un ne bouge. Je ne sais pas à combien s'évalue la fortune de Philéas Le Dantec, mais ils sont tous blancs comme linge.

— « Votre seule chance de récupérer une partie de ma fortune sera d'attendre que votre mère passe à son tour l'arme à gauche. Alors seulement, vous pourrez vous partager sa part. En attendant, je prie le Grand Manitou qu'il m'accorde un petit bonheur posthume : que vous soyez tous les bâtards d'un plombier polonais ou d'un livreur arménien. »

Ma chaise se met à trembler, mon voisin est secoué par un rire qu'il essaie de cacher tant bien que mal.

D'abord, je souris avec gêne, les gens devant nous se retournent, on va finir par me remarquer, puis je commence vraiment à m'inquiéter quand le vieux monsieur se met à tousser.

— Tout va bien ? m'assuré-je.

Il me répond par un rire asthmatique qui va mal tourner si ça continue. Je cherche la petite bouteille qui se trouve dans mon sac, il doit rester un fond d'eau, et la lui tends. Il essaie de boire une gorgée, tousse de plus belle. Cette fois, c'est bon, tout le monde nous regarde. Je me cache comme je peux derrière lui et lui tape doucement dans le dos. Peine perdue, il en devient violet. Puis ses muscles se bandent d'un coup. J'ai à peine le temps d'essayer de le retenir que je vois sa chaise partir en arrière, avant qu'il nous attire tous les deux dans sa chute. Parce qu'il me tombe à moitié dessus et qu'il doit bien peser une centaine de kilos, je suis incapable de bouger et comprends que tout le monde s'agite aux grincements des chaises et des bancs sur le sol.

Des gens s'activent autour de nous et viennent à notre secours. Le monsieur est mis en position latérale de sécurité tandis que je me relève tant bien que mal.

— Un médecin, vite ! crie quelqu'un en dégrafant les boutons de chemise du vieux monsieur.

En moins d'une minute, nous sommes entourés par une foule de gens.

Je réagis et me lève.

— Écartez-vous, il a besoin d'air !

Personne ne bouge.

— Écartez-vous, je vous dis ! Vous voulez qu'on enterre deux personnes à la fois ?

Cette fois, j'ai fait mouche. Les gens font taire leur curiosité et prennent un peu leurs distances. Je me penche sur le monsieur qui, bien qu'encore en détresse, respire mieux.

— Restez calme, lui chuchoté-je à l'oreille. Je suis sûre que Philéas n'est pas prêt à vous accueillir.

— Merci, mon petit, finit-il par murmurer.

Et Dieu ce que ça me rassure.

Je récupère un mouchoir humidifié qu'une dame me tend et le lui passe sur le front. Puis je sens une main sur mon épaule.

— Louise, est-ce que ça va ? me demande Loïc d'un air inquiet.

Je lève la tête pour le regarder, pleine de colère.

— Moi, ça va, mais ce n'est pas le cas de ce pauvre monsieur. Vous et votre petit numéro avez failli tuer quelqu'un, vous vous en rendez compte ?

— Je savais qu'il ne risquait rien, vous étiez son ange gardien, répond-il avec un clin d'œil.

Je suis sur le point de rétorquer quelque chose quand, horrifiée, j'aperçois le visage livide de Mme Chapelier. Elle m'a vue.

Loïc revient à la charge.

— Jonquille, vous êtes redoutable ! Un mariage, puis un enterrement. Vous êtes sûre que vous ne voulez pas que je vous embauche ?

Je le fusille des yeux.

— Vous ! Ne me parlez plus jamais !

Puis je pose une nouvelle fois le regard sur Mme Chapelier. Le sien est sans appel : je suis virée.

11

Déjà mi-août. Je n'ai pas vu passer les presque deux mois qui viennent de s'écouler. Ce n'est pourtant pas faute d'avoir été malmenée, Mme Chapelier a été épouvantable. Je n'ai jamais pu éclaircir la situation avec elle, me dédouaner ou me justifier ; pendant un mois, elle m'a accusée de tous les maux de la Terre, n'a rien voulu savoir. Chaque minute, chaque heure, chaque jour ont été éprouvants. J'ai eu un mal de chien à boucler mon préavis sans y laisser ma santé et mon énergie, mais aujourd'hui, c'est bel et bien terminé. *La dame au cabanon* est derrière moi, désormais, et j'ai appris que leur nouvelle fleuriste faisait des merveilles. Tant mieux pour eux.

Toutefois, ce serait mentir de dire que je vis les choses avec la plus grande sérénité ; la boutique, son ambiance et les défis créatifs que je devais y relever me manquent. J'avais dix-huit ans lorsque j'ai mis les pieds à *La dame au cabanon*, la première fois. On ne balaie pas une décennie d'un geste de la main. Et même si le stress était omniprésent, et que j'étais bien peu payée en comparaison du travail que je fournissais, j'y ai passé d'excellents moments.

Je m'extirpe de mes souvenirs et regarde Emma,

Jeffrey et Yann. Tous les trois avachis dans mon canapé, ils sont en train de consulter les statuts de la société que je viens de créer. *Comme un parfum de bonheur.* J'ai toujours eu beaucoup de réticences à ouvrir ma propre boîte, mais Emma m'a convaincue : je me lance dans l'organisation de mariages. Ça n'a pas été plus compliqué que ça à mettre en place, c'était même plutôt rapide. Un projet solide, un peu d'argent de côté, une bonne dose de courage pour la paperasse, et voilà. *Comme un parfum de bonheur* attend son premier client, lequel doit me donner sa réponse d'une minute à l'autre. Il s'agit d'un couple qui vient d'être lâché, à un mois du mariage, par l'organisateur qu'ils ont recruté à l'origine, et la préparation de l'événement est loin d'être ficelée... Il faut s'occuper des fleurs, de la décoration, trouver un groupe de musiciens qui jouera pendant le cocktail, et un photographe ; lesquels, à cette période, ont déjà un planning bien rempli. C'est même LA difficulté du contrat. J'ai conscience que je devrai m'en affranchir si je veux que mon nom soit recommandé par la suite. Si je me plante, si je suis incapable de remplir toutes les clauses du contrat, ce sera l'effet inverse qui arrivera, et me relever sera très compliqué.

— *Wedding planner*, souffle Jeff, ébahi. Je ne sais même pas pourquoi je n'y ai pas pensé plus tôt. Tu es faite pour ça, ma poule !

— Carrément ! renchérit Yann. Si je n'étais pas hermétiquement opposé au mariage, je me marierais juste pour t'avoir comme organisatrice !

Je soupire.

— Puissiez-vous dire vrai.

Emma prend un air outragé.

— Mais bien sûr que c'est vrai ! Tu as déjà assisté

à une centaine de mariages. Tu connais la chanson, et c'est pourquoi tu vas exceller, j'en suis certaine. Et rappelle-toi que tu t'es même payé le luxe d'avoir affaire à un fauteur de troubles, ajoute-t-elle avec un clin d'œil. Tous les organisateurs ne peuvent pas en dire autant. Toi, tu sauras gérer !

Je me contente de sourire. J'y ai pensé, en créant *Comme un parfum de bonheur*, mais je ne me suis pas dit une seconde « Ne tente pas l'aventure, Loïc risque de te mettre des bâtons dans les roues ». Je n'ai eu aucune nouvelle de lui depuis le désastre de l'enterrement, et ne pense jamais en ravoir. Aujourd'hui, tout va bien dans le meilleur des mondes possibles, et demain, tout ira pour le mieux aussi.

Quand mon portable sonne, je sursaute et regarde l'écran. C'est mon « peut-être » futur client.

Je prends une profonde inspiration et fais signe à mes amis de se taire. Ils se crispent, se serrent les uns contre les autres dans une attitude à mourir de rire, et attendent, plus muets que trois tombes. Je me racle la gorge et décroche.

— *Comme un parfum de bonheur*, bonjour.

— Bonjour, mademoiselle Adrielle. Stéphane Royer.

— Monsieur Royer, comment allez-vous ?

Jeff fait la grimace, il a une sacro-sainte horreur des banalités.

— Bien, merci, répond mon client. Bertrand et moi-même avons étudié votre offre dans le détail.

J'arrête de respirer.

— Très bien.

— Nous avons décidé de l'accepter.

Je lâche tout l'air contenu dans mes poumons.

— Merci, monsieur Royer. Je vais faire mon possible pour satisfaire vos demandes.

Emma fait des bonds sur le canapé.

— Justement, nous avons une petite exigence à propos de la partie musicale.

Je fais signe à Emma de se calmer, et attrape le bloc-notes et le crayon sur la table basse.

— Je vous écoute.

— Nous ne voulons pas de chanteur de variétés, d'accordéoniste, ou de joueur de synthé qui reprendrait des morceaux populaires. Nous avons déjà prévu un DJ pour la soirée. Ce que nous voulons, c'est animer le vin d'honneur.

— Je comprends. Vous aimeriez quelque chose en particulier ?

— Oui, un groupe de pop rock.

— Très bien. Je vais faire mon possible pour vous trouver quelqu'un.

Sauf que vu l'échéance qu'il me reste, je sais que c'est presque une mission impossible. Je me garde de le lui rappeler, il le sait aussi bien que moi.

— Vous voyez autre chose, monsieur Royer ?

— Oui. Mon futur époux a toujours aimé une chanson en particulier, et j'aimerais qu'elle soit reprise afin de la lui dédier.

— D'accord. De laquelle s'agit-il ?

— « When You Say Nothing At All », de Ronan Keating.

Coup de foudre à Notting Hill, bien sûr...

— J'en prends note, lui assuré-je en gribouillant sur mon carnet. Un dernier détail ?

— Non. Pourriez-vous consigner tout ceci au devis, s'il vous plaît ?

Aïe... Je n'aurai donc aucune excuse si je n'y arrive pas. Puisque je n'ai pas le choix...

— Bien entendu, et je vous le confirme par mail.

— Je vous remercie, mademoiselle Adrielle. À très bientôt.

— À bientôt, monsieur Royer.

À peine ai-je raccroché qu'Emma pousse un cri de joie et me rejoint dans le fauteuil pour me sauter au cou.

— Je le savais !

— FÉ-LI-CI-TA-TIONS ! crient Jeff et Yann, en chœur.

Je lève les mains pour les calmer.

— Doucement, doucement... Il y a des demandes que je vais avoir un mal de chien à exaucer, comme trouver un groupe de rock disponible en moins d'un mois.

— *Fingers in the nose !* crie Emma. On va te trouver ça ! Pas vrai, les gars ?

Jeff et Yann font des yeux comme des soucoupes.

— Euh...

— *Je* vais te trouver ça, corrige Emma avec un clin d'œil.

L'intérêt d'avoir une fille comme Emma dans ses amies, outre le fait qu'elle est géniale et que je l'aime comme une sœur, c'est qu'elle ne fréquente presque que des artistes, et que son carnet d'adresses ferait pâlir d'envie n'importe quel agent en manque de clients. Je lui claque une bise sur la joue, regarde ma montre qui affiche 19 heures, et me mets debout. Je suis d'excellente humeur.

— Et si on allait fêter ça ? Je vous invite !

Comme montés sur ressorts, tous mes amis se lèvent.

— Cette fois, c'est moi qui choisis ! clame Jeffrey.

Quand on sort ensemble, c'est la règle, chacun son tour.

Yann s'insurge.

— Tu as toujours des plans foireux.

Jeff pouffe de rire.

— C'est le jeu, ma pauvre Lucette !

Je regarde Emma, Yann, de nouveau Emma, et soupire.

Que Dieu nous garde...

Une heure et demie plus tard, nous nous retrouvons à Hondschoote, petite ville frontalière de la Flandre intérieure, à un jet de canette de Dunkerque et de la côte. Adossés à la buvette d'un bal musette, nous nous retrouvons au milieu de parfaits inconnus qui, eux en revanche, semblent tous se connaître. Jeunes, vieux, hommes, femmes et enfants fêtent le 15 août avec une effervescence stupéfiante. Sonos hurlantes, tango, java, chansons du Grand orchestre du Splendid, pompes à bière et danseurs en tongs chaussettes. Jeff et ses bons plans !

Jeff a grandi ici, Emma y a passé une partie de ses week-ends avec ses parents. Inutile d'être rabat-joie, je vais prendre sur moi et faire comme tout le monde : manger un américain fricadelle sauce samouraï, et demander une double portion de frites. Mon lot de consolation.

À ma grande stupéfaction, au bout d'une heure et deux Picon-vin blanc, j'ai oublié toutes mes réticences et chante des chansons paillardes à tue-tête, avec Jeff et Emma.

Nous sommes là, un peu avinés, au milieu de la foule à brailler comme des veaux sous le regard consterné d'une sexagénaire, quand Yann me pose la main sur l'épaule pour me faire pivoter et me crie à l'oreille :

— C'est pas ton curé, là-bas ?

Douche froide.

— Hein ?

— Le type, contre l'arbre, c'est pas celui avec qui tu parlais au *Crazy Bass*, l'autre soir ?

Je plisse les yeux et cherche Loïc.

Il me faut deux secondes pour le repérer. Un verre à la main, il est en train de discuter avec une brunette qui doit avoir à peine dix-sept ans et qui se trémousse au rythme de la musique.

Je n'en reviens pas ! Que fait-il ici ?

Je n'ai pas envie de tourner autour du pot, pas envie de me cacher, pas envie de faire comme si je n'avais pas été virée par sa faute, même s'il n'en a aucune idée. Je colle mon verre dans la main de Yann et fonce sur Loïc pour me placer juste derrière la gamine.

— Bonsoir, mon père, vous faites la sortie des collèges, maintenant ?

Il lève la tête, un peu surpris, tandis que la fille fait volte-face pour m'observer de ses grands yeux bleus. Quinze, en réalité, elle ne doit pas avoir plus de quinze ans.

— À moins que vous n'ayez décidé de saboter sa communion ? ajouté-je, pince-sans-rire.

Loïc se redresse complètement.

— Jonquille, quelle bonne surprise.

— Laquelle n'est pas partagée, je peux vous l'assurer. Sérieusement, que faites-vous ici ? Pas d'enterrement, pas de mariage... Vous visez les feux d'artifice ?

— Qui est cette dame ? demande l'adolescente.

Loïc est crispé.

Tant mieux, chacun son tour !

— Une connaissance, répond-il. Tu peux nous laisser un moment, Alicia ? Je te retrouve plus tard.

La jeune fille hoche la tête et s'en va au-delà de la

piste de danse. Je la suis des yeux un instant et me tourne vers Loïc, pile au moment où les musiciens annoncent qu'ils vont faire une pause. Après les déflagrations musicales, le silence devient presque assourdissant.

— Quel mauvais coup préparez-vous cette fois-ci ?

Il rive son regard au mien.

— Aucun. Je prends du bon temps.

— Avec une gamine ? Vous ne reculez vraiment devant rien.

Loïc plisse les yeux.

— Vous attaquez fort, Jonquille.

J'en ai conscience, tout comme j'ai conscience que cette gosse n'est pas un trophée de chasse pour Loïc, mais je lâche un rire cynique.

— C'est surtout parce que je n'ai pas envie de me retrouver impliquée une énième fois dans vos petits plans machiavéliques. Vos projets concernent cette jeune fille ?

Comme j'ai parlé un peu fort, le couple qui discute derrière nous se retourne pour nous observer, mais Loïc ne me lâche pas des yeux. Le regard franc et sans concession qu'il me lance me ferait presque baisser les cils, mais je le lui rends sans ciller.

— Je n'ai aucun projet, Louise. Du moins pas ce soir, et pas ici.

Qu'il m'appelle par mon prénom n'est pas aussi troublant que le ton de sa voix : grave et solennelle presque, sans la moindre trace d'humour. De toute évidence, il a peur que je fasse un scandale. Or, j'ai un peu trop bu, c'est pourquoi je n'en tiens pas compte et reviens à la charge.

— Dites-moi, mon père, vous êtes d'Hondschoote ?

— Je n'y vis plus, mais c'est encore le cas d'une partie de ma famille.

Je me retourne pour embrasser les... autochtones des yeux, reviens à ceux de Loïc, et applaudis avec toute l'exagération du monde.

— Fantastique ! m'écrié-je. Ils savent donc tous en quoi consiste votre merveilleux métier ?

— Jonquille...

Je fais mine de m'offusquer.

— Quoi ? Il ne faut pas en parler ? C'est un secret d'État ?

Cette fois, il serre les mâchoires.

— Vous avez trop bu.

— Oh ! Vous croyez ? Ça alors ! C'est une chance, parce que du coup, je vais pouvoir dire tout ce que je pense sans craindre les représailles !

La menace fait mouche. M'arrachant un cri de surprise, Loïc me prend par le poignet et me tire derrière l'arbre où nous sommes à peine plus protégés des oreilles et regards indiscrets. Le sien brille d'une colère contenue.

— À quoi est-ce que vous jouez ?

Je me libère et recule d'un pas.

— Quel effet ça fait d'être sur la sellette, mon père ? Allez, donnez-moi votre impression. Vous savez, quand on risque de perdre quelque chose d'important, mais que la personne en face de vous n'en a rien à cirer.

Son visage se referme.

— Vous parlez comme si je vous avais attaquée personnellement, ce qui n'a jamais été le cas.

J'éclate d'un rire mauvais.

— Oh ! s'il vous plaît ! Vous pensiez vraiment que vos petites interventions houleuses auraient pour seules conséquences de détruire un couple ou ravager une famille entière lors de funérailles ?

La sincérité de son regard m'en laisserait presque sans voix. Oui, il ne pensait pas que ça irait plus loin que ça. Sombre idiot !

— J'ai perdu mon job, cinglé-je en le pointant du doigt. À cause de vous !

La surprise se dépeint sur son visage.

— J'en suis désolé, Louise...

— Désolé ? Non, vous ne l'êtes pas. Vous ne ressentez rien. Vous n'êtes qu'un démolisseur de bonheur, un exterminateur de bonnes intentions !

Je me retourne et constate que beaucoup de regards convergent vers nous avec le plus grand intérêt.

— Oui ! continué-je en prenant un ton encore plus dramatique. Ce charmant personnage, non content de saboter les mariages en se déguisant en curé, de se faire passer pour un notaire pour mettre une famille entière au pilori lors d'un enterrement, se plaît à jouer les oiseaux de mauvais augure pour faire virer les honnêtes gens de leur travail. Regardez-le bien, l'enfant chéri du village.

Dans le mille ! Les gens commencent à chuchoter.

— Ça suffit ! gronde Loïc en m'enserrant les bras. Je n'ai aucune idée de ce dont vous voulez parler.

Je me dégage d'un coup sec.

— Ah oui ? Alors, laissez-moi vous expliquer et en faire profiter tout le monde, par la même occasion, sifflé-je en m'éloignant avec un grand geste vers la foule. Votre problème, Loïc, c'est que vous souffrez d'un complexe d'infériorité, que vous vous sentez obligé de détruire les gens qui ont ce que vous ne posséderez jamais vous-même.

— Vous allez vous arrêter. *Tout de suite !*

— Je vous embarrasse, hein ? Parce qu'ici, personne n'a l'air de savoir que vous n'êtes qu'un imposteur, un escroc, un trouble-fête qui n'hésite pas à écraser son prochain pour remplir son tiroir-caisse et se glorifier de sa toute-puissance !

Il fait un pas dans ma direction, le regard brillant d'une étincelle menaçante.

— Louise...

Je reste bien campée sur mes pieds, pose les mains sur les hanches, et clame d'un air de défi :

— Inutile de me regarder comme ça. Vous ne m'impressionnez pas.

Il avance encore, les yeux hurlant de fureur.

— Je ne vous impressionne pas ?

— Pas le moins du monde, non !

Encore un pas.

— Vous êtes en train de faire une grossière erreur de jugement, Jonquille.

Je cligne des paupières avec exagération.

— Vraiment ?

— Arrêtez avant que tout ceci n'aille trop loin, m'intime-t-il avec une voix dans laquelle j'entends presque un bruit de rouages.

Ceux qui se mettent en place avant l'attaque.

— Oh ! vous voudriez que je ne dise pas un mot de plus ?

— Ça vaudrait mieux, oui.

Qu'il aille se faire voir ! Je lève le menton bien haut et le regarde droit dans les yeux :

— Eh bien, *fais-moi taire, si tu peux !*

— Comme vous voudrez.

La réaction est immédiate, Loïc tend le bras et m'envoie le contenu de son verre en pleine face.

Je suis tellement surprise que je fais la carpe sans

qu'un son ne sorte de ma bouche, le visage dégoulinant de soda. Puis, dans un timing parfait, la musique reprend dans un air de fanfare.

Je toussote, m'essuie les yeux et, les mains poisseuses, me plaque les cheveux en arrière. Loïc est là, les bras croisés, à me regarder, satisfait de son petit effet. Je braille :

— Vos méthodes sont celles d'un bourrin ! Mais à quoi aurais-je pu m'attendre d'autre de la part d'un individu tel que vous ?

— Si vous pouviez voir votre tête ! Faites-moi penser à recommencer, vous êtes impayable !

Il rit. Il rit, nom d'un chien ! Il a de la chance, je n'ai rien à portée de main que je pourrais lui envoyer à la figure à mon tour.

— Louise, ça va ? me demande Yann en me rejoignant.

Sans réfléchir, je pivote vers lui, les yeux enflammés par la colère.

— Casse-lui une rotule et je me sentirai mieux !

Il se tourne vers Loïc et darde sur lui un regard meurtrier.

— Mon vieux, chepas où t'as été élevé pour avoir des manières pareilles, mais si tu poses encore un seul doigt sur elle, je te ferai goûter à mon poing.

Yann a toujours été sanguin, cette réplique est donc loin de me surprendre.

Loïc fait dans la provocation en haussant un sourcil hautain.

— Ça a le mérite d'être clair, mais techniquement, je ne l'ai pas touchée. Toutefois, s'il m'en prend l'envie et qu'elle est consentante, on fait comment ? Je t'envoie une attestation en trois exemplaires ?

Je serre les dents et regrette d'avoir pris Yann à

partie. Ça pourrait vite dégénérer. Je ne compte pas le nombre de fois où il s'est retrouvé dans le bureau du CPE, au lycée, parce qu'il avait réglé ses comptes. Et je ne parle pas des accrocs de fin de soirée...

— Présente-lui des excuses, exige Yann d'une voix glaciale.

Je calme le jeu en posant la main sur son bras.

— Ça va aller. Ce n'est qu'un petit incident, et il n'y a aucune chance pour que ça se reproduise, n'est-ce pas, *mon père* ?

C'est le moment que choisit l'adolescente brune pour revenir. Elle s'arrête à côté de Loïc et prend une mine soucieuse en comprenant que l'ambiance est plus que tendue.

— Que se passe-t-il ? Tout le monde t'attend. Et pourquoi elle t'appelle systématiquement « mon père » ? Ça veut dire quoi ?

Ses yeux croisent les miens, il est presque suppliant. Je suis dégrisée par ce qui vient de se produire, et malgré son comportement, je ne suis plus sûre d'être toujours encline à enfoncer le clou. Le regard affectueux qu'il pose sur cette jeune fille, celui qu'elle lui rend, j'ai envie de les respecter. Le contraire serait indigne de moi et de l'éducation que j'ai reçue.

— Tout va bien, ma chérie. Dis à tes parents que j'arrive.

La gamine m'observe avec interrogation, puis finit par hocher la tête avant de tourner les talons. Je la suis du regard, elle rejoint une tablée entière de gens en train de partager bières et cornets de frites.

Je me sens mal. Ce qui vient de se passer, ce n'est pas moi. J'ai attaqué Loïc sur un terrain qui est tout sauf neutre, ce que lui n'a fait à aucun moment avec moi. En dépit des circonstances, j'ai conscience qu'il ne m'a jamais prise pour cible directe, conscience aussi d'avoir été un dommage collatéral. Ce que je lui pardonne moins, c'est de s'être amusé à mes dépens, de ne pas avoir réfléchi aux conséquences de ses actes chaque fois que je me suis retrouvée sur son chemin.

Je demande à Yann de retrouver les autres. Il pose de nouveau sur Loïc un regard bien senti, et obtempère.

— Vos amis sont aussi bouillonnants que vous, me dit Loïc.

Je lève la tête pour le regarder, le regarder vraiment.

— Je suis désolée...

Il arrondit les yeux de surprise. Il s'attendait à tout sauf à des excuses.

Je me passe une main dans les cheveux. Ça poisse... Je soupire.

— Je déteste ce que vous faites, votre job, votre éthique, mais ça ne justifie pas que j'essaie de vous écraser devant vos proches comme vous le faites avec les autres. Je ne suis pas ce genre de personne, et pour cette raison, je n'ai aucune excuse.

Il s'apprête à ouvrir la bouche, je lève la main pour le faire taire.

— J'ai perdu mon travail parce qu'à trois reprises, je me suis retrouvée sur votre chemin, et que, par un concours de circonstances, mon employeur m'a tenue pour responsable des scandales que vous avez provoqués. Certes, ruiner ma carrière n'était pas dans vos intentions, mais c'est pourtant ce que vous avez fait. Malgré vous.

— Jonquille...

Il tente de se rapprocher mais je l'arrête une deuxième fois.

— Laissez-moi finir.

Je m'humidifie les lèvres et le regarde fixement.

— Ce soir, je vais garder votre secret, parce que le révéler devant cette jeune fille qui semble beaucoup vous aimer serait cruel, et je ne suis jamais cruelle. Dans l'intérêt des gens que vous côtoyez, dans le vôtre aussi, j'aimerais que vous repensiez à mon choix chaque fois que vous tentez de démolir quelqu'un. Mais au fond, je ne crois pas une seule seconde que vous le ferez, parce que vous n'êtes pas comme moi. Nous ne sommes pas seulement différents, nous sommes incompatibles de toutes les façons possibles, et c'est pourquoi j'espère ne plus jamais vous recroiser. Les gens comme vous font trop de mal aux gens comme moi. Au revoir, Loïc.

Je tourne les talons sans un regard en arrière.

Yann, Jeff, Emma et moi n'avons plus rien à faire ici.

12

Lundi matin, première heure, j'investis l'arrière-boutique d'Emma. Sa petite galerie d'art dispose d'une réserve immense, et comme elle ne se sert pas de la moitié de l'espace, en attendant que j'aie un peu d'argent pour louer un local, elle a eu la gentillesse de me permettre d'installer une grande table et du matériel. J'aurai tout le confort pour réaliser décos et compositions florales.

Je me mets au fond de la pièce, devant la fenêtre et tout près du lavabo. C'est rudimentaire, remplir les seaux va être une vraie galère, mais il y a une super lumière et un grand réfrigérateur pour conserver les petites compositions, le temps nécessaire.

Derrière mon espace, Emma a entreposé des dizaines de toiles qui doivent valoir une petite fortune, ainsi qu'un bureau sommaire sur lequel tout un tas de paperasse traîne. Karina, son assistante, est en vacances encore une semaine, et Emma est assise là, derrière les piles de papiers, et feuillette un répertoire plein à craquer. Elle semble s'arracher les cheveux.

— Karina connaît ce cahier mieux que moi, mais je vais te trouver le numéro. Le gars est en région parisienne, il travaille avec des groupes dans toute la France.

— L'agent dont tu m'as parlé ?

— Han han... C'est un peu le Huggy les bons tuyaux du milieu. Il te manque quelqu'un, il te le trouve. Maintenant, ce n'est pas le moins cher.

— Hum... Vu le délai, je ne vais pas faire ma difficile.

D'autant que les mariés en ont parfaitement conscience, et m'ont donné un budget plus qu'honorable pour rattraper le coup du précédent organisateur.

— Et le photographe ? s'enquiert-elle.

— Je suis dessus. Mon frère a une copine dont le mari est photographe et bosse en freelance. Deux mille euros la journée pour cent cinquante invités, il n'a pas hésité une seule seconde.

Emma se met à siffler.

— Eh ben... j'ai raté ma vocation !

— Et moi donc !

La sonnette de la galerie retentit. Emma se lève pour aller voir.

Pendant ce temps, je sors mon attirail de fleuriste. Sécateur, épinoir à roses, cutter, ciseaux, fil déco, Floratape, pains de mousse et j'en passe... J'ai dû tout acheter en quittant *La dame au cabanon*, ça m'a coûté une petite fortune. Mais en voyant tous mes ustensiles posés sur la table, je suis prise d'une vague d'émotions. Pour la première fois de ma vie, c'est uniquement pour moi que je vais travailler, c'est à moi que j'ai à prouver quelque chose. J'ai de grandes ambitions que je compte bien réaliser. Demain, je contacte mes fournisseurs pour ouvrir un compte client, mercredi, je rencontre le photographe pour voir ce qu'il fait, et le reste de la semaine, je compte chiner afin de trouver quelques objets pour décorer les tables. Travailler ne m'avait pas autant excitée depuis une éternité.

— La princesse des fleurs s'est emparée de son château, à ce que je vois.

Je me tourne et marque un arrêt sur image en voyant Jeff entrer. Il porte une salopette bariolée, en jean, dix fois trop large pour lui et dont les revers lui révèlent les mollets, des Converse dépareillées et une marinière jaune à rayures bleues. Sur lui, d'ordinaire si attaché à son look de dandy, cette tenue est pour le moins surprenante. C'est uniquement parce qu'il a mauvaise mine que je me retiens de rire.

— Tu...

Il lève la main.

— Pas un mot ! Je suis d'une humeur massacrante.

Derrière lui, Emma me fait signe de ne surtout pas en rajouter. Pendant que Jeff se laisse tomber dans l'unique fauteuil de la pièce, elle rallume la machine à café, et prépare une capsule.

— Je me suis fait larguer comme un malpropre, et quand je suis sorti de la douche, tout ce que ce goujat m'avait laissé, c'était ces vêtements ridicules. Même mes clés de voiture ont disparu !

J'écarquille les yeux.

— Tes clés de voiture ? demandé-je.

— Oui ! Il est reparti avec mes fringues, et mes clés étaient dans la poche de mon jean !

Je porte la main à mes lèvres pour ne pas rire. OK, c'est pas sympa, il a l'air vraiment furax, mais je suis à peu près certaine qu'il n'a pas le cœur brisé, et que ce qu'il appelle se faire plaquer ne correspond qu'à une aventure d'un soir.

— Ce qui explique que tu sois venu te réfugier ici, en déduis-je.

— Ouais...

Emma lui met une tasse de café dans les mains. Sans sucre.

— Et qu'est-ce que tu lui as fait, à ce « gougnafier », pour qu'il se venge ?

— Qu'est-ce que je ne lui ai pas fait, plutôt !

Je m'approche et imite Emma qui vient de prendre une chaise pour s'asseoir à côté de Jeff.

— Je l'ai rencontré dans un club, hier soir. On est allés à l'hôtel, on a vidé une bouteille de rhum, et je me suis endormi.

J'ai envie de rire, mais je me retiens.

— Je vois, dit Emma. Techniquement, il ne t'a pas largué, donc ? Il t'a juste signifié sa... frustration.

— Il a mes clés de bagnole ! braille-t-il.

— Oui, oui... Bon, tu vas les récupérer. Et au pire, tu as un double, non ?

Il se renfrogne.

— Hum...

Emma prend un air grave.

— Il a aussi tes papiers ?

Jeff secoue la tête.

— Non. Il n'a pas embarqué ma besace, heureusement. Et tout y est, j'ai vérifié.

— C'est déjà ça.

Sand doute que l'amoureux déçu a voulu lui donner une petite leçon.

Je regarde l'air désabusé de Jeff et suis tout à coup frappée par un détail.

— Ôte-moi d'un doute... le gars était habillé comme ça quand tu l'as rencontré ?

Il grogne.

— C'est un stripteaseur.

Cette fois, je ne parviens pas à retenir le rire qui

me chatouille la gorge depuis que je l'ai vu entrer. Un clown stripteaseur ? J'en ai mal au ventre !

— Oh ! tais-toi, grogne-t-il. Puisque tu gères ton emploi du temps, maintenant, ramène-moi chez moi que je me change. Je ne peux pas aller au bureau comme ça.

Je ris de plus belle.

— Ah ça non, tu ne peux pas !

Je regarde ma montre qui affiche 11 heures et me lève.

— Allez, on y va. Et même que si t'es sage, je m'arrêterai sur la route pour t'acheter un gros nez rouge.

— Ta gueule !

Je me remets à rire et sors de la boutique.

Jeff habite un des nouveaux quartiers résidentiels de Marcq-en-Barœul, à une petite dizaine de kilomètres au nord de Lille. Son appartement est au top de la modernité. Technologique, épuré, aseptisé. La seule déco consiste en une série de baies vitrées et métalliques qui donnent sur le terrain de golf. Je m'installe sur le canapé avec un café et attends qu'il revienne.

Jeff réapparaît propre comme un sou neuf, rasé de frais et habillé de façon plus réglementaire.

— Tu te sens mieux ? demandé-je avec un clin d'œil.

Il hoche la tête.

— Merci d'avoir fait le taxi.

Je souris et évite de lui dire que je regrette de ne pas l'avoir pris en photo.

Jeff se gratte le front, un peu gêné.

— Je suis super en retard, mais si tu souhaites qu'on mange un morceau...

Je secoue la tête et me lève.

— Non, il faut que j'y aille, moi aussi. Emma m'attend. Quand on est partis, elle cherchait les coordonnées d'un agent.

— Pour toi ?

— Oui. L'organisation du mariage.

— Oh ! oui ! À ce propos...

Il se dirige vers sa besace et en sort un morceau de papier plié en deux qu'il me tend.

— Qu'est-ce que c'est ?

— Le nom de famille de ton curé.

Je le prends et l'ouvre. Loïc Kermarec. Un Breton.

— Tu as cherché des informations sur lui ?

— J'avais un repas de famille, dimanche, et je leur ai posé quelques questions sur ton gus. Ils ne le connaissent pas plus que ça, mais ma cousine, qui était à la fête samedi soir, est allée au collège avec lui.

— Ah, oui ?

Il met sa besace en bandoulière et me montre la porte d'entrée.

— On en parle sur la route ?

Je lui fais signe que oui, mets le papier dans ma poche, et le suis jusqu'à sa voiture. Ça me fait mal d'admettre que je trépigne d'impatience d'en savoir plus. J'ai l'impression d'être sur le point d'ouvrir une malle aux trésors. Ce gars est entré dans ma vie comme une tornade, mais je ne sais presque rien de lui.

— Alors ? demandé-je en démarrant.

— D'après ce que j'ai compris, son père s'est remarié avec une fille d'Hondschoote. Ton bonhomme avait quelque chose comme douze ans quand ils s'y sont installés. Le mariage n'a pas duré plus de trois ans, mais ils ont eu une fille, la gamine qui discutait avec lui.

— Je vois...

L'adolescente que je soupçonnais de vouloir allumer Loïc, l'autre soir, était en fait sa demi-sœur. À contre-coup, je me sens encore plus mal d'avoir fait tout ce cirque devant cette gosse. J'enterre honte et culpabilité et reviens à l'histoire.

— Deux divorces, alors ?

— Ouais. Si on en croit les rumeurs, sa deuxième femme aurait été sa maîtresse pendant de nombreuses années avant qu'il ne l'épouse, et si leur couple n'a pas tenu, c'est que le père de ton curé n'avait toujours aucune prédisposition pour la fidélité.

Je soupire. Une histoire parmi tant d'autres... Lui et moi ne sommes pas aussi différents que je le pensais, écorchés vifs par le divorce de nos parents. Deux fois pour lui. J'y vois plus clair. De toute évidence, Loïc a bien moins réglé ses conflits intérieurs que moi. Ce qui me paraissait motivé par un désir de pur profit sonne soudain comme une absolue nécessité : il veut prouver qu'aucun mariage ne peut tenir le coup. C'est même pire que ça, il se cherche un exutoire. Il a dû beaucoup souffrir pour en arriver là. Je sais mieux que quiconque que rien n'est jamais simple dans ces situations. Être brinquebalé, arraché à ses habitudes, être utilisé comme bouclier et devenir un prétexte à tous les coups bas. J'ai connu tout ça. Mes parents auraient pu se quitter en douceur, continuer à aimer ce qu'ils avaient fait de mieux ensemble et se respecter, mais non. Ils ont choisi de se massacrer, de s'humilier, de se pourrir l'existence et de ravager la mienne par la même occasion. Alors j'imagine très bien la déchirure provoquée par le second divorce du père de Loïc. S'il était à Hondschoote, samedi soir, c'est qu'il est toujours attaché à cette seconde famille. J'ai mal pour le gosse qu'il a été, et je me demande s'il guérira un jour.

Vingt minutes plus tard, j'ai déposé Jeff devant les locaux de sa société, et rejoint Emma dans la foulée. Je suis en retard. Il est 13 heures et elle est en train de fermer.

— Désolée, ma grande, je dois partir. Je t'ai laissé les coordonnées de l'agent sur la table, appelle-le de ma part, je l'ai prévenu.

— Merci mille fois !

— Tu as le double des clés ?

Je plonge la main dans mon sac pour les récupérer et les lui montrer.

— Super ! Et fais comme chez toi, bien entendu, mais n'oublie pas d'activer l'alarme quand tu pars. Et de l'éteindre en entrant ! ajoute-t-elle en prenant le large. Je reviens vers 16 heures. Si tu n'es plus là, je te dis à demain, ma poule !

— Je ne serai plus là ! À demain !

Je suis donc super consciencieuse en rentrant. Je tape le code, tourne la clé derrière moi, vérifie quinze fois que c'est bien fermé, et vais me faire couler un café serré. J'en ai besoin, je n'ai pas encore rangé le quart de mes affaires et je veux appeler l'agent au plus vite. Je fais donc l'impasse sur le déjeuner et m'attelle à tout déballer. C'est fait en une petite heure et demie. Je suis contente, tout est bien organisé, je vais pouvoir bosser dans de bonnes conditions. Je prends encore dix minutes pour téléphoner à l'agent à qui je laisse un message, et quitte la boutique à 14 h 30.

En chemin, je m'arrête à la supérette asiatique pour faire quelques courses avant de rentrer, j'ai envie de manger des sushis. Comme d'habitude, j'en achète dix fois trop, et comme d'habitude, lorsque j'arrive chez moi, j'en ai boulotté la moitié dans la voiture.

Je pousse la porte de mon appartement, range les restes dans le frigo, et, comme il est encore tôt, je décide de prendre un peu d'avance sur mon planning de la semaine. Je crée un compte sur les sites de mes futurs fournisseurs, et fouille afin de passer quelques commandes pour le mariage. Ça me prend un temps fou de tout comparer, de me décarcasser à limiter au maximum les dépenses, et j'aurais pu continuer encore longtemps si je n'avais pas jeté un œil à la pendule. 18 h 30 ! Je valide mes paniers, éteins mon PC et tente un dernier coup de fil à l'agent qui répond, cette fois.

Je suis un peu sceptique en l'écoutant parler, la lenteur de son débit m'affole, il sent le laxisme à des kilomètres. Mais comme il m'est recommandé par Emma, je fais fi de mes impressions, d'autant qu'il a un groupe à me proposer. Ils sont cinq. Un pianiste, un guitariste, un bassiste, un batteur, et un chanteur. Jeunes, Lillois, habitués aux concerts intimistes, et surtout, disponibles à la date souhaitée. Il me propose d'aller écouter ce qu'ils font pendant une de leurs répètes. Je suis ravie, c'est à deux pas.

Je raccroche et me traîne à la salle de bains pour prendre une douche et me mettre à l'aise. J'enfile un T-shirt et un leggings, puis sors les sushis pour me préparer un plateau télé.

Je suis assise pieds nus sur le canapé devant un *replay* de *Desperate Housewives*, un énorme maki dans la bouche lorsqu'on sonne à la porte. Je soupire. Sur le même palier, j'ai une gentille voisine, mais qui a tendance à me prendre pour une épicerie. Il lui manque toujours quelque chose. De la farine, du beurre, du café... Et généralement, c'est toujours vers 19 heures qu'elle sonne. Je vais ouvrir, convaincue que c'est elle, et me retrouve nez à nez avec Loïc.

En réalité, je ne sais pas ce qui me laisse le plus stupéfaite, qu'il soit là alors que j'ai été très claire en disant que je souhaitais ne jamais le revoir, ou qu'il soit venu avec des fleurs. Il tient un bouquet d'œillets carmin que je ne peux pas rater.

— Bonsoir, Jonquille.
— Euh... Bonsoir.

Je ne suis pas au fond du gouffre, je ne porte pas mes chaussons hérisson, aussi, à la façon furtive dont il a baissé les yeux, je comprends qu'il a remarqué mes pieds nus. Je déteste mes orteils. Je n'ai qu'une envie, les recroqueviller pour les cacher.

— Je ne vous dérange pas, j'espère ? demande-t-il d'une voix de velours.

Machinalement, je regarde derrière moi, la télé est en train de brailler, mes chaussures sont restées dans le couloir, et je n'ai pas encore rangé la cuisine après la préparation de mon plateau-repas.

— Eh bien...
— Tant mieux !

Interdite, je recule alors qu'il est déjà en train de fermer la porte.

— Toute bonne fleuriste possède un vase, n'est-ce pas ? dit-il. Je n'y connais rien aux fleurs, mais je crois qu'il est d'usage de les mettre dans l'eau.

Et il me tend le bouquet, simplement emballé dans du papier blanc. Il y a une petite carte accrochée dessus. Rien à voir avec le nom de la boutique, c'est son numéro de téléphone.

— Euh, je... oui. Attendez-moi dans le salon, j'arrive.

Il hoche la tête pendant que je l'abandonne, puis crie depuis l'autre pièce :

— Vous étiez en train de dîner ?

Je souris.

— Non, je faisais un atelier sushis pour nourrir mes voisins !

— Dans ce cas, je vais pouvoir tester ça !

Je rêve ou il va manger mon repas ?

Eh bien non, je ne rêve pas. Lorsque je reviens avec le vase, effarée, je le vois assis à ma place en train de tremper un sashimi dans la sauce soja.

— Ne vous gênez surtout pas, finis-je par dire.

— Mais c'est ce que je fais ! Vous n'allez quand même pas manger ça à vous toute seule, si ?

Je redresse le menton.

— C'est ce que je pensais faire, si. Du reste, Loïc, j'imagine que vous n'êtes pas venu ici pour me piquer mes sushis. Que faites-vous là ?

Pas perturbé le moins du monde, il s'empare de la télécommande, baisse le son et avale un maki concombre fromage. Mes préférés. Comprenant que la situation m'échappe, je vais m'installer dans le fauteuil, le regarde et attends sa réponse.

— Je suis venu pour m'excuser.

Alors là ! J'arrondis les yeux.

— Vous excuser ?

— Oui, Jonquille, parce que je suis désolé que vous ayez perdu votre job. Je n'étais pas au courant.

Je hausse les épaules.

— Bah, c'était un mal pour un bien. Tôt ou tard, *La dame au cabanon* aurait eu raison de ma santé.

— C'est vous qui devez me remercier, si je comprends bien. Je suis donc venu m'excuser pour rien.

Il me faut quelques secondes pour comprendre

qu'il plaisante. Et même comme ça, j'ai envie de lui voler dans les plumes. C'est incroyable ce que ce type provoque chez moi. Quand il n'est pas là, j'arrive à lui trouver des excuses et à faire preuve de sollicitude, mais dès que je le vois, je suis prête à lui arracher les yeux. Là, par exemple, j'aimerais lui renvoyer une réplique bien sentie, mais je me retiens et repense à ce que je me suis dit quelques heures plus tôt : que j'avais de la compassion pour lui.

— Vous n'êtes pas croyable, Loïc, vous savez ?

Il sourit.

— Vous n'êtes pas mal non plus dans votre genre, Louise.

Puis il darde sur moi un regard qui se rapproche de la tendresse et ça me perturbe. Je ne sais plus quoi dire du tout.

— L'autre soir, vous sous-entendiez que vous aviez retrouvé du travail, c'est bien le cas ?

Mayday ! Mayday ! Hors de question que je lui révèle quoi que ce soit sur mes activités, il pourrait lui venir à l'idée de m'enquiquiner juste pour le plaisir. Je reste le plus stoïque possible.

— C'est exact.

— Comme fleuriste ?

— Conseillère, oui.

Il marque son étonnement.

— Conseillère ? Vous faites toujours des bouquets, au moins ?

J'ai l'impression qu'il s'inquiète vraiment pour moi. Du coup, je pousse le vice à essayer de le culpabiliser, juste pour voir.

— Ça m'arrive.

Il semble contrarié. Je me délecte.

— Ça vous arrive... Vous êtes une artiste, Louise.

Avant vous, je n'avais jamais vu personne réaliser d'aussi belles compositions. Ce serait un véritable gâchis que vous vous contentiez de vendre des bouquets réalisés par d'autres.

À mon tour de montrer mon étonnement.

— Vous êtes vraiment inquiet pour moi, ou vous jouez la comédie ?

— Vous valez mieux que ça.

Il me fixe un long moment, le plus sérieusement du monde, et essaie de faire passer un tas de choses dans son regard que j'ai du mal à cerner. Je souris pour dissiper le malaise.

— Je le sais.

Après quelques secondes de silence, il soupire puis lâche :

— Je suis sincèrement désolé, Louise. Écoutez, j'aimerais faire amende honorable. À défaut de pouvoir vous rendre votre job, j'aimerais que nous devenions amis.

Je me mets à cligner des paupières de stupéfaction.

— Amis ?

— Amis.

Cette fois, je n'y tiens plus, je laisse échapper un rire franc.

— Loïc, nous ne pouvons pas devenir amis.

Il s'efforce de conserver une mine grave.

— Et pour quelle raison ?

— On ne commence pas une amitié en faisant des sales coups. Et nous n'avons rien en commun qui justifierait une amitié, vous le savez aussi bien que moi.

Enfin si, mais il n'est pas supposé être au courant.

Loïc sourit en secouant la tête.

— Si, nous avons au moins un point commun.

Je fais mine d'être attisée par la curiosité.

— Vraiment ? Et lequel, *mon père* ?

L'expression de son visage trahit un besoin presque enfantin de trouver un truc à dire, coûte que coûte.

— Nous avons tous les deux la taille idéale !

— Ben voyons ! Idéale pour quoi ?

Mais avant même qu'il ne réponde, à son regard mutin, je me doute que sa réponse sera grivoise. Il est en mode séduction. Je me lève avant qu'il ne réponde, époussette sur mes cuisses des miettes imaginaires et le regarde droit dans les yeux.

— Loïc... rien ne fonctionnera entre nous. Écoutez, je vous remercie beaucoup pour les fleurs, et pour avoir eu la gentillesse de vous excuser, mais j'aimerais me coucher tôt.

Son regard s'illumine.

— C'est une invitation ?

— À vous en aller, oui.

— Dans ce cas...

Il se lève à son tour, se composant une mine exagérément triste.

— J'ai le cœur en mosaïque, Jonquille, mais je ne m'avouerai pas vaincu ! Demandez-moi quelque chose, n'importe quoi, afin que je vous prouve ma bonne foi.

Il ne lâchera rien, mais j'avoue que son entêtement m'amuse un peu. Alors, je prends la perche qu'il me tend.

— Je vous demanderais bien de ne plus jamais me mettre de bâtons dans les roues, mais je n'y crois pas une seule seconde. Vous resterez aussi indécrottable que prévisible. Je m'attends à vous voir débarquer à n'importe quel moment.

Il rit à gorge déployée, et je trouve son rire si sincère, qu'au lieu d'être alarmée, je m'en retrouve apaisée. Il sait que j'ai raison.

— Et si on commençait par un dîner ? revient-il à la charge.

Je soupire en levant les yeux au ciel, contourne le fauteuil pour éviter de passer devant lui et me dirige vers la porte d'entrée.

Il me suit.

— Louise, j'aimerais vraiment vous inviter à dîner.

J'ouvre la porte, me décale un peu, et lui réponds :

— Jamais de la vie !

Loïc passe à côté de moi en m'effleurant, se retourne et se penche pour atteindre mon oreille. Son souffle me chatouille la peau, et, pour la première fois, son parfum me titille les narines. Je réprime un frisson.

— Je suis têtu, et breton. Je trouverai un moyen de vous faire changer d'avis.

Puis, avec un sourire enjôleur, il enchaîne :

— Mais si jamais vous le faites avant que j'intervienne, appelez-moi.

Je me ressaisis et le pousse des deux mains pour le faire reculer sur le palier.

— Dans vos rêves !

Je referme le battant et souris.

13

Déjà vendredi. La semaine a filé à une allure incroyable. J'ai passé le plus clair de mon temps entre les magasins de déco et la galerie d'Emma, à créer une quantité pharaonique de petits ornements de table, à chercher des idées de compositions, et à m'assurer que les propositions du photographe étaient conformes à ce que demandent mes clients. La préparation de ce mariage me prend tout mon temps ; je n'ai plus une minute à moi, mais je suis ravie.

À midi, je me dépêche de ranger mon bazar dans l'atelier et file chez moi pour me changer avant de rejoindre le groupe de pop rock que l'agent veut me présenter. J'ai bien compris que c'était un point essentiel pour les mariés. Ce groupe est ma seule chance de ne pas les décevoir, puisque dans une échéance aussi courte, je n'ai trouvé personne d'autre. On a rendez-vous à 13 heures, aussi fais-je l'impasse sur le déjeuner pour rentrer chez moi me changer. C'est ça ou j'y vais comme je suis, les doigts pleins de colle, les vêtements constellés de gouttes de peinture et les cheveux dans un état encore plus catastrophique. Et là, ce sera le groupe qui ne voudra jamais signer. La répétition a lieu à

Wazemmes, j'ai trois quarts d'heure devant moi, trajet et douche compris.

Je passe la porte de l'appartement et fonce dans la salle de bains pour en ressortir quinze minutes plus tard, lavée, habillée et maquillée. Je ne crois pas avoir déjà été aussi rapide. J'ai fait le strict minimum : mascara, blush et gloss rose ; queue-de-cheval, robe liberty et ballerines. Je suis présentable, c'est tout ce qu'on me demande. J'attrape mon dossier « mariage » et cours jusqu'au parking.

J'arrive dans le quartier de Wazemmes avec un peu d'avance, et me paie le luxe de trouver une place tout de suite. C'était loin d'être gagné, le coin est l'un des plus populaires de Lille, il y a toujours un monde fou. Je sors de ma voiture, entre l'adresse dans le GPS de mon téléphone et regarde autour de moi. Les Blue Idols répètent dans une salle de l'école de théâtre *Côté Cours*. Je n'en ai jamais entendu parler, ce qui n'a rien d'étonnant. Wazemmes grouille d'établissements artistiques divers, d'ateliers de peintres, d'écoles de danse, de petites galeries d'art où personne ne va jamais. Sauf Emma !

Je change de trottoir et suis scrupuleusement les indications de mon GPS. Je traverse la place du marché de Wazemmes, admire l'architecture métallique des halles, puis finis par arriver devant une immense façade ancienne. La vieille porte d'entrée en acier est flanquée, de part et d'autre, de grandes baies vitrées qui ne sont pas non plus de première jeunesse. J'essaie d'entrer, c'est fermé. Je cherche désespérément une sonnette et n'en trouve pas. Agacée, je regarde à travers les vitres et aperçois une silhouette malgré la poussière. Je sors ma clé de voiture et donne quelques petits coups contre la baie, attends quelques secondes, puis la lourde porte s'ouvre dans un bruit grinçant. Un gars d'une bonne trentaine d'années, brun, fin, et arborant une barbe de trois jours en parfaite adéquation avec l'endroit me fait face.

— Oui ?

— Bonjour, je suis Louise Adrielle. J'ai rendez-vous avec M. Coffin pour la répétition des Blue Idols.

L'homme me tend la main en m'offrant un large sourire.

— Georges Goubert, propriétaire de l'école de théâtre. Je vous en prie, entrez. C'est la salle tout au bout du couloir, à gauche.

Je lui rends son sourire et hoche la tête.

Premier bon point, je perçois des notes de musique pas désagréables du tout. Je frappe à la porte pour prévenir, et entre. Un bon vieux cliché me traverse aussitôt l'esprit : le local d'*Hélène et les garçons*. On y est presque, la moquette et la mousse acoustique sur les murs en plus. Les musiciens sont concentrés et ne s'arrêtent pas de jouer quand ils me voient. En revanche, le petit chauve au ventre rebondi, assis au fond de la salle, se lève pour m'accueillir. C'est M. Coffin. Il me tend la main et me fait signe de le rejoindre. Inutile d'essayer de parler, on n'entend rien, alors on se contente d'écouter le morceau et d'attendre qu'il se termine. Il s'agit d'une reprise de Simple Minds, « Belfast Child », bien jouée, bien chantée, je suis d'emblée rassurée sur leurs compétences.

Quand ils s'arrêtent, on fait les présentations, on reparle un peu des attentes de mes clients, nous définissons les termes du contrat, le paiement de la prestation et tout le toutim administratif. Nous tombons tous d'accord. Pour la forme, je demande à écouter la chanson attendue par Stéphane Royer. Les Blue Idols font une reprise plus que chouette de « When You Say Nothing At All ». Aussi, lorsque je quitte l'école de théâtre, je suis apaisée et ravie. Les musicos sont sympas, professionnels, et ravis d'avoir signé un contrat plus que bien payé pour jouer trois heures à peine, et à moins de dix kilomètres de chez eux. Je sais que je vais faire mouche sur ce coup-là. Ils seront mon meilleur atout.

Je meurs de faim lorsque je me retrouve sur le trottoir. Je me souviens être passée devant une supérette pour venir ici, je décide de m'y arrêter. J'achète un de ces sandwichs sous vide infâmes, de ceux qu'on ne mange que quand on crève la dalle, et une bouteille d'eau. Le patron, Karim, de ce que j'ai compris, me trouve sympa et m'offre une sucette. Son stock sera périmé dans deux jours. Je la prends, vais m'asseoir sur un banc, tout près de l'église Saint-Pierre, et dévore mon frugal déjeuner.

— Louise ?

Je lève la tête. Rebecca, la sœur de Léo, se tient devant moi.

Surprise, je m'essuie la bouche et me lève. Je ne pensais pas la revoir un jour.

— Hé !

Elle me sourit et me claque la bise comme si nous ne nous étions pas quittées avec pertes et fracas deux mois plus tôt, comme si je n'avais pas écrabouillé la pièce montée du mariage d'un de ses amis.

— Je me disais bien que c'était toi. Qu'est-ce que tu fais dans le coin à manger un sandwich sur un banc, comme une malheureuse ?

Je m'abstiens de lui dire que je viens de faire mes

emplettes pour un client, j'ai trop peur que ça revienne aux oreilles de Loïc.

— Une course à faire, et pour finir, un petit creux ! Et toi ?

— J'habite dans le coin !

Elle m'observe quelques secondes, regarde autour d'elle, puis reporte son attention sur moi.

— J'ai une petite heure devant moi, ça te dit qu'on aille boire un verre ?

Je suis persuadée qu'il vaut mieux dire non, que passer un moment avec elle me conduira à parler de Loïc, à expliquer pourquoi j'ai agi comme une furie au mariage de ses amis, et enfin, à lui raconter ce que je deviens. Donc, je devrais dire non, mais je me lève et lui réponds :

— Avec plaisir, Rebecca.

Je me mettrais des gifles...

Elle se met à réfléchir, puis me propose que nous rejoignions une brasserie à une centaine de mètres. Nous y arrivons et prenons une table sur la terrasse. Je commande un jus de fruits, et Rebecca, un double café serré.

— Je bosse comme une dingue, se justifie-t-elle, et les journées ne sont pas assez longues.

— Tu es interprète, si je me souviens bien ?

— Oui, pour un label de musique.

J'écarquille les yeux d'admiration.

— Tu travailles avec des artistes ?

Elle passe la main dans l'épaisseur de ses cheveux roux.

— Oh ! ce n'est pas aussi passionnant que ça. Je fais surtout le relais entre leurs agents et le label. Rien que de très administratif. Et toi ? Toujours fleuriste ?

Nous sommes interrompues par le serveur qui revient avec nos consommations. Ça me laisse le temps de réfléchir à ce que je dois répondre. Inutile de raconter que je travaille toujours à *La dame au cabanon*, si ça se trouve, elle me pose cette question parce qu'elle sait déjà que ce n'est plus le cas. Je choisis une vérité en demi-teinte.

— Oui, toujours, mais plus au même endroit.

Rebecca semble compatir.

— Depuis le mariage, je suppose ?

— À peu de choses près...

Je touille mon verre de jus d'ananas, et ose un regard vers Rebecca, mal à l'aise.

— Écoute, je l'ai entendu discuter avec le serveur. J'ai vraiment cru que... enfin... Je le regrette, j'ai fait une erreur de jugement.

— Tu n'es pas obligée d'en parler, dit-elle avec bienveillance. Ce n'est pas la raison pour laquelle je t'ai proposé de venir boire un verre, et je suis désolée que tu aies perdu ton job.

— Sans doute un mal pour un bien, conclus-je en haussant les épaules.

Son téléphone se met à sonner. Comme il est posé sur la table, elle y jette un œil et fait la grimace avant de décrocher.

— SOS frère en détresse, j'écoute.

Quelques secondes de silence, puis Rebecca se renfrogne.

— Non, je ne serai plus chez moi, j'ai rendez-vous dans moins d'une heure. Léo..., soupire-t-elle, tu es pénible. Bon, bon, OK. J'arrive.

Elle raccroche, vide sa tasse et cherche de quoi payer dans son sac.

— Léo a oublié son portefeuille chez moi, tout à

l'heure. Je dois le lui rapporter maintenant si je ne veux pas être en retard à mon rendez-vous. Bon sang, ça ne m'arrange pas du tout...

— Si ton frère ne se trouve pas trop loin je peux peut-être le lui ramener ? proposé-je sans réfléchir au fait qu'il n'a pas forcément envie de me revoir.

Son visage s'illumine.

— Oh... Tu me tirerais une sacrée épine du pied. Il est à Villeneuve-d'Ascq. Monsieur vient juste d'arriver à sa salle de squash.

— Pas de problème !

— Louise, tu es un amour !

— Il paraît !

Une bonne demi-heure plus tard, je me gare devant le complexe sportif. Je traverse le parking pour rejoindre le club, et m'explique à l'accueil. On m'invite à suivre un couloir qui distribue les différents courts. C'est le numéro 8, tout au fond.

Au fur et mesure que je longe les baies vitrées, je suis assourdie par les cris gutturaux poussés par les mâles à chaque frappe donnée, et à moitié assommée par l'odeur de transpiration ambiante. J'admire toutefois la performance, l'énergie et la condition physique que ce sport nécessite. Les calories du burger de midi entre copains ne doivent pas faire long feu après une séance pareille...

Je finis par atteindre le court, me positionne derrière la vitre, et repère Léo tout de suite, dans son short et T-shirt blancs. Je dois reconnaître qu'il a un fessier d'enfer ! Il se contorsionne et s'échine à rattraper la balle renvoyée par son adversaire depuis le fond du court. Il dérape dans un crissement de chaussures sur le parquet, frappe la balle à toute volée d'une louche puissante. La balle rebondit sur le mur du fond avant de passer par-dessus le deuxième joueur. Quand celui-ci fait demi-tour et fonce en direction de la baie vitrée pour la rattraper, j'esquisse un mouvement de recul, horrifiée. Oh ! je n'ai pas peur qu'il passe à travers, non, je viens juste de me rendre compte qu'il s'agit de Loïc. Ce que Rebecca s'est bien gardée de me dire. Que ça ait été intentionnel ou non, cette situation ne m'arrange pas du tout. Je n'avais pas prévu de le revoir de si tôt.

Loïc frappe la balle en bout de course et se rattrape tant bien que mal contre la paroi, le nez écrasé sur la vitre, à cinquante centimètres de moi. Il arrondit les yeux d'étonnement en me voyant et se redresse comme au ralenti, le visage et les cheveux dégoulinants de transpiration. Alors j'affiche un sourire crispé et bouge les doigts en guise de coucou.

— Salut !

Les bruits de balle s'arrêtent. Interloqué, Loïc me regarde pendant que Léo sort du court.

— Ah ! C'était donc toi, la « surprise » ? dit ce dernier en s'emparant d'une serviette sur le banc à proximité. Becca m'a rappelé pour me prévenir qu'on me ramenait mon portefeuille, mais n'a pas voulu me dire qui.

Il s'essuie le front, le cou, les bras, et me sourit.

— Ça me fait plaisir de te revoir.

À ma grande surprise, il se penche vers moi et me dépose un baiser sur la joue. Je ne sais plus où me mettre. Et Loïc qui me regarde toujours aussi fixement... Je fais bonne figure, plonge la main dans mon sac pour en sortir le portefeuille de Léo, et le lui tends.

— Le voici !

Il me sourit, le prend, et le jette sur ses affaires.

— Merci !

Encore un coup d'œil à Loïc, il n'a pas bougé d'un centimètre et m'observe comme si j'étais un insecte indésirable. Le moins qu'on puisse dire, c'est que ma venue ne le réjouit pas autant que Léo. Je me racle la gorge et referme mon sac à main.

— Bon ben, je ne vais pas vous déranger plus longtemps. Bon match !

Comme il sent la tension, Léo se retourne pour jeter un œil à Loïc.

— C'est lui qui te met mal à l'aise ? Laisse-le, c'est un vieux bougon. Il déteste être dérangé en plein match, surtout quand il est en train de perdre !

Loïc a très bien entendu. Piqué au vif, il plisse les yeux et sort du court.

— Tu considéreras que j'ai perdu quand le match sera terminé, crétin. Jonquille... Quelle bonne surprise. Restez donc pour me voir donner une raclée à ce coq prétentieux.

— Euh...

— Toi, t'as les testostérones qui débordent ! intervient Léo après un éclat de rire. Mais OK, pari tenu !

Puis en se tournant vers moi :

— Installe-toi confortablement, et regarde faire l'artiste.

J'en reste bouche bée. Je crois que je ne me suis pas retrouvée dans ce genre de situation depuis ma période lycée. Mais j'avoue que la curiosité me pique. Aussi décidé-je de m'asseoir, et d'assister au carnage.

Ils se positionnent tous deux l'un à côté de l'autre, raquette à la main, genoux légèrement fléchis, jambes écartées, et c'est parti. Loïc engage le premier. Ils avancent, reculent, se croisent et se recroisent... Au début, je trouve leurs mouvements plutôt fluides et, disons, tout en retenue. Jusqu'au moment où Léo marque un point et se tourne vers moi pour me gratifier d'un clin d'œil. Aucun doute sur le fait que Loïc est piqué au vif et qu'il décide d'être bien moins sympa. Ses frappes se font plus puissantes. Léo, à qui la provocation n'a pas échappé, se concentre davantage et répond avec une force aussi spectaculaire. En quelques échanges, le jeu devient si sauvage que même les joueurs du court derrière nous s'arrêtent pour les regarder. Loïc et Léo transpirent comme des bœufs, échevelés et défigurés par la rage de vaincre l'autre. Le jeu est si rapide que je vois à peine la balle passer. Ils courent partout, sont partout à la fois.

— Mais c'est quoi leur problème ? Ils sont dingues..., dit une fille derrière moi.

C'est l'impression qu'ils donnent, oui. En quelques échanges la compétition s'est muée en colère, comme s'ils étaient en train de régler des années de rancœur accumulée.

— Alors, qui est en train de perdre ? crache Loïc en marquant un point supplémentaire.

Léo s'essuie la bouche et se remet en position.

— Tu frappes comme une gonzesse !

L'effet sur Loïc est immédiat.

— Ah ouais ?

Il sert la balle suivante en y mettant toute sa force. Léo la rattrape en se contorsionnant, et frappe à son tour en poussant un rugissement. Avant qu'elle ne touche le sol, Loïc la retourne aussi sec contre le mur du fond d'un coup droit puissant. Déséquilibré, Léo ne parvient pas à l'éviter et reçoit la balle en pleine figure. Il est projeté en arrière, puis se plie en deux en se tenant le visage.

— Oh ! putain ! crie l'un des joueurs du club. Appelez le responsable !

Défait, Loïc tombe à genoux devant Léo.

— Merde, mec, ça va ?

Léo se balance sur lui-même.

— Léo, je suis désolé. Fais voir...

— Dégage ! s'emporte ce dernier en levant la tête. Tu l'as fait exprès !

— Ne dis pas n'importe quoi, Léo.

Je mesure la gravité du problème quand je vois le visage et le T-shirt de Léo maculés de sang. Tout dans l'expression de Loïc montre combien il se sent coupable, honteux et désarmé. Moi qui avais rêvé mille fois le mettre à terre, je déteste le voir dans cette position de faiblesse.

— Poussez-vous ! m'ordonne un homme fin comme un coucou en entrant sur le court avec une mallette de premiers soins.

Léo parvient à s'asseoir, son nez pisse le sang. Le gars l'inspecte et lui demande de maintenir une compresse.

— Vous avez le nez cassé.

— Je t'emmène à l'hôpital, dit Loïc à Léo.

— Tu m'emmènes nulle part ! hurle ce dernier d'une voix déformée par la colère et le sang qui lui inonde la gorge.

Le responsable ne perd pas de temps devant leurs états d'âme : il aide Léo à se relever, et offre un regard compatissant à Loïc.

— Je m'occupe de lui. Vous pouvez rassembler ses affaires ?

— Oui bien sûr, je te les ramènerai, Léo, je...

— Tu ne rassembles rien du tout, éructe ce dernier, tu te mêles de tes fesses !

— Ne sois pas ridicule, insiste Loïc en lui posant la main sur l'épaule.

Léo le repousse, et avant que qui que ce soit ne puisse réagir, il lui colle un coup de poing maladroit en plein visage, mais suffisant pour que la lèvre de Loïc explose sous le choc. J'en reste pétrifiée.

— Ça suffit ! gronde le responsable en s'interposant. Vous vous croyez où ? J'appelle la police ou vous vous calmez ?

Loïc pisse le sang à son tour. Il s'essuie la bouche et lève les mains.

— Je l'emmène à l'hôpital, mais après ça, je ne veux plus vous voir mettre les pieds ici pendant au moins deux semaines, les prévient le responsable. Tous les deux !

Loïc les regarde s'éloigner, puis pose les yeux sur la traînée de sang sur le parquet, oubliant que lui aussi en est couvert.

J'ose m'approcher.

— Ça va aller ?

Ses yeux sont brillants, ça me prend au cœur.

— Ouais. Je vais prendre une douche.

— Mais... et votre lèvre ?

— Je m'en cogne.

Il sort du court, ramasse ses affaires et prend la direction des vestiaires. Je pense qu'il va me planter là, s'isoler et entrer dans sa grotte, mais juste avant de passer la porte du couloir, il se tourne vers moi.

— J'aimerais que vous restiez, Jonquille.

J'avale ma salive.

— S'il vous plaît...

On se regarde quelques secondes sans dire un mot, puis je hoche la tête.

— D'accord...

14

— Aïe ! grogne Loïc. Ça pique !

Je retire la compresse imbibée de désinfectant et prends un air sévère.

— Savez-vous combien de bactéries résident dans notre cavité buccale et sur le côté intérieur de nos lèvres ?

— Aucune idée...

— Cinquante milliards.

Il plisse le front de surprise.

— Donc, c'est comme vous voulez. Soit vous me laissez nettoyer la plaie correctement, soit vous vous exposez à une infection bactérienne.

Loïc recule contre le coussin de son canapé pour mieux me regarder.

— Vous n'exagérez pas un peu ?

Je prends un nouveau morceau de coton et l'arrose d'antiseptique.

— Si, mais il vaut mieux prévenir que guérir, non ? Venez par là.

Il soupire et met sa bouche en cul de poule. J'inspecte la plaie. Léo ne l'a pas raté ! Il n'était pourtant pas au meilleur de sa forme quand il l'a frappé, et tant mieux, sans quoi, les dégâts auraient été bien plus impressionnants. Loïc a le coin des lèvres si tuméfié qu'on dirait un gros chou-fleur sanguinolent.

— Je suppose que vous avez de la glace quelque part ? lui demandé-je.

Il hoche la tête et se lève pour se diriger dans la cuisine. Je prends une ample respiration, puis jette un rapide coup d'œil à ma montre. 16 h 30.

J'ai encore du mal à croire que je me retrouve chez lui. Certes, il s'était rendu à son club de squash avec Léo, et n'était pas très motivé à l'idée de rentrer en métro, mais rien ne m'obligeait à le suivre jusqu'à son salon pour jouer les infirmières. En attendant qu'il revienne, je scrute la pièce d'un regard presque nerveux, avec la curieuse impression d'avoir pénétré dans l'antre du grand méchant loup.

Tout ici respire la masculinité. Peut-être à cause du choix des couleurs – marron, beiges, orangées –, des meubles épurés, de l'absence de déco, de verdure et d'objets qui ne servent à rien, ou des dizaines de feuillets traînant sur le piano à queue ? Du reste, je ne sais pas ce qui m'impressionne le plus, ici, l'instrument lui-même, ou le nombre de papiers froissés jetés sur le tapis. De toute évidence, Loïc joue non seulement de la musique, mais il compose aussi.

— Voilà, dit-il en revenant avec quelques glaçons enfermés dans un sac congélation.

— Il ne vous reste plus qu'à le placer sur vos lèvres pour que ça décongestionne.

Il s'assoit à côté de moi et obéit.

— Vos rapports avec Léo sont-ils toujours aussi musclés ?

Il grommelle et désigne la poche de glace. Je lève les mains.

— Pardon, pardon !

J'attends quelques secondes et reviens à la charge.

— Je suis désolée d'insister, mais j'ai quand même besoin de savoir si tout ceci est ma faute. Léo a eu l'air de dire que vous lui avez volontairement cassé le nez. C'est en rapport avec moi ?

— C'est compliqué.

De l'art de se défiler tout en donnant l'impression à l'autre que ça vaut mieux, que l'explication va prendre des heures, sinon. Pas de bol, j'ai tout mon temps. Ou presque...

— Asseyez-vous quand même, j'ai un peu plus de 120 de QI, ça devrait être suffisant.

Loïc retire la poche de glace et se redresse pour me regarder fixement.

— Léo et moi avons un passif houleux.

J'attends quelques secondes et comprends qu'il n'en dira pas plus sur ce point.

— Qu'est-ce que je viens faire là-dedans ? J'ai ravivé de mauvais souvenirs ? Parce que bon, je suis loin d'être idiote, vous avez commencé à vous énerver quand Léo m'a fait un clin d'œil.

— C'est vrai.

— Pourquoi ?

Il prend tout son temps pour me répondre.

— Vous me plaisez, Jonquille.

J'observe un court silence, essaie de ne pas me focaliser sur cette révélation, puis reprends la parole.

— Je vois... C'est pourquoi la situation a dérapé ? Vous étiez jaloux ?

Loïc essaie de sourire et grimace de douleur.

— N'exagérons rien, je n'ai plus quinze ans.

Certes...

— Avez-vous fait exprès de casser le nez de Léo ?

— Bien sûr que non ! Mais cet idiot en pince pour vous, vous pigez ?

Je bous littéralement.

— Très bien, oui. Je débarque en plein milieu de votre match. Léo et vous estimez être en droit de vous provoquer devant moi pour m'impressionner, pour obtenir mes faveurs sans doute, et sans qu'aucun de vous deux ne se pose la question de savoir si j'ai seulement envie d'y céder. J'ai bon ? Je ne suis pas un morceau de gâteau qu'on peut s'arracher, Loïc. Je possède un libre arbitre que je tiens à conserver, et j'apprécie moyennement que vous ayez considéré que ce n'était pas le cas.

— Ça a le mérite d'être clair.

Puis Loïc baisse les épaules avec un air de dépit.

— La compétition est le propre de l'homme, j'en ai peur, et je vous prie de m'en excuser, Louise. Vous avez raison, ce n'est pas très flatteur.

— Oui, j'ai raison, mais n'espérez pas que je change d'avis à votre sujet.

— À quel propos ? rétorque-t-il en haussant un sourcil narquois. Sur le fait que vous pensez que je suis un... attendez, laissez-moi me souvenir... Oui, un *margoulin de pacotille* ?

Son regard ébène me transcende, je le soutiens.

— Vous avez raison, je n'aurais pas dû utiliser le mot « pacotille ». Vous êtes un authentique margoulin !

Il sait qu'il ne peut pas rire, au risque de se faire mal, mais ses yeux s'expriment à sa place.

— Je saurai vous faire changer d'avis, Louise.

— Ah ! Il me semble que c'est quelque chose que vous avez déjà dit, Loïc, il va falloir réviser vos ambitions.

Son regard brille de promesses qui me feraient

presque avaler ma salive de travers. Il tend une main pour enrouler une mèche de mes cheveux autour de ses doigts, je me dégage et me lève.

— Il est temps que je m'en aille.

— Louise, commence-t-il en se levant à son tour, la seule raison qui m'empêche de vous montrer la teneur de mes ambitions est le respect que je vous porte.

Malgré moi, je cligne des paupières.

— Le respect que vous me portez ?

— Je meurs d'envie de vous embrasser, Louise, mais je ne le ferai pas.

Un vertige aussi inattendu que puissant s'empare de moi. Oh non... Pourquoi mon cœur se met-il à battre la chamade ? C'est le truc le plus stupide qui puisse arriver dans ces moments-là, on en perd instantanément ses moyens, on bafouille, et on se retrouve dans une situation encore plus calamiteuse, prêt à tout pour que... ça continue !

Pitié, non...

Je marque un mouvement de recul et me compose un air résolu.

— Parce que vous avez peur de vous faire gifler et que vous avez bien raison !

Il secoue la tête, plus amusé que jamais.

— Non, parce que vous y prendriez goût, vous ne me lâcheriez plus, et que je finirais par devoir vous repousser. Je m'y refuse.

Je ne peux pas m'empêcher de sourire.

— Je crois que vous êtes vraiment unique dans votre genre, Loïc. Et c'est sans doute la raison pour laquelle je n'arrive pas à vous en vouloir d'être aussi insupportable.

— C'est donc que j'arrive à vous faire changer

d'avis, annonce-t-il en souriant. Dans ce cas, ai-je votre accord ?

Je ne le quitte pas des yeux. Je ne comprends même pas comment on en est arrivés là et ne sais plus trop où j'en suis. Ma tête dit non, mon corps dit oui. En l'espace de quelques secondes, la dualité de ce que je ressens devient tellement ingérable que je tranche sans réfléchir aux conséquences.

— Oui...

Loïc passe la main derrière ma nuque et dépose la moitié valide de sa bouche sur mes lèvres. Électrisée, je lève un peu plus la tête pour lui faciliter la tâche. Son baiser est doux, caressant et sage, trop sage... Je me colle à ses hanches, serre les bras autour de son cou pour approfondir notre baiser. Son odeur est en train de me rendre dingue.

Loïc gémit.

— Doucement, Jonquille...

Il me lâche, comme à regret, le souffle court et la lèvre douloureuse.

— Oh ! pardon !

Il sourit, puis me caresse la joue avec une tendresse infinie. J'en suis toute retournée.

— On se revoit bientôt, Jonquille ?

Je reprends mes esprits, lève les yeux et cherche les siens pour l'observer quelques secondes, puis je me mets à rire.

— Je ne suis pas une fille facile, mon père !

Loïc se redresse, laisse son regard glisser sur mon corps, aussi brûlant qu'une coulée de lave. J'en ressens un fourmillement spectaculaire dans le bas-ventre.

— Jonquille, ma fille, vous avez trente secondes pour disparaître avant que je ne m'échine à vous prouver le contraire. Et vu le baiser que vous venez de me donner, ça ne va pas être bien difficile.

J'en rougis jusqu'aux oreilles, n'assumant pas du tout mes ardeurs. Je préfère saisir la perche qu'il me tend, et laisse échapper un petit rire malgré moi.

— Au revoir, mon père !

J'attrape mon sac à main et prends la poudre d'escampette.

Lorsque j'ouvre la porte de ma voiture, je vois les affaires de Léo posées sur les sièges arrière. Loïc était supposé les lui rendre. Vu la manière dont la situation a tourné au vinaigre entre eux, je ne suis pas sûre qu'il soit très judicieux de les ramener à Loïc pour qu'il s'en occupe. Je sors mon portable et décide de téléphoner à Léo dont j'ai gardé le numéro.

Comme je tombe sur sa boîte vocale, et qu'il doit sûrement être encore aux urgences, je laisse un message pour le prévenir, et lui propose de me rappeler. On s'arrangera.

Ce n'est qu'en rentrant chez moi à 18 heures, après quelques courses au supermarché du coin, que je découvre l'appel en absence de Léo. J'écoute mon répondeur. Sa voix est méconnaissable, rendue nasillarde par la fracture. Il me dit qu'il va passer une ou deux nuits à l'hôpital, que le traumatisme demande une petite opération de rien du tout, et que je peux venir lui déposer ses affaires demain matin. Je suis tentée d'envoyer un message à Loïc pour l'avertir du programme, puis je me convaincs de ne pas le faire. J'ai déjà été suffisamment impliquée comme ça.

Le lendemain, comme promis, je me rends à l'hôpital privé de Villeneuve-d'Ascq. Léo est en chambre particulière. Je frappe à la porte, attends son approbation, et entre avec son sac de sport. Il est sur le lit, en train de regarder la télé.

Je fais la grimace quand je vois l'énorme pansement qui lui couvre le visage – front, nez, et joues. Je ne m'avise pas de lui faire la bise, pose ses affaires par terre, et reste debout devant le lit. Léo éteint le poste et se redresse.

— Je te remercie d'être venue. C'est gentil.

— Je t'en prie, c'est normal.

Il tourne la tête vers le fauteuil en cuir à côté du lit, et me fait signe de m'y asseoir.

— Comment tu te sens ?

— Ça fait un mal de chien, me répond-il sans ambages. On m'a shooté aux antidouleurs, mais ça n'a aucun effet.

Je pince les lèvres de compassion.

— Je suis désolée... Ton opération est pour quand ?

— Pas avant demain matin.

— Je ne pensais pas que ce serait si long.

— Je leur ai demandé de prendre bien soin de ma gueule d'amour, dit Léo, mi-figue mi-raisin.

Comme je ne sais pas trop sur quel pied danser, gênée par la situation, je ne réponds rien, et Léo enchaîne aussitôt :

— Mon visage, c'est mon gagne-pain. On ne va pas juste me remettre le nez droit, on va le réparer pour m'éviter de ressembler à Quasimodo.

Avec tous ces pansements, il est difficile de deviner l'expression de son visage, mais ses yeux, eux, ne sauraient mentir. Léo est en colère.

— Je suis vraiment désolée, répété-je, faute de mieux.

Son regard se durcit.

— Ce n'est pas à toi de me présenter des excuses.

Je me liquéfie, et me crois obligée de parler à la place de Loïc, ce que je m'étais pourtant promis de ne pas faire.

— Il est très mal, tu sais...

— Je n'en crois pas un mot.

J'essaie de compatir. Vraiment. Toutefois, il va bien falloir qu'il comprenne qu'il interprète mal les intentions de Loïc.

— Je comprends ta colère, mais il n'a pas fait exprès.

— Ne me fais pas rire, on serait obligé de me mettre sous morphine. Louise, je joue au squash avec lui depuis quatre ans, c'est un excellent joueur, il savait très bien ce qu'il faisait. Et parce que nous nous connaissons depuis le lycée, je sais qu'il n'y a pas plus rancunier que lui. Ce qu'il a fait hier était intentionnel. Il attendait le moment depuis longtemps.

Ce n'est pas du tout l'impression que j'ai eue en assistant au match. Et même s'il avait raison, je me garde bien de dire à Léo qu'il l'a provoqué le premier, et pas l'inverse. Il n'est pas prêt à l'entendre. À défaut, je me dis que ça lui fera peut-être du bien de libérer la parole, qu'il se sentira mieux après ça.

— Que s'est-il passé entre vous ?

Léo a cette différence avec Loïc qu'il n'a pas besoin qu'on insiste pour s'épancher. Il me répond sans la moindre hésitation.

— Il sortait avec une fille, en première année de fac. Elle et moi, on s'est retrouvés dans une même soirée, j'ai un peu trop bu et on a couché ensemble. Loïc m'en a voulu à mort alors qu'il se fichait royalement d'elle. Problème d'ego.

Ben voyons... À sa place, j'aurais réagi pareil.

— Et tu penses que c'est la raison pour laquelle

il t'a cassé le nez ? Plus de dix ans après, alors qu'il a continué à te fréquenter depuis ?

— Oui.

Je secoue la tête. OK, hier, Loïc m'a dit que la situation était compliquée, mais là, c'est plus que compliqué, c'est invraisemblable.

— Il t'apprécie beaucoup, m'informe Léo.

Je hoche la tête. Inutile de nier, ce serait hypocrite.

— Alors j'imagine que le fait que je t'aie fait un clin d'œil l'a propulsé des années plus tôt. Il a trouvé l'occasion rêvée de se venger.

Je soupire ; c'est n'importe quoi.

— Loïc me paraît plus mature que ça.

Agacé que je donne raison à son futur ex-meilleur ami, il rabat les draps et s'assoit en face de moi.

— Louise, j'ai trouvé que tu étais une chic fille dès l'instant où on s'est parlé, toutefois, tu me sembles faire preuve de beaucoup de naïveté concernant Loïc. Il savait que me casser le nez m'immobiliserait pendant des semaines. Alors, je ne dis pas qu'il avait prémédité ça de longue date, mais lorsque l'occasion s'est présentée il n'a pas hésité. Est-ce que je lui en veux pour ça ? Oui. Est-ce que je considère qu'il n'a fait que me rendre la monnaie de ma pièce et que c'est normal ? Non. Je n'étais qu'un gamin alcoolisé. Il y a prescription.

— Il serait bon que vous vous parliez, suggéré-je, à court de mots, tant le convaincre que les intentions de Loïc n'étaient pas mauvaises semble impossible.

— Oh ! on le fera, mais j'ai peur que nous ayons atteint le point de non-retour.

Que répondre à ça ? Rien. Il est inutile d'insister.

Alors que je suis en train de me dire que je ferais mieux de partir, la porte s'ouvre sur une infirmière.

— Bonjour, monsieur Dhont. Le chirurgien va venir vous voir d'ici une dizaine de minutes. Je vais vous retirer votre pansement.

Je me lève et profite de l'occasion.

— Je te laisse. Prends bien soin de toi, surtout.

Léo tend la main pour attraper la mienne. Surprise, je n'ose pas bouger.

— Louise... Merci pour ta visite, pour mes affaires. J'ai conscience d'être amer, mais j'ai l'impression que quinze ans d'amitié viennent de voler en éclats. Pardon si j'ai été désobligeant.

Comme je ne sais pas quoi dire, je me contente de hocher la tête. Puis, dans la mesure où je ne peux pas lui faire la bise pour lui dire au revoir, je pose une main sur son épaule et lui souris.

— Je suis sûre que tout va s'arranger. À bientôt, Léo.

— Au revoir, Louise.

Le gros de mon week-end va se résumer à un déjeuner chez mon père le samedi, et un autre chez ma mère le dimanche.

Samedi midi, à table, j'apprends avec stupéfaction que ma belle-mère, de deux ans mon aînée, est enceinte de quatre mois. Son accouchement est prévu pour mi-janvier. Il est vrai que mon père et moi entretenons des rapports en pointillé, et que nous ne nous voyons qu'une fois tous les trois mois, cependant, j'avoue ne pas très bien digérer la nouvelle. J'essaie de comprendre pourquoi il ne me l'a pas dit plus tôt. Pourquoi pas lors de l'anniversaire de mon frère, mi-juin ? Je l'interroge, et ai droit à un « Ça m'est sorti de la tête » qui me fait bouillir de l'intérieur. Même mon frangin n'est pas au courant, aussi, quand il arrive avec le dessert, il avale la pastille avec autant de difficulté que moi.

Comme toujours, je contiens ma colère, il ne sert à rien de l'exprimer. Mon père n'a jamais vécu que pour lui, et ce n'est pas demain la veille que ça changera. Forcément, le repas est plus que tendu, mais ce n'est rien en comparaison de celui du lendemain, quand j'annoncerai à ma mère qu'Arnaud et moi sommes sur le point d'avoir un petit frère ou une petite sœur.

Je passe le samedi soir enfermée chez moi, à faire un peu de compta, et à créer jusqu'à point d'heure des petits nœuds en ruban pour le mariage des Royez. Je me mets de la colle partout, me brûle, me coupe, et en digne perfectionniste que je suis, je fiche en l'air un bon quart de ma production. Je n'aurai plus qu'à m'y remettre le lendemain.

Quand le dimanche midi arrive, j'ai des cloques plein les doigts, au moins trois heures de sommeil en retard, et suis toute tendue. Ma nièce chérie a la bonne idée de tomber malade, mon frère et sa femme sont coincés chez eux. À moi l'immense honneur d'annoncer à ma mère la grande nouvelle. Ça se passe exactement comme je l'avais prévu, le sujet devient l'épicentre de la journée. D'abord, elle s'offusque, et prend son nouveau mari à partie pour être sûre qu'il pense comme elle. Elle doit être contente, il est même encore plus virulent. J'ai tout entendu : comment peut-on accepter d'avoir un enfant à soixante ans ? Ce pauvre gosse s'entendra dire « C'est ton grand-père ? » quand on viendra le chercher à l'école, sans compter qu'il y a de fortes chances que la jeune femme de mon père se retrouve veuve très tôt, puisqu'il boit et fume trop. C'est honteux et égoïste qu'il décide de faire un enfant à cet âge, il n'apportera que malheur et désolation à ce gamin ! Puis, un peu plus tard dans l'après-midi, ma mère s'isole pour pleurer. Elle ne veut pas que Jean-Louis la voie et se rende compte qu'elle n'a pas tout à fait oublié mon père, l'homme de sa vie, et que s'ils se sont déchirés pendant des années, elle n'a jamais pu taire ses sentiments. Je l'écoute pleurer sur son sort, sur sa jeunesse perdue, sur ses souvenirs d'un ancien amour à jamais remplacé par une autre femme, plus belle, plus énergique, moins ridée. Je ne manque pas de compassion, je comprends que ça la fasse souffrir, mais je passe vraiment un sale quart d'heure. Quand je rentre chez moi, je suis vidée. Complètement cramée.

Je commence la semaine encore embuée par mon week-end, et en viens même à regretter de ne plus travailler à *La dame au cabanon*. Au moins, mes horaires me permettaient d'échapper à ces réunions familiales destructrices. À 8 heures pétantes, je suis déjà fatiguée, mais installée derrière ma table, dans l'atelier, prête à m'abrutir de travail pour oublier tout ça.

J'adore la compagnie d'Emma, mais ne suis pas mécontente qu'elle soit en déplacement à Munich pour le vernissage d'un artiste reconnu, mais dont j'ai oublié le nom. Plus que jamais, j'ai besoin de calme et de tranquillité. J'ouvre les rideaux en grand, mets un peu de musique classique, et m'enferme dans ma bulle jusqu'à ce que j'entende les cloches du beffroi carillonner l'heure de midi.

Ce matin, je suis partie si vite que je n'ai pas eu le temps de me préparer un *pack lunch*. Aussi décidé-je d'aller acheter un sandwich. J'ai prévu de le commander dans une brasserie et d'en profiter pour m'installer à une terrasse, lorsque j'aperçois Rebecca et Victoire ex-Maes, la fille dont j'ai ruiné la robe de mariée et, accessoirement, la soirée de mariage. Si je les avais vues plus tôt, j'aurais fait en sorte de me cacher, mais Rebecca me remarque et crie mon nom en secouant la main pour me dire de venir. *Merde...* Je suis ravie de la voir, mais mortifiée par la présence de Victoire. Laquelle, à mon approche, semble quand même un peu pincée. Je prends sur moi, les salue toutes deux avec l'intention de repartir aussitôt, mais Rebecca me demande si je peux attendre une minute. Elle se tourne vers Victoire, la remercie pour la matinée, et lui fait la bise en lui promettant de s'occuper de sa traduction. Je n'ai pas la moindre idée de ce dont elle parle, et ne poserai pas de question.

— Hé ! s'exclame Rebecca en se tournant vers moi. Tu allais déjeuner ?

— Oui, je pensais acheter un sandwich.

Le visage de Rebecca s'illumine.

— Excellente idée ! Je peux me joindre à toi, ou tu es déjà accompagnée ?

— Pas du tout, et avec plaisir.

Cette fille est si positive et adorable, que refuser sa compagnie est impossible. Rebecca fait tant de bien à la santé qu'elle devrait être remboursée par la Sécu !

Nous nous installons à la terrasse d'une brasserie, commandons deux verres de vin blanc, deux jambons beurre, et attendons d'être servies.

— Pardon d'avoir bouleversé tes plans, commence Rebecca, mais je voulais te présenter des excuses.

Je penche la tête.

— Des excuses ?

— Oui... Je suis désolée pour ce qui s'est passé entre Loïc et Léo.

Je balaie ses remords d'un revers de la main.

— Ce n'est pas ta faute, Rebecca. Tu ne pouvais pas savoir.

— Certes, mais si j'y étais allée moi-même, tu n'aurais pas eu à subir leur démonstration de force ridicule.

Comme elle semble vraiment affligée, je tiens à la rassurer, et pose ma main sur la sienne.

— Ne t'en fais pas. J'ai bien compris que la situation était plutôt compliquée entre eux. Je me suis trouvée au mauvais endroit, au mauvais moment, ç'aurait pu tomber sur n'importe qui d'autre.

— Oui, mais du sexe féminin ! s'amuse-t-elle. Tu as raison, c'est compliqué. Ils sont en compétition perpétuelle depuis le lycée. Pas seulement concernant les femmes, même si sur ce point, Léo est particulièrement chiant. On dirait qu'il a toujours quelque chose à prouver.

Je ne dis pas à Rebecca que l'attitude de Loïc n'était pas non plus très claire me concernant, et qu'il est parti au quart de tour pour affirmer sa supériorité. À mon sens, ils se sont chauffés mutuellement, même si aucun d'eux n'avait prévu que ça déraperait à ce point.

Le serveur nous interrompt. Rebecca et moi levons nos verres et trinquons à l'avenir, puis je reviens sur l'épisode Léo/Loïc.

— Léo est-il encore remonté contre Loïc ?

Elle soupire.

— Plus que jamais, je le reconnais à peine. Cette agressivité, cette rancœur... Ça ne lui ressemble pas. Et pourtant, on dirait qu'il est incapable de faire autrement. J'ai du mal à comprendre.

— Sans doute parce que les conséquences ne sont pas uniquement personnelles. Il se retrouve immobilisé à attendre d'être « réparé » pour continuer à travailler.

— Son ego en a pris un coup, oui... Il n'avait pas prévu de shootings importants, mais mon frère sait que préserver son physique est essentiel s'il ne veut pas se retrouver sur la touche. À trente ans, il est déjà en fin de carrière. Mais de là à penser que Loïc l'a fait exprès... Ça me consterne.

— D'après Léo, la motivation de Loïc aurait eu comme origine leur petit accrochage à la fac, lancé-je.

— N'importe quoi ! Comme si Loïc n'avait pas réglé ça depuis longtemps.

Rebecca se tortille les doigts, comme replongée dans le passé.

— Cette fille, il en était très amoureux.

Je ne peux cacher ma surprise. À entendre Léo, Loïc s'en moquait plutôt comme de sa première chemise.

— Vraiment ?

— Oui. C'était sa prof de TD. Elle avait quoi ? Cinq ans de plus que lui ? C'était sa première fois, son premier amour, sa première fêlure. Car contrairement à mon frère, Loïc a été un peu plus long à la détente en matière de filles. Léo ne s'est pas vraiment rendu compte qu'il l'avait fait souffrir en couchant avec cette nana. Loïc n'a jamais été du genre à s'épancher. Mais moi, j'ai vite compris que cette fille avait beaucoup compté.

— Léo refuse toujours de l'entendre ?

Elle avale une bouchée de son sandwich et fait descendre le tout avec une gorgée de vin.

— Il minimise la situation. Il a toujours pensé que Loïc n'était pas amoureux. Dix ans plus tard, rien n'a changé. Cela dit, ça ne justifie pas ce qui s'est passé vendredi ni le fait que Léo trouve toujours autant de plaisir à provoquer Loïc quand il s'agit de filles.

Dépitée, elle soupire de plus belle.

— Je suis tellement désolée que tu aies assisté à ça...

— Ce n'est pas grave.

Je suis sûre que Rebecca l'a bien compris, mais je préfère quand même être très claire sur la responsabilité de Loïc dans cette histoire.

— Loïc n'a pas fait exprès de viser Léo, tu sais.

— Évidemment ! s'exclame-t-elle. Il n'y a que mon imbécile de frère, pour s'en convaincre.

Nous terminons nos verres et notre repas en discutant de tout autre chose, de la pluie, du beau temps, de son métier, du mien, sans que je révèle ma véritable activité. Depuis l'arrivée de Loïc dans ma vie, j'ai appris à être méfiante. Mieux vaut un silence constructif que de grandes révélations destructrices.

Lorsque nous nous quittons, je prends conscience que si je mets de côté son horripilante activité, la sensibilité de Loïc me touche. La façon dont Rebecca parle de lui me donne envie de connaître davantage l'homme qu'il est. Je sais alors que lorsqu'il reviendra à la charge pour m'inviter à dîner – puisque tel semble être son objectif –, je ne refuserai pas. Ma curiosité est titillée. Quant à savoir si je saurai résister à un second baiser, je ne parierais pas là-dessus.

15

Vendredi matin, avant de partir pour l'atelier, je fais l'inventaire de tout ce qui me reste à faire, et panique. Le mariage aura lieu dans quinze jours et je crains de n'avoir jamais assez de temps pour tout finir.

Il est indispensable que j'aie terminé les ornements de table et les décors de la salle de bal d'ici vendredi prochain, si je veux profiter de la dernière semaine pour réaliser bouquets, boutonnières et broches florales.

Je consulte mon emploi du temps dans le détail. Mes principales commandes de fleurs arrivent la veille des noces, ce qui signifie que la plupart des compositions devront être faites ce même jour, ou au plus tard, le matin de la cérémonie.

Soyons pragmatique : si j'arrive à faire les cent derniers fagots repose-couteaux d'ici ce week-end, que je parviens à réaliser trente pots à dragées par jour à partir de lundi, que je monte quotidiennement quarante boutonnières et broches dès le mardi de la semaine suivante, alors je serai dans les temps. Et ça en plus de toute la logistique, des décos de salle, des imprévus...

Je vais me sentir mal.

Au lieu de me laisser aller à la déprime, je prends

une profonde inspiration, finis ma tasse de café en une gorgée, attrape une caisse remplie de décorations déjà faites, et rejoins la galerie d'art d'Emma au pas de course. J'arrive à 7 heures pile et me mets à la tâche sans tarder.

Vers 10 heures, lorsque Karina et Emma pointent le bout de leur nez, j'ai tellement avancé que j'ai déjà finalisé plus d'un quart de ma mission du week-end. Satisfaite, j'évite toutefois de me réjouir trop vite, la journée n'est pas finie. Mais si j'ai terminé ce soir, j'aurai deux jours d'avance sur le planning. C'est un luxe dont je ne peux pas me passer.

En entrant dans l'arrière-boutique, Emma pousse un sifflement admiratif.

— Eh ben ! Tu n'as pas chômé. Si ça continue, on ne verra plus les murs.

Je lui offre un sourire contrit. J'ai mis des étagères partout, remplies d'à peu près tout ce que j'ai confectionné depuis deux semaines. Les tableaux et matériels de la galerie ont été relayés dans un coin plus petit qu'un mouchoir de poche.

— Désolée... Il n'y en a plus que pour quinze jours.

— Aucun problème ! me rassure Emma en jouant avec les fagots à couteaux. Tu crois que je pourrai en récupérer après la noce ? C'est super joli.

Je hoche la tête.

— Certains invités emmènent à peu près tout ce qui se trouve sur la table, mais sur les deux cents réalisés, il en restera bien une douzaine.

— Tu as dû y passer un temps fou, observe-t-elle tout en les détaillant.

J'ai utilisé des brindilles de noisetier que j'ai peintes en doré, inséré un bâton de rotin parfumé aux agrumes, et noué l'ensemble avec un morceau de raphia à travers lequel j'ai coincé une fausse fleur d'oranger. Le tout individuellement enfermé dans du papier transparent pour ne pas en perdre l'odeur d'ici là. Oui, ça me prend une éternité !

— C'est superbe, s'extasie Karina en touchant les nœuds en lin et tulle chocolat réalisés pour les chaises. On ne t'a pas vue faire ça...

— Je les ai ramenés de la maison ce matin. Je suis contente que ça vous plaise.

Je recule ma chaise et m'étire. J'ai l'impression que chacune de mes vertèbres, chacun de mes muscles s'est cristallisé tant je change peu de position. J'observe mes mains, elles aussi paient un lourd tribut, je n'ai jamais eu les doigts en si mauvais état.

— Tiens, tu l'as bien mérité, me dit Emma en posant un mug de thé à côté de moi. Et on t'a ramené des chouquettes !

Elle m'offre un sac plein à craquer. J'en prends une pour leur faire plaisir et la grignote du bout des lèvres. Je travaille tellement depuis quinze jours, que j'en oublie souvent de manger. Conclusion, mon estomac s'est vite habitué à ce régime non programmé et chaque bouchée que j'avale me semble peser une tonne.

Tandis que Karina retourne dans la galerie, Emma affiche un air grave en m'observant.

— Tu as besoin de repos, Louise.

Je hausse les épaules.

— Je me reposerai quand je serai morte.

— À ce rythme-là, j'aime autant te dire que c'est pour bientôt. Combien d'heures par nuit dors-tu ?

Je soupire.

— Peu, j'avoue.

— Le stress ?

— Pas que... J'ai peur de ne pas y arriver.

— Oui, du stress, quoi !

Elle s'empare d'un fagot fraîchement réalisé et le tourne entre ses doigts pour l'inspecter de près.

— C'est difficile à faire, ces machins-là ?

— Difficile, non, mais laborieux.

Elle le repose, et tire une chaise pour la placer à côté de la mienne. J'arrondis les yeux.

— Qu'est-ce que tu fais ?

Elle libère l'espace devant elle et époussette la table.

— Je vais t'aider !

— Mais...

Elle lève le doigt pour me faire taire.

— Pas de mais ! Jusqu'à preuve du contraire, c'est moi la boss, ici, et je doute que Karina vienne me tirer les oreilles parce que je fais autre chose que m'occuper de la galerie. Par quoi je commence ?

Touchée par sa bienveillance, et sans doute un peu trop émotive à cause de la fatigue qui est la mienne, je sens les larmes me monter aux yeux.

— Chochotte ! se moque-t-elle. Je veux que tu réussisses ce mariage, ma vieille. Vraiment. Allez, plus vite tu me montreras, plus vite on aura terminé. Et entendons-nous bien, Louise la bagnarde, si je t'aide, c'est pour te permettre de finir plus tôt et de prendre un VRAI week-end. Pas question de profiter du temps gagné pour commencer autre chose, compris ? De toute façon, je suis capable de te confisquer tes clés de la galerie et de t'empêcher de ramener du matériel chez toi !

Je m'essuie les yeux, souris, attrape quelques brindilles de noisetier, ainsi que la bombe de peinture dorée séchage rapide.

— C'est parti ! s'écrie Emma en se retroussant les manches.

***

Le deux centième fagot est emballé à 17 heures tapantes. Je n'en reviens pas.

— C'est qui les meilleures ? se satisfait Emma qui ressemble à une boule de Noël, avec la quantité de peinture qu'elle a sur le visage.

— Tu es une chef, la félicité-je. Merci tellement pour ton aide.

— On a les amis qu'on mérite ! Et puis tiens, ce ne serait pas une mauvaise idée d'impliquer Jeff et Yann ce week-end. Parce que je te connais, ajoute-t-elle avec un clin d'œil tout en s'étirant comme un chat, tu vas peut-être prendre une journée pour te reposer COMME JE L'AI EXIGÉ, mais la suivante, tu vas encore jouer les forçats.

Je me lève et commence à ranger mes affaires.

— Tu viens de me permettre de gagner un temps inestimable. On va laisser Jeff et Yann tranquilles, la rassuré-je en souriant.

Emma se met debout à son tour et va regarder son reflet dans le petit miroir posé sur son bureau.

— Hum, je ferais peur à un Uruk-hai.

Elle consulte sa montre et se tourne vers moi.

— Je file, je dîne chez mes parents ce soir, et j'ai intérêt à être présentable. Tu sais à quel point ils sont à cheval sur les convenances.

Pour ça, oui... Les parents d'Emma sont aussi gentils qu'ils peuvent être coincés. Lorsqu'on était au collège, et que j'étais invitée à manger chez elle, on avait droit à un vrai cérémonial du lavage de mains et débarbouillage.

Emma s'approche de moi et m'embrasse sur la joue.

— Promets-moi que tu vas te reposer un peu.

— Promis.

Elle tourne les talons et lève la main pour un dernier coucou avant de disparaître.

— À demain, et tiens ta promesse !

À 18 heures, j'ai remballé toutes mes affaires et préparé le matériel pour commencer la confection des deux cents pots de dragées prévus.

Karina est partie en même temps qu'Emma. Je m'apprête à composer le code de l'alarme quand l'alerte SMS de mon portable retentit.

Dîner, chez moi, 20 heures ?

Je cligne d'abord des paupières – je ne reconnais pas le numéro – puis je reçois un second SMS.

Et mes lèvres vont mieux. ;-)

Loïc... Forcément, son numéro se trouve quelque part dans mon portefeuille, mais pas dans mon téléphone ! Je souris. *Plus opiniâtre que lui, tu meurs !*

Il tombe plutôt bien en termes de timing : j'ai un besoin urgent de décompresser. Et puis, hier soir, en quittant Emma, je m'étais dit que j'aurais du mal à rejeter sa prochaine tentative d'invitation, puisqu'il m'avait affirmé qu'il le ferait. CQFD ! Il me recontacte et j'accepte sans l'ombre d'une hésitation.

OK !

Je me réjouis, Jonquille. À tout à l'heure.

J'ai au moins deux heures pour me préparer, c'est largement suffisant. J'enclenche l'alarme, sors de la boutique, et armée d'un sourire banane, je rejoins ma voiture.

— Bonsoir.
Lorsque Loïc m'ouvre la porte, je cache mon trouble. Il dégage une virilité qui me frappe de plein fouet. Les cheveux un peu décoiffés, il est pieds nus, et porte un jean et un T-shirt blanc. Je me félicite d'avoir moi aussi opté pour la simplicité ; j'ai enfilé une robe champêtre et une paire de ballerines plates, rien de très sophistiqué.

Je réponds en lui tendant l'unique bouteille de vin qui restait dans mon placard. Un côte-rôtie millésimé que mon père avait ramené l'une des rares fois où il est venu dîner chez moi.

— Bonsoir !
Loïc s'empare de la bouteille sans regarder l'étiquette, tout concentré sur ma petite personne.

Il se décale et me fait signe d'entrer.

Lorsque je passe la double porte du salon, j'en reste sans voix. Au pied du piano se trouve une jolie nappe à carreaux sur laquelle reposent un tas de trucs à manger, du vin, des verres, des couverts et... des bougies. Le tout sous une lumière tamisée et un fond musical de *smooth jazz* qui rendent l'ambiance particulièrement veloutée.

Je déglutis.

— Un problème ? s'amuse Loïc en voyant la tête que je fais.

J'avance et brasse l'air de la main avec nonchalance. Hélas, le tremblement de mes doigts en contredit l'effet.

— Pensez-vous ! On m'a déjà fait ce plan des milliers de fois !

Son sourire en coin manque de me faire hennir de nervosité.

— Retirez vos chaussures, dit-il après m'avoir observée.

— Mes chaussures ?

Il acquiesce en souriant de plus belle.

— Pour le reste, on verra plus tard, ne soyez pas si impatiente.

— Im... impatiente ?

Non, mais je rêve !

— Allez, Jonquille, faites comme moi, retirez-les, vous serez plus détendue.

Ah oui ?

— Dois-je en déduire que c'est la raison pour laquelle vous ne portez pas les vôtres ? Parce que vous étiez tendu ?

Il plisse les yeux et rétorque :

— Tout à fait. Mais pas d'affolement, la tension reviendra le moment venu.

Oh ! Je ne sais même pas quoi répondre à ça.

Je mets la main devant ma bouche pour éviter de rire et me baisse afin d'ôter mes ballerines – je me suis verni les orteils avant de venir, comme j'ai été bien inspirée !

J'imite Loïc et m'assois sur l'épais tapis au pied du piano. Il débouche la bouteille de vin que j'ai apportée et nous sert un verre à chacun.

— À notre premier rendez-vous officiel !

Je trinque avec lui, et tandis que j'avale ma première gorgée, il en est toujours à sentir les arômes du vin. Mes yeux se posent sur ses lèvres, elles sont bien cicatrisées. Ne subsiste qu'une toute petite marque rouge à la commissure ; j'ai du mal à la quitter des yeux.

— Le producteur de ce vin en sort 6 000 bouteilles

par an, pas plus, m'apprend-il. Vous nous avez gâtés, Jonquille.

— Je vous crois sur parole, je n'y connais rien. Mon père me l'a offerte un jour, je n'avais jamais eu l'occasion de la boire. Du moins, je l'avais oubliée.

Il me sourit, le regard brillant.

— Vous avez été inspirée.

Il pose son verre avec soin sur la nappe, et pioche dans un plat un toast au saumon qu'il me tend.

— D'où venez-vous, Louise ?

Je finis de mâcher, bois une gorgée de vin et m'essuie les lèvres.

— Je suis un pur produit du Nord. Née à Tourcoing. On y a habité quelques années, avec mes parents, puis ils sont venus s'installer sur Lille. Et vous, Loïc ? J'ai cru comprendre que vous n'étiez pas vraiment d'Hondschoote.

Il m'observe d'un air interrogatif et je réalise que je ne suis pas supposée détenir ces informations. Je me sens bête, mais je ne suis pas du genre à raconter des histoires pour me rattraper aux branches.

— Je suis venue au bal avec un ami qui en est originaire. Il ne vous connaît pas personnellement, mais sa famille a... Enfin, il m'a expliqué que vous y êtes arrivé après le divorce de vos parents. Voilà.

Le regard de Loïc est indéchiffrable.

— C'est vrai. Je suis né dans le Finistère Sud.

L'atmosphère s'est alourdie en un rien de temps. Je fais ce que je peux pour en faire abstraction.

— C'est une très jolie région. Vous avez des frères et sœurs ?

— Je pense que ça aussi, vous le savez déjà, répond Loïc d'un ton sec.

Je repose avec délicatesse mon verre sur le tapis, et le regarde fixement.

— Je ne vais pas m'excuser d'avoir essayé de savoir qui vous êtes, Loïc, ni prendre le temps de vous rappeler les circonstances de notre rencontre. Et même si, de toute évidence, ça ne vous plaît guère.

Je me tais et le dévisage quelques secondes, dans l'attente d'une réponse qui ne vient pas. De guerre lasse, je prends appui sur le sol et me lève.

— Je crois que ni vous ni moi ne sommes prêts pour ce dîner.

Je ramasse mes chaussures, mon sac, et tourne les talons pour rejoindre la porte d'entrée. Loïc se lève d'un bond et me retient par le bras.

— Ne partez pas, Louise.

Il se frotte le visage et me lâche, le regard tourmenté :

— Je vous prie de m'excuser. Votre questionnement est bien naturel. C'est juste que... si je pouvais oublier jusqu'à chaque bribe de mon enfance, je le ferais. En parler remue des souvenirs que l'adulte que je suis n'est toujours pas prêt à accepter.

Je m'attendais si peu à ce genre de révélation que j'en perds tous mes moyens. Et sa façon intense de me regarder ne fait que me perturber davantage.

— Vous voulez bien rester ? S'il vous plaît.

Ma gorge se noue, je hoche la tête.

Nous nous installons sur le canapé plutôt que sur le tapis ; nous ne reprenons même pas nos verres de vin.

— J'avais douze ans lorsque nous avons quitté la Bretagne avec mon père. Nous nous sommes installés à Hondschoote quand il s'est remarié.

J'avale ma salive. Je sais que je ne suis pas obligée de dire quelque chose, mais chaque silence semble peser si lourd qu'il m'écrase.

— Votre mère est restée en Bretagne ?

Un étrange éclat brille dans ses yeux.

— D'une certaine façon, oui. Elle y est enterrée.

Malgré moi, je porte la main à ma gorge.

— Je suis désolée de l'apprendre...

Loïc se lève et va finalement récupérer nos verres et la bouteille. Il nous ressert et se rassoit, la mine sombre.

— Je pourrais prétendre que tout a basculé pour moi lorsque j'ai perdu ma mère et que nous avons déménagé dans le Nord, mais tout a commencé beaucoup plus tôt.

J'aimerais lui dire qu'il n'est pas obligé de me raconter, qu'il ne me doit rien, et que je suis désolée de m'être emportée tout à l'heure, mais je sens que l'arrêter dans son élan serait encore pire. Pour une raison que j'ignore, il a envie de se confier à moi. Et moi, de l'écouter.

— Ma mère avait vingt ans quand elle a épousé mon père. Il était de dix ans son aîné, et mes grands-parents considéraient que c'était la meilleure chose qui puisse arriver à leur fille. Elle était ailleurs, toujours dans la lune, distraite. On la considérait comme simplette, incapable de se gérer toute seule, aussi, la marier permettait à mes grands-parents d'assurer son avenir. Or, si elle est entrée dans le moule, elle n'a jamais été heureuse.

Il lève son verre et le vide d'un trait.

— Elle rêvait de liberté, avait des ambitions culturelles, intellectuelles et artistiques, elle était tout sauf idiote. Épouser mon père l'a précipitée dans la tristesse plus vite que les moqueries de ses pairs ne l'avaient fait.

Il y a une telle colère sous-jacente dans sa voix, j'en suis toute retournée.

— Votre mère n'a-t-elle pas eu le choix de dire non ?

Il éclate d'un rire amer.

— Le jour de ses noces, peu de temps avant de se rendre à la mairie, elle a réalisé ce que toute sa vie deviendrait si elle épousait mon père. Elle s'est enfuie, en proie à une véritable crise de panique. Mes grands-parents et mon père l'ont découverte plusieurs heures plus tard, prostrée dans un fossé. Elle pleurait toutes les larmes de son corps.

— Que s'est-il passé, ensuite ?

— Ils l'ont emmenée chez le médecin qui l'a bourrée d'anxiolytiques, puis ils l'ont traînée à la mairie où elle a été mariée à mon père sans avoir réellement conscience de ce qu'elle faisait.

— Oh ! m'écrié-je en portant la main à mes lèvres.

— C'était une femme exceptionnelle, une pianiste de talent qui aurait tout donné pour laisser son art s'exprimer. À la place, elle a épousé un type qui se moquait royalement de ses désirs. Il l'a engrossée pour s'assurer qu'elle resterait à la maison pendant qu'il partait par monts et par vaux pour vendre ses foutus engins agricoles. Il l'a laissée dépérir. Mon père était un coureur, il ne s'est pas passé une semaine sans que ma mère ait été trompée. Je ne l'ai jamais vue heureuse, Louise, et elle a fini par se suicider. J'avais tout juste douze ans.

Je suis muette. Je ne sais pas quoi dire. Alors nous nous regardons, et la douleur que je lis dans ses yeux me terrasse. J'ai envie de le prendre dans mes bras, mais n'ose pas.

Loïc tend la main, me frôle la joue. Je ferme les paupières un instant. J'aime son contact.

— Vous m'avez un jour demandé quel plaisir j'éprouvais à détruire des mariages. Aucun. Mais si je peux éviter à un homme ou une femme de faire une grave erreur, alors je n'hésite pas une seconde. Lorsque j'ai accepté d'humilier l'épouse de Pierre Leroy, lors du mariage où nous nous sommes rencontrés, ce n'était pas lui que je sauvais, mais elle. Certes, ce n'était pas une sainte, et aussi paradoxal que ça puisse paraître, elle l'aimait, mais ce n'était pas réciproque.

— Elle l'aimait, avec une tonne d'amants ? répliqué-je, sceptique.

Il a sourire mystérieux.

— Qui sommes-nous pour juger ?

— Mais *vous* avez jugé ! Vous avez décidé pour eux.

— Je souffre du syndrome du chevalier blanc, rétorque-t-il pour alléger l'ambiance.

Je serai toujours incapable d'approuver ses choix, mais à défaut d'envenimer la situation, je me tourne vers le piano.

— C'est votre mère qui vous a appris à en jouer ?

— Oui, c'était sans doute le meilleur professeur du monde. Aimeriez-vous que je joue pour vous, Louise ?

— Maintenant ? Et vos voisins ?

Il laisse filer un rire grave, mélange d'insolence et de fierté.

— C'est la seule façon qu'ils ont d'écouter de la vraie musique, alors non, ils ne se sont encore jamais plaints.

Je souris à mon tour.

— Dans ce cas...

Loïc se lève et me tend la main.

Il m'emmène jusqu'au piano, baisse le couvercle, éteint la musique ambiante et prend place sur le tabouret de velours noir.

Ce n'est que lorsqu'il pose les doigts sur les touches que je me rends compte à quel point il les a longs et fins. Et quand il entame les premiers accords, c'est toute ma peau qui semble réagir. Je ne connais pas le morceau qu'il est en train de jouer, mais je suis convaincue qu'il a été écrit pour m'atteindre. J'en suis si tremblante d'émotion que j'ai besoin de prendre appui sur l'instrument pour me nourrir de ses vibrations.

Loïc est concentré sur les touches, le visage plus apaisé que jamais. Le voir jouer, l'écouter, m'émeut. Je suis hypnotisée par ses doigts qui glissent du noir au blanc, font jaillir une cascade de notes pures et cristallines. Je ferme les paupières et respire la musique, la sens, elle me possède. Je n'ose les rouvrir lorsque la musique s'arrête. Puis je sens les mains de Loïc autour de ma taille, le tissu de ma robe remonter légèrement sur mes cuisses. Je frissonne. Il parcourt ma colonne vertébrale, se fraye un chemin jusqu'à ma nuque. J'ouvre les yeux. Une tempête fait rage dans les siens.

Sans dire un mot, il retire le pic en bois qui me maintient les cheveux, et les laisse retomber sur mes épaules avant d'y enfouir les doigts. Je soupire.

— Toute cette tension entre nous ne peut venir que de moi…, murmure-t-il.

Je n'ai plus envie de mentir, je veux me fondre en lui. J'en ai besoin.

— Non…

Il se penche, me frôle la joue. Ses lèvres sont douces, tendres et chaudes. Les miennes s'entrouvrent.

— J'ai envie de vous, Louise…

Jamais telle phrase ne m'a paru si érotique. Malgré moi, je laisse échapper un gémissement. Loïc y voit un signal, il glisse les mains sous mes fesses, me soulève pour m'asseoir sur le piano et vient se positionner entre mes cuisses. Il est grand, je lui entoure la taille de mes jambes, le prends par le cou et rejette la tête en arrière, offerte. Loïc me dévore, dépose des baisers jusqu'à la naissance de ma poitrine, laisse sur ma peau des traces brûlantes. Je le supplie, à bout de souffle :

— Embrasse-moi...

Il part aussitôt à la conquête de ma bouche, me mordille les lèvres, je suis en feu, sa frénésie me rend dingue. Alors je passe les mains sous son T-shirt et le lui retire. Je veux sentir sa peau, découvrir sa chaleur, sa douceur. Mon Dieu... depuis quand n'ai-je pas désiré un homme à ce point ? Rien ne saurait m'empêcher de rompre avec lui le long jeûne de sexe que je me suis imposé jusque-là. Je ne me suis jamais sentie aussi vivante.

Des pouces, Loïc effleure la pointe de mes seins ; je m'arque, détache mes bras de son cou et prends appui sur le piano. Il se penche, repousse la dentelle de mon soutien-gorge, et vient me titiller du bout de la langue ; je lâche un râle de plaisir.

Je me redresse d'un coup et m'attelle à retirer les boutons de son jean. Ma main se fraye un passage sous le tissu de son boxer, je ne me contrôle plus. Les yeux agrandis d'une surprise ravie, Loïc me soulève du piano, me garde serrée contre lui et s'accroupit pour m'allonger sur le sol avec toute la douceur du monde.

Peu importe si nous nous connaissons à peine, peu importe si je vais trop vite, je veux faire corps avec lui. Rien n'est plus important à cet instant.

— Loïc... viens... s'il te plaît, viens.

Il fait glisser ma culotte le long de mes jambes, m'ouvre les cuisses avec une douceur infinie, regarde mon corps avec un désir enflammé, et se penche sur mon ventre pour embrasser ma chair frémissante. Quand il descend plus bas et s'y attarde, je crie.

Puis il se redresse, me couvre de baisers, remonte jusqu'à mes lèvres, et m'embrasse comme personne ne m'a embrassée avant lui. Plus rien d'autre ne compte que lui, plus rien n'est important à part lui. La femme en moi exulte de plaisir et d'abandon.

Loïc prend appui sur ses bras et me contemple le visage, en silence. Pas un mot, pas un son, juste la promesse de son regard : bientôt, nous ne ferons qu'un.

Je gémis de frustration quand il se détache de moi pour se dépouiller de ses derniers vêtements, et me laisse vibrante sur le sol. Il s'éloigne et fouille dans un tiroir. Je l'entends batailler avec l'emballage d'un préservatif. Et quand il me refait face, dans sa puissante et glorieuse nudité, je sais que je ne tiendrai pas une minute de plus. Je ne peux plus attendre.

— Viens !

Il plonge sur moi, à l'intérieur de moi, me remplit, me comble. Puis il s'immobilise, me caresse des yeux, et tout dans son regard me montre combien il me veut. Je retiens ma respiration. J'ai envie de lui, je suis au supplice. Puis il bouge, doucement et le lent va-et-vient de ses reins m'arrache un gémissement de plaisir. Son odeur, sa peau, son souffle, je vais devenir folle. Loïc le sait, il l'a compris, alors il accélère le rythme, devient plus pressant, plus exigeant aussi. Je lui agrippe les épaules, le griffe un peu, il continue, plus vite, plus fort, s'arrête pour me contempler, et recommence.

Sans me quitter des yeux, il passe les mains sous mon dos, et nous fait rouler sur le tapis. Je me retrouve sur lui, prenant le contrôle. Il ne me faut que quelques secondes pour voler en éclats et laisser la jouissance remonter comme une lame de fond avant de m'emporter. C'est une déflagration.

À son tour, Loïc pousse un cri de libération que je n'oublierai pas. Il m'offre le son le plus érotique jamais entendu, puis me serre contre lui, à bout de souffle et d'énergie, le visage niché dans mon cou.

Nous restons de longues secondes sans bouger, puis remontons peu à peu à la surface. Loïc se libère de son préservatif, tire le plaid posé sur le canapé, nous enveloppe de sa chaleur et me tient serrée contre lui.

Les yeux rivés au plafond, j'ai du mal à comprendre la violence du plaisir que j'ai ressenti. Je ne parle pas seulement de jouissance, mais de plénitude, de sentiment d'avoir attendu ce moment toute ma vie. C'est effrayant.

Je suis incapable de dire un mot, et pendant que je sens le souffle de Loïc devenir plus lent, plus régulier, et que je réalise que nous avons fait l'amour à même le sol, la gêne m'envahit. J'ai perdu le contrôle, et ça ne peut pas se reproduire. Loïc gagne sa vie en détruisant des mariages, je gagne la mienne en les organisant. Je me flagelle d'avoir laissé cette vérité dans un coin de ma tête juste pour vivre ce moment avec lui. Oui, j'en avais besoin. Oui, je le voulais. Mais j'ai eu tort. Nous ne sommes pas faits l'un pour l'autre.

Loïc s'est endormi. Délicatement, je retire son bras de mon ventre et m'écarte. Il ne réagit pas. Je prends soin de le couvrir du plaid, et réussis à me lever sans le réveiller. Je cherche mes vêtements des yeux, les réunis, enfile ma robe sans mettre mes sous-vêtements, récupère mon sac et mes chaussures en faisant le moins de bruit possible, et me dirige à pas de loup vers la sortie. J'actionne la poignée de la porte au ralenti, ouvre le battant, et retiens ma respiration. Juste avant de la refermer, j'entends la voix de Loïc qui s'élève.

— Nous nous reverrons, Jonquille.

16

Je passe la journée du samedi à tout faire pour ne pas penser à ce qui s'est passé la veille. Je réalise la plupart des pots de dragées, fais tout mon repassage en retard, boucle ma compta de la semaine, et trouve le temps d'aller faire mon plein de courses au supermarché. La seule raison pour laquelle je n'appelle pas Emma pour lui proposer une soirée entre filles, et m'éviter de cogiter, est qu'elle devinerait en moins de deux que quelque chose ne va pas. Je n'ai aucune envie de lui faire des confidences, parce que je ne suis PAS du genre à faire des confidences. Si Emma adore me raconter la moindre de ses rencontres, ce qu'elle en a pensé, ce qu'elle a ressenti, si elle y reviendra, etc., moi, non. Ma vie amoureuse est un jardin secret que je cultive depuis que je suis en âge de me prendre des râteaux. Ce qui se passe dans mon lit reste dans mon lit. Ce qui se passe sur un tapis, aussi.

La vérité est que je suis hantée par Loïc. Si je n'ai pas l'esprit occupé, je reviens irrémédiablement à nos ébats, à sa peau, à ses mains, à sa bouche... Il suffit que je ferme un instant les paupières pour que toute la scène se rejoue, plus vraie que nature. C'est insupportable, j'ai l'impression d'avoir de nouveau dix-sept ans, et les hormones en ébullition.

Je viens juste de commencer une nouvelle vie, de goûter à la liberté professionnelle, et d'entreprendre quelque chose qui m'épanouit, quel besoin ai-je eu de céder aux charmes d'un homme ? De *cet* homme, en particulier ? Laisser Loïc entrer dans ma vie est aussi dangereux que conduire une voiture les yeux bandés : je ne sais pas où je vais, mais j'ai tout de même la certitude que je vais finir dans le décor. Si, sous ses doigts, j'ai découvert le sens du mot plénitude, j'ai avant tout conscience que son métier risque de détruire le mien. Avoir une aventure avec lui serait aussi absurde que vouloir enfermer dans une cage un renard et un lapin. Le premier finirait fatalement par bouffer l'autre !

Fréquenter Loïc me mettrait en danger, je le sais. Alors pourquoi ai-je l'envie insensée de le revoir ? S'il frappait à ma porte, là, maintenant, je serais bien fichue de lui ouvrir. Dieu... la dualité de mes sentiments m'affole. Si jamais je perds le contrôle, je vais à la catastrophe. Aussi ne vois-je qu'une seule et unique solution pour régler le problème ; je dois aller moi-même à la source et mettre les choses au clair : je ne veux plus jamais le revoir.

Déterminée, je me saisis de mon téléphone et réutilise son SMS de la veille. Il est 19 h 30.

Bonjour Loïc, j'aimerais vous parler. Dites-moi quand vous êtes disponible. Louise.

J'ai volontairement réutilisé le vouvoiement, histoire qu'il n'y ait pas le moindre doute sur mes intentions, et – si tant est qu'il n'ait pas saisi ma motivation –

qu'il comprenne que je ne cherche pas à m'excuser pour mon départ précipité ou lui proposer un deuxième rendez-vous.

Durant les trente minutes qui suivent, je ne lâche pas mon téléphone une seconde, et passe mon temps à vérifier s'il a répondu. Je finis par me trouver risible, aussi j'abandonne mon smartphone sur le canapé pour me rendre sous la douche, me laver les cheveux, les sécher, et me faire une tresse africaine. Loïc m'aura sûrement répondu dans la foulée, et le fait que je ne sois pas au garde-à-vous lui montrera que, malgré mon message, il ne fait pas partie de mes priorités. Je m'exhorte donc à ne pas consulter mon téléphone avant d'avoir enfilé des vêtements, et rangé la salle de bains. Je prends le luxe de me faire un thé, et lorsque je reviens dans le salon, prête à voir la lumière rouge clignoter... rien.

À 20 h 15, je n'ai toujours aucune nouvelle, et que je le veuille ou non, ça me met dans un état de stress qui n'a rien de très gratifiant. Parce qu'au final, je n'attends plus seulement sa réponse pour lui dire qu'on ne se reverra plus, mais parce que j'ai envie d'avoir de ses nouvelles, envie qu'il ne m'ignore pas, et que lui-même n'ait pas changé d'avis à mon sujet.

À 20 h 45, je me résigne et sors du ridicule dans lequel j'avais sombré. Loïc ne répondra pas ce soir, sans doute veut-il me donner une petite leçon pour avoir fiché le camp comme ça, la belle affaire ! Je commande une pizza pepperoni pour dans vingt minutes, sélectionne un film de zombies en VOD, et m'apprête à vraiment profiter de ma soirée. Demain matin, je terminerai les derniers pots de dragées qui traînent sur la table du salon, et me satisferai d'être dans les temps et d'avoir assuré.

À 21 h 10, le livreur sonne à l'Interphone. Je lui ouvre et vais chercher de l'argent dans mon sac pendant qu'il monte. Je l'attends sur le pas de la porte, et manque me tordre la cheville lorsque mes genoux me lâchent. Loïc est juste derrière lui. Je me rattrape de justesse au chambranle.

Le livreur arrive devant moi, tout sourire, et avec lui, une délicieuse odeur d'origan qui embaume tout le palier.

— Bonsoir ! Une pepperoni médium sans olives ?

— C'est... c'est bien ça, bégayé-je sans parvenir à le regarder.

J'ai les yeux fixés sur Loïc qui, le regard rieur, n'a pas l'air peu fier de sa petite surprise.

Les mains un peu tremblantes, je remets dix-sept euros au livreur, lui dis de garder la monnaie, et récupère les boîtes. J'avais oublié qu'il y en avait deux pour le prix d'une. Loïc tombe à pic.

— Au revoir, et bonne soirée ! lance le gars en partant.

Les pizzas dans les mains, je me donne de la contenance, et tourne les talons en direction de la cuisine. Je ne prends pas la peine de dire à Loïc d'entrer, il connaît le chemin.

Je sursaute en entendant le cliquetis du verrou.

— Quand je disais « dites-moi quand vous êtes disponible », je m'attendais à une simple réponse par SMS, lancé-je en posant les boîtes sur la table. Ou un appel...

Loïc me rejoint.

— Le retour au vouvoiement m'a excité, et je voulais te monter à quel point, réplique-t-il d'une voix onctueuse.

Je me fais violence pour ne pas réagir, et me retourne en soupirant.

— D'accord, c'était peut-être un peu excessif.

Il sourit.

— Excessif ? Voyons, Jonquille, je mérite mieux que ça : c'était parfaitement ridicule.

Je le lui concède, ne cherche pas à me défendre. Je me concentre sur les pizzas pour éviter d'avoir à le regarder, récupère une grande planche à découper sous l'évier, et les dispose dessus.

— Tiens, dit-il en posant sur la table la bouteille que nous avons entamée la veille, il aurait été dommage de ne pas la finir ensemble.

Je nous revois en train de trinquer, repense aux confidences de Loïc, à son baiser sur le piano, je déglutis en détournant le regard. Loïc remarque ma fuite, alors il s'approche et se met juste derrière moi, à quelques centimètres. Je n'ose plus faire un geste, j'ai presque l'impression de sentir son souffle sur ma nuque.

— Je ne pensais pas que tu étais de ce genre-là, me murmure-t-il à l'oreille.

Je reste quelques secondes sans bouger, puis fais un pas de côté, prétextant vouloir récupérer le coupe-pizza dans un tiroir, tâchant de rester la plus détachée possible.

— C'est-à-dire ?

— À fuir tes responsabilités, répond-il en piquant la seule olive se trouvant par erreur sur l'une des pizzas.

Je déteste être accusée de la sorte, même si, dans la pratique, c'est précisément ce que j'ai fait.

— Ce n'est effectivement pas mon genre, c'est la raison pour laquelle je t'ai envoyé un SMS, rétorqué-je en lui mettant la planche dans les mains, je voulais te parler.

Il penche la tête et me fixe avec une intensité perturbante.

— Et c'est pourquoi je suis venu, Louise, répond-il sur le même ton.

Son regard est incandescent. Je me demande s'il a seulement conscience de ce que je vais lui dire. Peut-être, peut-être pas. On dirait presque que c'est un jeu pour lui, un jeu qu'il n'entend pas perdre. Il ne me quitte pas des yeux, me met au défi de cracher le morceau maintenant, mais je ne peux pas, j'ai besoin de reprendre mon souffle, de me ressaisir.

Je tourne le dos, ouvre le placard mural et en sors deux verres à pied.

— Je te rejoins dans le salon, lui dis-je en m'emparant de la bouteille.

Il me laisse seule ; je pose les mains sur la table, ferme les paupières, et respire profondément.

Qu'est-ce que j'ai fait ? Pourquoi l'ai-je laissé entrer ? Je ne suis pas armée pour l'affronter comme ça, en face à face. Son assurance me fait respirer plus vite, et quand il me dévisage, je suis prise de vertige. S'il en vient à me toucher, je volerai en éclats. Il faut que je me reprenne, je suis en train de faire n'importe quoi. Je vais lui dire les choses telles qu'elles sont, que j'ai aimé, adoré, la soirée que j'ai passée avec lui, mais que je préfère que nous ne nous revoyions pas. Pour mon bien, comme pour le sien. Parce que nous sommes trop différents et que nous finirions par nous étriper.

Décidée, je prends les verres d'une main, la bouteille de l'autre et vais le retrouver.

Je suis à deux doigts de tout lâcher quand je le vois

observer les pots de dragées sur la table. Je me fige sur le seuil. Quelle idiote ! Mais quelle idiote ! Loïc se retourne, un exemplaire terminé entre les mains.

— C'est charmant, dit-il. Tu prépares un mariage ?

Vu le nombre de mini-bocaux empilés, et vu leur décoration connotée – deux fausses alliances sont accrochées au ruban –, je vais avoir du mal à prétendre le contraire.

— Tout à fait, celui d'une amie !

— C'est de ta composition ?

Je hoche la tête.

Du bout du doigt, il soulève la petite étiquette de lien nouée avec les alliances ; je me crispe.

— *Comme un parfum de bonheur*, lit-il avec étonnement.

Il prend un second pot, puis un troisième, et constate qu'ils portent tous la même étiquette. Je suis tendue à l'extrême.

— Tu t'es mise à ton compte ?

— Oui.

À quoi bon mentir ? Il se douterait de quelque chose et finirait bien par l'apprendre. Je me suis mise toute seule dans cette situation, à moi de m'en sortir avec le plus d'habilité possible.

— Je propose de confectionner de petits objets pour les mariages, en plus de mon activité principale.

— Qui est ? demande-t-il en reposant un pot. Pas « conseillère » chez un fleuriste, n'est-ce pas ?

Je sens que si je m'enfonce, ça va être pire.

— Oh ! ça va ! Je viens de créer ma boîte d'organisation de mariages.

— *Wedding planner ?* Vraiment ?

J'acquiesce, comme prise en faute.

Loïc éclate de rire. Médusée, je le regarde se bidonner sans comprendre ce qui le rend si hilare.

Il se calme, me prend la bouteille des mains, la débouche, et s'empare des verres pour nous servir.

— Bon Dieu, c'est qu'il va falloir qu'on évite de se marcher sur les pattes si on veut que ça marche entre nous !

J'en reste coite. Que ça marche entre nous ?

— Euh...

— Oui ? répond-il en me rendant un verre plein.

— Il n'est pas question que ça marche entre nous.

— Et pourquoi ça ? demande-t-il en allant s'installer sur le canapé.

Il est tellement à l'aise et sûr de lui que j'en perdrais presque mes moyens. Je secoue la tête et le rejoins, mais m'assois dans le fauteuil.

— Parce que nous n'avons et n'aurons jamais aucune relation. Et ça n'a rien à voir avec nos divergences professionnelles.

Enfin, si, mais ça ne serait pas le meilleur argument pour lui, je le sens.

Loïc pose son verre sur la table, à côté du mien, et, les coudes sur les genoux, me regarde de plus près. On dirait qu'il tente de décrypter mon expression, pour voir si elle est raccord avec ce que je dis. Je ne cille pas. Lui non plus.

— Nous avons déjà une relation, Jonquille.

— Je parle d'une relation suivie.

— Louise...

Je l'interromps :

— Nous ne sommes pas faits l'un pour l'autre. Nous nous entretuerions au bout de quelques jours.

— Je suis sûr que non.

— Je suis sûre que oui !

— Je prends le pari.

— Ce n'en est pas un ! Je suis plus que sérieuse, Loïc. Tu es un homme intéressant, énigmatique, et tu ne manques pas d'attraits, mais je ne pourrais jamais avoir une idylle avec quelqu'un capable de... de... de tricherie, et capable de foutre en l'air mon métier sans aucun état d'âme. Et encore, je ne parle pas des sphères autres que la sphère professionnelle.

Il sourit en coin.

— Mais si, au contraire, parles-en, ça m'intéresse.

Je soupire et lève les yeux au ciel.

— À quoi bon ?

— En réalité, tu ne trouves rien à dire, parce que rien ne nous oppose sur ce plan, dit-il d'une voix presque convaincante.

Alors là !

— On se connaît à peine, comment peux-tu dire ça ?

— Et toi, comment peux-tu prétendre le contraire ?

— Cette conversation ne mènera nulle part.

Loïc se lève, m'invite à en faire de même, et avant que je réalise, je me retrouve prisonnière de ses bras. Il ne me serre pas, volontairement. Si l'envie m'en prend, je peux me détacher sans problème. Mais l'envie ne me prend pas.

— Je veux mieux te connaître, Louise. Savoir ce que tu manges le matin, si tu portes des pyjamas hideux le soir, si tu es capable de pleurer devant un film, si tu dépasses la limitation de vitesse, si tu es toujours aussi passionnée qu'hier soir, si tes joues rougissent quand je te dirai tout ce que j'aimerais te faire, si tu m'en donnes l'autorisation.

Pendant qu'il parle, ses doigts parcourent ma colonne vertébrale. Mes mots ont semblé déterminés, mais la tension de mon corps démontre tout le contraire.

Cet assaut de sensualité me donne même le vertige. Sa voix est rauque, son corps est chaud, il sent bon. Je m'accroche à ses biceps, et ferme les paupières, le souffle irrégulier.

— Laisse-nous une chance, Jonquille, me murmure-t-il à l'oreille. Nous nous plaisons, inutile de nous mentir.

Je me sens en proie à un mélange de peur et de ferveur. Ce que Loïc me propose est dangereux. Dangereux et entêtant.

Je m'écarte pour le regarder.

— Tu m'empêches de penser. Je ne peux pas réfléchir quand tu me touches.

Loïc laisse ses bras retomber et m'offre un sourire ravageur.

— Si tu souhaites réfléchir, c'est qu'on est sur la bonne voie !

Je claque la langue et prends place sur le canapé, cette fois. J'attrape mon verre et en bois une gorgée.

— Je déteste ton métier, Loïc.

— Et moi le tien ! réplique-t-il en faisant tinter son verre contre le mien.

Je finis par sourire en imaginant le tableau.

— Tu as pensé à ce que ça donnerait si je m'échine à organiser un mariage que tu t'évertueras à détruire ?

— Ça donnera ce que ça donnera ! Nous éviterons d'aborder le sujet, c'est tout.

J'écarquille les yeux d'effroi.

— Non, non, non... Je ne prendrai jamais un tel risque. Tu me plais, Loïc, tu as raison, mais je commence tout juste à avoir le contrôle de ma vie professionnelle, je n'ai pas le temps de me lancer dans une relation, à plus forte raison avec toi qui menacerais de détruire tout ce que j'essaie de construire.

Et pour être honnête, tu me fais perdre toute contenance et je n'aime pas ça.

À la façon dont Loïc plisse les yeux, je devine qu'il va être sérieux.

— Pas de grandes promesses, pas d'avenir prédéfini, on essaie, c'est tout. Si ça ne fonctionne pas, on arrête.

Toutes mes belles résolutions se sont envolées. Je crève d'envie de lui dire oui. Mais j'ai peur de tout foutre en l'air... Je déglutis et lève le visage vers lui.

— Le mariage que j'organise est dans deux semaines. J'ai besoin de savoir.

Son expression est indéchiffrable.

— Je t'écoute.

— Stéphane Royer et Bertrand Morel, mairie de Saint-Vaast, à Armentières, 15 heures. Château de Prémesques, 18 heures.

C'est sorti d'une traite. Je retiens mon souffle.

Loïc ne me quitte pas des yeux, ne montre aucune réaction particulière. Je me dis que s'il cache quelque chose, il mérite de figurer dans le palmarès des meilleurs menteurs que j'aie rencontrés, je ne décèle pas la moindre sournoiserie, même de près. J'ai confiance.

Loïc prend quelques secondes pour répondre, puis lève la main et me caresse la joue du bout des doigts.

— Nous ne nous y verrons pas, Jonquille.

Mon soulagement est tel que je lâche d'un seul coup tout l'air contenu dans mes poumons. Loïc sourit en secouant la tête.

— On peut s'embrasser, maintenant ?

Je lève le menton et offre mes lèvres.

Je ne peux pas être plus claire.

*
* *

Loïc et moi nous voyons les dix jours suivants. Un coup chez lui, un coup chez moi sans que jamais nous n'acceptions de passer la nuit dans le lit de l'autre. Trop tôt à mon goût. Nous allons au resto, au cinéma, apprenons à nous connaître, à nous apprivoiser. Je découvre un homme aussi intelligent que drôle. Il parle trois langues, se passionne pour la musique classique, les BD, les comics, les vieux films en noir et blanc. Il a toujours une blague à raconter, rebondit à peu près sur tout, tout le temps, et si j'ai parfois du mal à le suivre, je finis toujours par rire aux éclats.

Après avoir exprimé bon nombre de réticences, je prends les choses comme elles viennent. Je ne me suis pas sentie aussi détendue depuis des lustres avec un homme. Je ne réfrène aucun désir, aucun geste, aucun mot, ne m'inquiète de rien, et ça fait du bien.

L'organisation du mariage semble aller comme sur des roulettes. Emma m'a encore filé deux ou trois coups de main, si bien que le mercredi, je suis à jour de tout, il ne me reste qu'à réaliser les compositions.

Jeudi matin, 7 heures, j'ai vidé mon réfrigérateur au pied levé et suis devant chez moi, protégée de la pluie sous un ciré jaune, ma première livraison de fleurs est sur le point d'arriver : orchidées mauves et gardénias, pour finaliser les deux cents broches et boutonnières. J'ai bien pensé à me munir d'un roll pour tout charger et gagner du temps, mais avec quatre étages sans ascenseur, c'est exclu. Empiler les boîtes de polystyrène les unes au-dessus des autres avec la possibilité de les faire tomber aussi : trop risqué. Je ferai plusieurs voyages, mes cuisses me remercieront plus tard.

On est bien redescendus à 9 degrés, le matin. Je souffle sur mes doigts engourdis et me penche pour essayer de repérer le camion de livraison. En retard, comme de bien entendu... alors qu'on m'a bien précisé d'être à l'heure, que le livreur ne m'attendrait pas. Tu parles !

Dix minutes plus tard, toujours rien. J'ai envie d'un café et me fais violence pour ne pas monter en avaler un vite fait. Je me gèle les miches !

— Croissants, croissants, qui veut mes croissants ?

Je me tourne sur Loïc, les yeux arrondis par l'étonnement.

— Hé ! Qu'est-ce que tu fais là ?

Il s'approche et se penche pour m'embrasser du bout des lèvres.

— Je n'allais pas te laisser en baver toute seule.

Je vais de surprise en surprise.

— Tu es venu pour m'aider à faire les compos ?

Il rit.

— Ma solidarité s'arrête à un soutien moral, crois-moi, ça vaut mieux pour tes clients et ta réputation. Je livre les croissants et le café, et assure le transfert des fleurs jusqu'à l'étage !

Il me met le sachet sous le nez ; une odeur de « juste sortis du four » s'engouffre dans mes narines et me fait gronder l'estomac.

— Allez, s'amuse-t-il, ton calvaire est terminé, le livreur débarque.

Je tourne la tête, le camion, essuie-glace à fond les ballons, s'arrête devant chez moi. Un grand maigre en sort et semble chercher l'enseigne. Je lui fais signe d'approcher.

— *Comme un parfum de bonheur*, c'est ici ?

demande-t-il d'un ton suspicieux, et sans même s'excuser pour son retard.

Je l'accueille quand même avec un sourire.

— C'est bien ça ! Je vous ai commandé deux cents orchidées et gardénias.

Il hoche la tête et se dirige à l'arrière pour ouvrir son camion.

Je connais la chanson, aussi monté-je avec lui pour vérifier la marchandise avant qu'il ne la décharge. Tout est en règle. Nous profitons d'être abrités de la pluie pour signer le bon de livraison, puis il commence à sortir les caisses.

— Je réceptionne ! l'avertit Loïc en me remettant le sac de croissants.

Il empile quatre grandes boîtes de polystyrène, et me laisse les deux dernières viennoiseries sur le sommet.

Nous montons les quatre étages et entrons dans mon appartement avant de tout déposer sur la table du salon. J'ai perdu l'habitude de me lever aussi tôt, je suis tout essoufflée et un peu amorphe, alors que Loïc pète la forme.

— Allez, café ! s'exclame-t-il en tapant des mains.

En moins de deux, et pendant que je fais de la place sur ma table de travail improvisée, il installe le petit déjeuner dans le salon, et revient avec des tasses fumantes. Je le regarde investir mon appartement par sa simple présence, et sens ma gorge se nouer. J'aime le voir ici. J'aime l'avoir dans ma vie. Je crois que j'ai envie de davantage, au bout de dix jours à peine, et ça m'effraie, même si j'ai le cœur tout léger.

— Tu viens ? propose-t-il en désignant le canapé.

Je hoche la tête sans rien montrer de ce qui me bouleverse, et m'installe.

— Merci d'être venu.

Il me colle une tasse dans les mains, un croissant, et mord dans le sien à pleines dents.

— On se remerciera dignement plus tard, dit-il la bouche pleine. Pour le moment, j'ai faim !

On déjeune tranquillement, puis Loïc se charge de me montrer de quelle manière il souhaite être remercié en me susurrant à l'oreille :

— Ton canapé est fort confortable.

Avant que j'aie le temps de répondre, sa bouche couvre la mienne pour un baiser dévorant. Il retire mon pull et me fait basculer sur les coussins. Je m'accroche à ses épaules, gémis sous le coup des petites morsures dont il gratifie le creux de mes épaules, et rive mon regard au sien lorsqu'il s'étend sur moi.

— Je te veux...

— Et tu m'auras aussi souvent que tu le voudras, Jonquille.

Vers 9 heures, il est grand temps que je me mette au travail. Je dois tout avoir terminé ce soir. Le plus gros des fleurs arrive demain en fin de matinée. L'arrière-boutique d'Emma étant déjà pleine des décorations, je me fais tout livrer ici. Il y a une quantité faramineuse de seaux empilés dans le couloir. Je n'ai trouvé aucun moyen de stocker les fleurs en chambre froide, tout devra rester dans mon appartement. Grâce à la climatisation inversée que j'ai fait installer il y a deux ans, je maintiendrai la température à 14 degrés et passerai la journée avec trois couches de vêtements !

Loïc sait qu'il ne va pas m'être d'une grande aide, mais il tient à rester un moment quand même. Ensuite, il essaiera d'aller voir Léo chez lui. Il n'a eu aucune nouvelle depuis leur accrochage au club de squash ;

Léo n'a répondu à aucun de ses appels. Une explication en face à face est pourtant nécessaire. La situation est devenue ridicule.

À 11 heures, Loïc abandonne tout espoir de parvenir à réaliser correctement une boutonnière.

— Je suis plus doué pour défaire que pour faire ! clame-t-il, catégorique.

Je ne rebondis pas. D'un commun accord, nous avons décidé de ne pas parler de son « travail ». Du moment que ça ne me concerne pas, je ne veux pas savoir qui il va « sauver » d'un mariage malheureux. Mais dans le fond, n'est-ce pas reculer pour mieux sauter ? Au bout d'une dizaine de jours seulement, notre relation a pris une tournure plus intense que je ne l'aurais imaginé. Je m'attache à Loïc, et sans doute s'attache-t-il à moi. Il a débarqué dans mon existence comme une tornade, et je n'ai absolument pas envie qu'il en sorte. Mais que se passera-t-il si notre relation devient plus sérieuse et qu'il refuse d'abandonner son job ? Parce que moi, je n'abandonnerai jamais le mien. Tôt ou tard, nous devrons aborder le sujet de son activité, et y penser génère une angoisse que j'arrive à peine à camoufler. Loïc passe derrière ma chaise et me masse les épaules.

— Tu devrais faire une pause, tu es tendue.

Je ne veux pas tout gâcher, alors je ne dis rien de mes craintes, et ferme les paupières.

— Continue... c'est bon.

Il se penche pour m'embrasser dans le cou.

— Tu n'as encore rien vu, murmure-t-il en me léchant le lobe de l'oreille.

Je frissonne, et toute appréhension disparaît en un rien de temps.

La magie Loïc vient encore d'opérer.

17

Le jour précédent le mariage, la pression monte un peu plus à chaque heure qui passe. Il est déjà 11 heures, je dois déjeuner avec Rebecca à midi, et il me reste encore à faire un voyage jusqu'à la galerie d'art d'Emma pour récupérer le matériel nécessaire aux compositions. Je reçois les fleurs en tout début d'après-midi, j'ai très peu de temps devant moi pour tout boucler. Jusqu'à 18 heures, je serai de corvée de bouquets de table. Ils patienteront chez moi jusqu'à demain, dans le couloir, à l'intérieur de grandes bassines. Ensuite, j'irai chercher la fourgonnette de location dont j'aurai besoin pour tout transporter.

Je suis stressée, c'est vrai, mais satisfaite. J'ai terminé les broches et boutonnières, ai contacté le photographe et l'agent pour les derniers détails, j'ai vérifié que toutes les décos de table avaient tenu le coup, je me suis mise d'accord avec le traiteur pour la mise en place, et ai rassuré les futurs mariés : tout se passe pour le mieux !

Avant de partir, je fais un tour express dans la salle de bains et me maquille un peu pour mon rendez-vous avec Rebecca. À 11 h 45, je passe la porte de la galerie et lance un bonjour joyeux. Emma m'accueille en me dévisageant d'une drôle de façon.

— Quoi ? J'ai un truc sur le nez ?

Elle secoue la tête, s'approche de plus près et étire les lèvres en un sourire banane.

— C'est pas à moi que tu vas la faire, Louise Adrielle. C'est qui ?

— C'est qui, quoi ?

D'impatience, elle claque la langue.

— Tu vois quelqu'un !

Mais... Comment sait-elle ça ? Je n'en ai parlé à personne, et n'ai pas spécialement changé mes habitudes de travail les quelques fois où je suis venue à la galerie. Je me renfrogne. Si ça se trouve, c'est là que ça pèche. Je me suis faite trop rare.

Emma me tourne autour comme un vautour.

— Mine radieuse, léger maquillage... C'est qui ?

Je préfère cacher mon jeu encore un peu. J'adore Emma, mais elle peut être très excessive quand il s'agit de relation amoureuse. Elle voudra tout savoir, et je ne suis pas encore prête pour lui livrer les secrets de mon idylle avec Loïc. Surtout Loïc.

Je réponds d'un ton neutre :

— Rebecca.

Elle semble surprise.

— La fille du mariage ?

— Oui, nous nous sommes revues par hasard il y a une quinzaine de jours, elle m'a proposé un déjeuner aujourd'hui.

De plus en plus sceptique, Emma fait la moue.

— Ah ouais ? C'est l'amie de ton curé, non ?

Bon, OK, inutile de mentir.

— Tout à fait. Lequel ne sera pas avec nous, ce midi.

— Mouais...

Elle hausse les épaules et me tourne le dos pour rejoindre le comptoir où elle épluchait quelques documents.

— Tout se passe comme tu veux pour le mariage ?

Je pose mon sac à main à côté d'elle et opine du chef avec enthousiasme.

— Très bien, merci ! Et c'est vraiment grâce à ton aide, tu sais. Je récupère les dernières fleurs en début d'après-midi, je commence les compos et il n'y aura plus qu'à.

Elle me sourit.

— Bien !

— Je suis passée prendre du matériel avant mon déjeuner, lui expliqué-je en me rendant dans l'arrière-boutique.

— Fais, fais ! Karina est déjà partie, et je dois boucler ma paperasse avant le week-end. On discute plus tard.

Je réunis les affaires dont j'ai besoin dans un grand sac et reviens vers elle.

— Tu veux qu'on aille boire un verre, ce soir ?

En dehors du boulot, ça fait un moment que je n'ai pas passé de temps avec Emma. Je sais combien elle est attachée à nos petites sorties.

— Avec joie ! s'exclame-t-elle. On procède comment ?

J'esquisse un petit sourire en coin. Vitesse et précipitation seront toujours les mots qui la qualifieront le mieux.

— Rejoins-moi à la maison vers 19 heures, j'aurai terminé.

— On va à *La Rumba* ?

J'éclate de rire et récupère mon sac.

— Juste un verre, je bosse demain ! Je file, je vais être en retard.

— Rabat-joie ! me crie-t-elle avant que je ne disparaisse.

Je file jusqu'à ma voiture, range mon bazar dans le coffre, et décide de rejoindre Rebecca à pied. J'aurai un mal de chien à retrouver une place pour me garer, sinon.

Je gagne la rue Saint-Étienne en quelques minutes. Rebecca m'a donné rendez-vous dans une pizzeria. Lorsque j'arrive, elle est déjà installée en terrasse et profite du soleil qui nous honore de sa présence, aujourd'hui.

— Hé ! s'écrie-t-elle en me voyant.

Elle pose les yeux sur ma jupe plissée et mon chemisier blanc.

— Tu es superbe ! C'est l'amour qui fait ça ?

Je bloque. Ça se voit vraiment sur mon visage que je m'envoie de nouveau en l'air ou elle est au courant ? Je ne relève pas et lui claque la bise avant de m'asseoir en face d'elle.

— Je sais que tu vois Loïc, annonce-t-elle sans préambule. Et je suis ravie pour vous !

Malgré moi, je pique un fard.

— Je... OK. Merci.

— Non vraiment. Je suis contente pour vous. Je ne l'avais pas vu aussi heureux depuis des lustres.

Je ne sais même pas quoi dire, je n'avais pas prévu d'être mise sur le gril. Comme je reste aussi muette qu'une tombe, Rebecca tente de me mettre à l'aise.

— Pardonne-moi, je n'avais pas l'intention de me mêler de ce qui ne me regarde pas, mais... je t'apprécie beaucoup, et Loïc est mon meilleur ami. Tu ne lui en veux pas de m'avoir parlé, hein ?

Elle a le regard soucieux, soudain. Je secoue la tête.

— Non. Pas du tout. Et toi ? Comment vas-tu ?

Elle soupire.

— Le boulot, les clients chiants, les stars capricieuses... La routine !

La serveuse nous interrompt le temps de prendre notre commande. Comme les heures me sont comptées, je fais l'impasse sur l'apéro, demande directement une grande salade, et m'en excuse auprès de Rebecca.

— J'ai un impératif, et dois être chez moi à 14 heures au plus tard.

Elle lève les mains.

— Pas de souci. Loïc m'a dit que tu n'étais plus exactement fleuriste, ajoute-t-elle avec un clin d'œil éloquent.

Mais quelle pipelette, ce Loïc !

— Euh oui... Je me suis reconvertie dans l'événementiel. Les mariages.

— Et ça te plaît ?

— Beaucoup, oui.

À cet instant, je m'attends presque à ce qu'elle mette Loïc en exergue. Mais elle ne le fait pas. Ça me chagrine un peu, j'ai du mal à croire qu'il mette sa meilleure amie au courant de ses amours, mais pas du tout du travail qu'il fait. Cependant, je n'insiste pas.

Rebecca me raconte qu'en ce moment, elle sert d'interprète à un groupe de rock islandais pour la négociation de leur contrat. Elle m'explique qu'elle voit davantage passer de bouteilles de bière que de réels échanges entre le producteur et eux. Elle laisse filer plusieurs anecdotes croustillantes sur les stars qu'elle a accompagnées, me fait rire en imitant la voix d'Elton John, qu'elle a déjà rencontré plusieurs fois, ne s'arrête pas de parler et enchaîne aussitôt sur autre chose. Si bien que j'ai presque terminé ma salade, alors qu'elle n'a avalé que quelques bouchées de sa pizza.

— Tiens, on dirait Léo, fait-elle soudain remarquer en désignant le bout de la rue.

Je me tourne et l'aperçois.

— Oui, c'est lui ! crie Rebecca. Léo !

Quand il nous voit, il s'arrête, nous fait un signe de la main et décide finalement de s'approcher. Je me crispe malgré moi. Je ne lui ai pas reparlé depuis l'accident au club de squash, et je sais que Loïc est allé le voir hier. Or, je ne sais ni comment ça s'est passé ni si Léo est au courant pour nous. Mal à l'aise, j'ose à peine bouger sur ma chaise quand il arrive.

— Hé ! Tu prends un café avec nous ? lui propose Rebecca.

— Je ne veux pas vous déranger, répond-il d'une voix neutre.

Puis il pose les yeux sur moi, donnant presque l'impression d'attendre mon approbation. Je m'efforce de sourire en grand.

— Salut ! Laisse-toi tenter, ils font d'excellents tiramisus.

Léo prend place et commande un expresso. Quant à moi, je consulte ma montre, je dois être partie dans vingt minutes maximum.

— Ton nez va mieux, fais-je remarquer en souriant toujours. On ne voit presque plus rien.

Demeure un tout petit hématome et un minuscule pansement qui lui donne des allures de *bad boy*.

— Il a retrouvé sa gueule d'amour, les affaires vont pouvoir reprendre ! se moque gentiment Rebecca.

— Ouais, j'ai un bon médecin, à défaut d'avoir de bons amis.

Holà ! Ça jette un froid auquel même Rebecca ne

s'attendait pas. Léo ne peut pas parler de moi, bien entendu, nous ne sommes pas assez proches pour ça. Loïc est clairement visé, mais les absents ont toujours tort. Je suis super gênée, cette histoire est quand même partie à cause de moi. Du moins, parce que j'étais là.

— Tu ne vas pas remettre ça, soupire Rebecca.

— Quoi ? Je devrais faire comme s'il ne s'était rien passé, peut-être ?

Elle secoue la tête et se garde de répondre quelque chose. Mais Léo revient à la charge.

— Il a sonné chez moi, hier après-midi. Le pauvre petit ne comprenait pas que je ne donne aucune nouvelle.

Rebecca a le regard triste.

— Si j'en crois la manière dont tu en parles encore, vous ne vous êtes pas expliqués...

— Qu'il aille se faire foutre !

Sa sœur serre son poing devant sa bouche comme pour éviter de dire ce qu'elle pense vraiment. Prudemment, elle tente de le ramener à la raison :

— Léo, cette situation prend des proportions aberrantes. Tu vas balayer quinze ans d'amitié d'un revers de la main ? Pour un accident ?

Léo la fusille du regard.

— Ce n'en était pas un ! Il attendait le moment pour me rendre la monnaie de ma pièce.

— C'est ridicule...

Léo éclate d'un rire mauvais.

— Ce qui est ridicule, c'est de penser qu'il est en dehors de tout soupçon.

Je plaide en la faveur de Loïc d'une voix aussi douce que possible :

— Loïc n'a pas fait exprès. Il était très affecté quand on t'a emmené aux urgences.

— Affecté, mon cul ! Il va vraiment falloir que tu

arrêtes de le prendre pour un saint, Louise. Sais-tu seulement de quoi il est capable pour arriver à ses fins ?

— Léo, arrête, gronde Rebecca.

— Quoi ? C'est pas bien ? Il ne faut pas dire qu'il gagne sa vie en écrasant les autres ? Louise le sait aussi bien que nous, elle en a même fait les frais. N'est-ce pas, *Jonquille* ? imite-t-il Loïc comme pour me montrer qu'il est au courant de tout.

Mon malaise devient incontrôlable. J'ai la tête qui tourne.

— Et puis tiens, continue-t-il avec encore plus de hargne. Tu n'es sûrement pas au courant de son planning, hum ?

Je fronce les sourcils.

— De quoi est-ce que tu parles ?

— Léo ! tonne Rebecca. Ça suffit !

Il l'ignore.

— Le mariage que tu organises est sur sa liste. C'est quoi le nom des heureux gagnants, déjà ? Ah oui, les Royer ! Qu'est-ce que tu m'as dit à ce sujet, Rebecca ? Que ce sont les parents de... attends que je me remémore... Stéphane Royer, c'est ça ! Ne te demande plus pourquoi il t'a collée dans son lit, et pourquoi il a été aussi insistant, Louise. Il voulait t'avoir à l'œil.

— Tu dépasses les bornes ! hurle Rebecca en se levant d'un bond. Va-t'en avant que ce soit moi qui remette ton joli nez de travers. Tu agis comme un con, Léo. Je ne te reconnais plus.

Je l'entends à peine. Le sol s'ouvre sous mes pieds. Si je n'étais pas assise, je m'écroulerais. Je laisse passer quelques secondes et parviens à me lever quand même, les jambes tremblantes.

— Tu étais donc au courant, toi aussi ? demandé-je à Rebecca d'une voix atone.

Elle me dévisage, affolée.

— Je... oui, mais...

— Inutile d'ajouter quoi que ce soit.

On m'aurait planté un couteau dans le cœur que ça m'aurait fait le même effet. Je me lève avec fracas, fais tomber ma chaise sans prendre la peine de la ramasser, et trace dans la rue à grands pas. Elle n'aura qu'à payer la note !

— Louise !

Je l'entends qui court derrière moi. Je presse davantage le pas, hors de question que je l'écoute me servir des excuses bidon. J'en ai les larmes aux yeux.

— Louise, attends...

Elle pose la main sur mon épaule. Je la dégage violemment sans m'arrêter.

— Louise, je t'en prie. Laisse-moi t'expliquer...

Je me retourne et la fusille du regard.

— M'expliquer quoi ? Que vous vous êtes payé ma tête, Loïc et toi ? J'espère que vous vous êtes bien amusés, parce que ça n'arrivera plus ! Maintenant, si tu veux bien me laisser tranquille, j'ai du travail qui m'attend. Oh ! et remercie Léo de ma part, ironisé-je, je lui revaudrai ça.

Je tourne les talons dans l'espoir que Rebecca arrête de me suivre. C'est le cas. Je bifurque en direction de la Grand'Place sans un regard en arrière, le cœur serré dans un étau, et me mets presque à courir sur les pavés. Lorsque j'atteins enfin ma voiture, je suis à bout de souffle et ne parviens pas à rassembler mes esprits. Tout se bouscule dans ma tête. La trahison de Rebecca, celle de Loïc. Le regard qu'il avait quand je lui ai révélé le nom de mes clients. La phrase qu'il a prononcée pour me convaincre qu'il n'y avait aucun problème : « Nous ne nous y verrons pas, Jonquille. » Ça voulait tout et rien dire ! Il pouvait très bien faire en sorte de ne pas m'y croiser, mais s'y trouver quand même. Mais quelle imbécile, j'ai été ! Comment ai-je pu croire en lui ? Comment ai-je pu me convaincre de baisser ma garde alors que je savais que ça finirait comme ça ? Je cumule une telle colère contre moi-même que je pourrais me gifler à m'en bleuir les joues. Dieu que je lui en veux, à lui aussi.

J'ai rendez-vous dans dix minutes en bas de chez moi, je n'ai pas le temps de foncer chez Loïc pour lui démolir le portrait. Car vu l'aigreur qui est la mienne en ce moment, j'en suis largement capable.

Je monte dans ma voiture et prends une profonde inspiration. Ce n'est pas le moment de craquer, j'ai du travail et compte bien aller au bout de mes engagements. Quant à savoir comment je vais déjouer les plans de Loïc, c'est très simple : je vais me débrouiller pour trouver le numéro de téléphone des parents de Stéphane Royer, leur dire que je sais tout, et les menacer de tout répéter à leur fils s'ils ne changent pas d'avis et n'arrêtent pas Loïc sur-le-champ. C'est aussi simple que ça. Plus de quartier, plus de salamalecs, plus de dentelle. Terminé !

Je mets le contact, la radio s'allume et répand le rire de crécelle d'une animatrice que je n'ai jamais supportée. J'en ai tous les poils qui se dressent. J'appuie comme une forcenée sur les boutons pour la faire taire.

— Ta gueule, ta gueule, ta gueule !

Je démarre en trombe et rejoins ma rue en moins d'un quart d'heure. Dans l'intervalle, mon téléphone a sonné six fois ; six appels en absence de Loïc. Bien sûr, Rebecca l'a mis au courant et il va essayer de se rattraper aux branches. Qu'il aille se faire voir ! Je ne l'écouterai pas. Je me gare à deux cents mètres de chez moi, bloque son numéro, efface ses messages sans même les écouter, et me dirige d'un pas déterminé vers mon immeuble. Je réceptionne les fleurs, et ensuite, j'appelle Stéphane Royer pour avoir le numéro de ses parents. Il me les donnera, j'évoquerai une petite surprise à laquelle je voudrais qu'ils participent.

Lorsque j'arrive, le livreur est déjà en train de m'attendre. Il est garé en double file. Je souffle pour me donner de la contenance et ne pas le faire profiter de mon humeur exécrable, et m'approche tout en m'excusant.

— Pardonnez-moi pour le retard, j'avais un rendez-vous, et j'ai eu un peu de mal à trouver de la place à proximité.

Ce n'est pas la même personne que la dernière fois. Lui, est fort agréable, il me sourit et m'offre une énergique poignée de main.

— Pas de problème, on connaît tous Lille ! Vous êtes au quatrième étage, je crois ?

— C'est ça, oui. Mais je ne vais pas vous demander de monter avec moi, vous pouvez tout laisser dans l'allée, je m'en charge. Vous devez sûrement avoir d'autres livraisons à faire.

— Vous êtes la dernière ! me dit-il d'un ton joyeux. Il y a un ascenseur ?

— Hélas, non. Mais vraiment, j'insiste, laissez tout dans l'allée.

— Pas question ! décide-t-il en ouvrant les portes de son camion. À deux, ce sera fait en un rien de temps !

Il ne sait pas à quel point sa gentillesse me met du baume au cœur.

— Eh bien, merci beaucoup. C'est très gentil de votre part.

La livraison sur le palier n'est pas comprise dans le tarif. J'ai économisé 35 euros en décidant de m'en charger moi-même, alors je trouve ce monsieur adorable, et ne manquerai pas de mettre une excellente note à son service lorsque sa société m'appellera pour faire un point.

Nous avons déchargé une bonne partie des caisses dans l'allée quand Loïc me fait la très mauvaise surprise d'arriver. Je ne veux pas me donner en spectacle devant le livreur, aussi je me contente de lui répondre avec la plus grande neutralité quand il me demande si nous pouvons nous parler cinq minutes.

— Bonjour, Loïc. Je vais être occupée toute la journée d'aujourd'hui et de demain. Nous pourrons éventuellement nous voir dimanche, si j'en ai l'occasion.

Il plisse les yeux, l'expression presque aussi ombrageuse que la mienne.

— Louise... soit je t'accompagne jusqu'à ton appartement, et nous avons une conversation posée, entre adultes responsables, soit je fais profiter tout le quartier de ce que j'ai à dire.

Il est sérieux, là ?

Le livreur fait mine de ne pas avoir entendu en disparaissant dans le camion.

— Je te trouve sacrément culotté de me faire du chantage, Loïc. Maintenant que je suis au courant de tout, ne peux-tu pas tout simplement nous éviter une discussion aussi stérile qu'inutile, et disparaître de ma vie ?

— Non.

Non, il a dit non ! Je sens que je vais exploser.

— Va-t'en, Loïc.

Non seulement il ne bouge pas, mais en plus, il se tourne vers le livreur.

— Ça ne vous dérange pas si ma meuf et moi avons une explication sur le trottoir, là, maintenant ?

Sa meuf ? Non, mais je rêve !

— Eh bien, euh... bredouille le livreur, tout gêné. Je ne suis pas certain d'avoir envie d'assister à ça, non.

Loïc se tourne vers moi.

— La balle est dans ton camp.

Je suis folle de rage, et s'il savait à quel point, il ne jouerait pas avec mes nerfs comme ça.

— Tu es insupportable !

— Qu'est-ce que je fais, du coup ? demande le livreur en déposant la dernière caisse dans l'allée. Je monte avec vous ?

— Non, c'est inutile, répond Loïc à ma place, je m'en charge.

Je serre les dents, les fesses, tout ce que je peux pour ne pas exploser.

— Dans ce cas...

Le livreur fouille dans sa poche et déplie le bon de livraison qu'il me tend avec un stylo.

— Si vous voulez bien signer ici.

Puis en me regardant avec attention et profond intérêt.

— Ça va aller, madame ? Vous voulez que je reste ?

Je signe le document et secoue la tête.

— Non, vous êtes gentil. Ce n'est pas nécessaire.

— Vous êtes sûre ?

— Certaine ! Merci pour votre compréhension et votre gentillesse.

Je lui souris avec autant de sincérité que possible.

Puis j'ouvre mon sac à la recherche de mon porte-monnaie, et en sors un billet de cinq euros. C'est tout ce que j'ai.

— Pour le service. Merci pour tout.

Je sais combien ces gars-là sont mal payés, alors je suis contente qu'il accepte mon pourboire.

— Merci à vous, madame. Bonne fin de journée.

Il pose un regard intense sur Loïc. Ça sonne comme un avertissement. « Fais gaffe, mec. S'il arrive quelque chose à la dame, je t'ai gravé dans ma mémoire. » Puis il tourne les talons et rejoint son camion.

Deux minutes plus tard, je me retrouve seule avec Loïc, le cœur battant la chamade. Je déteste cette situation. Je déteste ce qu'il m'a fait. Je le déteste, lui.

Sans un mot, il empile deux grosses caisses et commence à monter. J'en prends une et le suis de près. Nous faisons deux allers et retours dans un silence mortuaire, puis nous nous retrouvons sur mon palier. J'ouvre la porte de l'appartement ; mon couloir ressemble à la réserve de *La dame au cabanon*.

— Je n'ai pas l'intention de perturber ce mariage, commence-t-il quand toutes les caisses sont à l'intérieur.

Je ne réponds rien, et attends son explication. Elle sera malhonnête, comme lui.

— Dès l'instant où tu m'as donné le nom de tes clients, j'ai décidé d'annuler le contrat, dit-il d'une voix calme et claire.

J'esquisse un moment de surprise, puis me reprends.

— Je n'ai aucune raison de te croire.

— C'est vrai, mais je dis pourtant la vérité.

Je lâche un rire mauvais.

— La vérité ? Connais-tu seulement le sens de ce mot ? Quand m'as-tu dit la vérité ? Quand tu as gardé pour toi l'heureux hasard que nous partagions le même client, alors que je venais de te demander de mettre cartes sur table ?

— J'aurais dû te le dire, c'est vrai, mais je n'en ai pas vu l'utilité, puisque je n'avais pas l'intention de tenir mon engagement envers les Royer.

— Mais bien sûr, c'est tellement plus facile comme ça. L'honnêteté et la confiance sont deux éléments que je considère comme indispensables dans une relation où les gens se respectent, Loïc. Et de toute évidence, du respect, tu n'en as pas plus pour moi que pour ces gens que tu humilies devant tout le monde pour du fric. Je ne vais pas perdre mon temps à t'écouter, je veux que tu t'en ailles, et que tu ne reviennes jamais.

Loïc se tient droit et fier, il n'a pas l'intention de me supplier, et j'en suis soulagée. Notre embryon de relation doit s'arrêter là. Je ne pourrai jamais avoir confiance en lui, et je crois que dans le fond, il le sait.

Mon téléphone se met soudain à sonner dans mon sac, machinalement, je le sors. Le numéro de l'agent s'affiche. Sans tenir compte de Loïc, je décroche.

— Oui, allô ?

— Bonjour, mademoiselle Adrielle, M. Coffin à l'appareil.

Je trouve sa voix bien moins enjouée que d'habitude, ça me tord l'estomac.

— Je suis navré, j'ai une mauvaise nouvelle. Les Blue Idols viennent d'annuler leur représentation prévue demain.

— Quoi ?

Je m'accroche à la commode derrière moi, je sens que je vais valser. *Mais c'est pas vrai !*

— Mais... qu'est-ce que je vais faire ? C'est un élément essentiel à mon contrat avec les mariés. S'il n'y a pas de groupe de rock, je suis en faute.

Et accessoirement, je fous en l'air ma réputation qui n'existe même pas encore.

— Je comprends bien, mademoiselle, et vous m'en voyez aussi désolé que vous. Je vais faire mon possible pour vous trouver un autre groupe, mais à un jour de l'événement, ça risque d'être difficile, ou bien ça ne correspondra pas exactement à votre demande initiale.

J'ai envie de me mettre à pleurer, mais me retiens.

— Écoutez, au point où j'en suis, je crois qu'un groupe de rap capable de chanter « When You Say Nothing At All » comme le marié l'a exigé pour son futur époux me conviendra. Faites de votre mieux.

— Bien entendu. Et sachez-le, si je ne suis pas capable de les remplacer au pied levé, les arrhes versées vous seront intégralement remboursées.

Il vaut mieux pour lui, car je n'ai aucune intention de m'asseoir dessus.

— Très bien. Tenez-moi au courant.

— Ça va de soi. Je vous rappelle. Au revoir, mademoiselle Adrielle.

Je raccroche, le souffle court. Cette journée va me tuer.

— Tout va bien ? s'inquiète Loïc.

J'ai besoin de décharger mon impuissance et ma crainte de me planter sur quelqu'un, et c'est sur lui que ça va tomber. Après tout, c'est un juste retour des choses.

Je me redresse, les mâchoires crispées.

— Qu'est-ce que ça peut bien te faire que j'aille bien ou non ? Qu'est-ce que ça peut te faire que je ne sois pas en mesure de satisfaire mon client, parce que le groupe de rock vient d'annuler ? Qu'est-ce que ça peut te faire que je passe pour une incapable ? S'il te plaît, n'essaie pas de me faire croire que mon cas te préoccupe, et va-t'en, je t'ai assez vu.

Pour être on ne peut claire, j'ouvre la porte de l'appartement en grand.

D'abord, Loïc ne bouge pas d'un millimètre, puis il se frotte le visage, comme affligé par la situation. Il ferme un instant les paupières, et les rouvre pour poser sur moi un regard rempli d'amertume. Je campe sur mes positions, lève le menton, attends qu'il parte, et c'est ce qu'il fait. Sans un regard en arrière. Lorsque la porte se referme, je m'adosse contre le battant, me laisse glisser par terre et fonds en larmes.

18

Jour J.

Mon réveil sonne à 6 heures. J'ouvre les yeux et lutte contre la nausée. Je suis courbaturée tant mon corps est tendu. Je suis à deux doigts de tout laisser tomber et de rester cachée sous ma couette. D'abord, je n'ai presque pas dormi, et affiche autant d'énergie qu'une huître neurasthénique. Ensuite, j'ai tellement pleuré qu'aucun fond de teint ne sera capable de camoufler les paupières en capote de fiacre que je me paie.

Hier soir, Emma est venue à la maison comme prévu. J'ai fait mon possible pour cacher ma contrariété, je n'y suis pas parvenue. J'ai peur de ne pas en être davantage capable aujourd'hui... Elle n'a pas eu à me cuisiner longtemps, je lui ai tout raconté. Du début... à la fin. Ça n'arrive presque jamais, mais pendant que je me confiais, Emma n'a pas pipé mot. Lorsque j'ai terminé, elle m'a retourné le cerveau. Avec un calme que je lui connais peu – elle qui est si rentre-dedans, d'habitude –, elle m'a expliqué qu'elle comprenait sans mal ce que je ressentais, et que sans doute, à ma place, elle n'aurait pas mieux réagi. En revanche, elle a insisté sur le fait que si Loïc ne m'avait pas dit toute la vérité, il avait quand même décidé de faire une croix sur son contrat, pour moi, et que ça signifiait quelque chose.

J'ai donc passé la nuit à réfléchir à la situation, à lui chercher des circonstances atténuantes, à essayer de me persuader que je devrais peut-être lui laisser une chance. Mais chaque fois que j'étais tentée de prendre mon téléphone pour lui envoyer un message, je me rappelais combien mentir est une facilité dont on ne peut plus se passer quand on y a goûté. Loïc recommencerait, tôt ou tard. Je ne veux pas finir comme ma mère, subir la trahison et la pardonner, maintes et maintes fois, jusqu'à m'éteindre à petit feu. Certes, ici, il n'est pas question d'infidélité, mais du mensonge à l'adultère, il n'y a qu'un pas, non ?

De mon malheur, je tire au moins un avantage : hier après-midi, j'étais dans un tel état de nerfs que j'ai terminé toutes les compositions en une seule fois. Je ne suis jamais allée aussi vite pour composer des bouquets aussi complexes.

À contrecœur, je rejette les couvertures et m'extirpe du lit. Tête baissée et épaules tombantes, je me traîne jusqu'à la salle de bains sans oser me regarder dans un miroir, et fais couler l'eau dans la baignoire pendant que je retire mon pyjama. Je me lave deux fois les cheveux et m'arrache la peau avec le gant de crin. Loïc ne quitte pas mes pensées, et en me frottant ainsi, je me donne l'illusion de faire disparaître jusqu'à la sensation de ses mains sur mon corps.

Treize jours, nous nous sommes vus régulièrement pendant treize jours, et c'est tout le travail effectué sur moi, les bonnes résolutions et l'équilibre que j'avais trouvés avant de rencontrer Loïc qui s'en retrouvent anéantis.

L'apitoiement qui m'a tenue éveillée une grande

partie de la nuit est en train de revenir au galop. Je réduis la chaleur de l'eau, me rince et sors de la baignoire. Je dois à tout prix m'empêcher de penser, c'est une journée bien trop importante pour me permettre de la flinguer.

Dans ma chambre, j'ouvre la porte du dressing et cherche une tenue confortable pour le matin où je vais passer mon temps dans la salle de réception. J'enfile un pantalon ample en lin chocolat, une chemisette blanche et une paire de tennis, puis m'attache les cheveux en chignon duquel dépassent plusieurs mèches encore humides. J'ai à peine l'air plus en forme qu'au réveil.

Comme je n'aurai pas le temps de rentrer chez moi pour me changer avant la cérémonie, je range dans une housse ma tenue pour le mariage ; un tailleur beige, un top en soie et des escarpins assortis. Je vérifie ma trousse à maquillage et la fourre dans un sac avec une brosse à cheveux, du déo et ma bouteille de parfum.

À 7 h 30, j'ai avalé un café, puis un comprimé de vitamine C. J'ai pensé à prendre une batterie amovible pour mon portable, un appareil-photo afin d'illustrer mon futur site Internet, ainsi que deux canettes de Red Bull, au cas où. Deux heures plus tard, j'ai récupéré toutes les décorations stockées à la galerie d'Emma, et les fleurs dans mon appartement. La fourgonnette de location est pleine à craquer, je me suis cassé un ongle, mais sauf avis de tempête, je serai à la salle bien assez tôt pour tout mettre en place.

Lorsque j'arrive au château de Prémesques à 10 heures, une immense tonnelle et son parquet sont en train d'être montés dans le parc. Le soleil est radieux, aujourd'hui, tout est presque parfait. Je me gare à proximité et rejoins les installateurs. Je me crispe en voyant la petite scène aménagée sous le chapiteau pour le cocktail qui se déroulera ici.

J'ai oublié de prévenir les mariés de l'annulation du groupe ! Je prends mon téléphone, m'isole dans un coin et consulte ma messagerie. L'agent ne m'a pas recontactée. La mort dans l'âme, je compose le numéro de Stéphane Royer.

— Allô ? me répond une voix bourrue.
— Bonjour, monsieur Royer. Pardonnez-moi de vous déranger, c'est Louise Adrielle.

Il se racle la gorge.

— Ah ! Pardon, mademoiselle Adrielle. J'ai enterré ma vie de garçon, hier soir, je me réveille à l'instant.

Et il va se prendre une douche froide... Je déteste autant être à ma place qu'à la sienne, en ce moment.

— Nous avons un petit problème avec le groupe de rock.
— De pop rock, me reprend-il. Que se passe-t-il ?
— Eh bien... Ils ont annulé.

Silence.

— Monsieur Royer ?
— Je suis toujours là. Vous avez trouvé un groupe pour les remplacer, n'est-ce pas ?

S'il était groggy au moment de décrocher, ce n'est plus du tout le cas. Et sa voix est nettement plus sèche que d'habitude.

— Pas encore, monsieur Royer. Un agent est sur le coup, bien entendu, mais pour l'heure, je ne peux rien vous assurer. J'en suis désolée.

Comme il ne répond pas, j'insiste :

— Monsieur Royer. Je vais faire mon possible pour trouver quelqu'un. Je vous le promets.
— Nous verrons ! Rendez-vous à 15 heures.

Il raccroche d'un coup sec, ne me laissant rien ignorer de son mécontentement.

Comment vais-je m'en sortir ? Je n'ai aucune solution si ce n'est attendre un miracle. Sans plus attendre, je cherche le numéro de l'agent dans mon répertoire et fais sonner. Techniquement, il ne répond pas le week-end, mais tout comme moi, il a conscience de l'urgence de la situation. Il ne répond pas, je laisse un message.

— Monsieur Coffin, c'est Louise Adrielle. Le mariage sera célébré dans cinq heures, j'ai besoin de savoir si oui ou non vous serez en mesure de me trouver un groupe. Merci de me rappeler.

Je raccroche sans aucune formule de politesse. Je suis tendue à l'extrême, je vais avoir du mal à être aimable, je le sens.

Je retourne à la fourgonnette, déplie le chariot roll dont j'ai fait l'acquisition pour l'occasion, et le remplis afin de faire un premier voyage vers la salle de réception. J'ai la tête plongée dans la camionnette quand j'entends des pas sur le gravier.

— Mademoiselle Adrielle ?

Je me retourne, un monsieur longiligne enfermé dans un costume trois-pièces vient à ma rencontre.

— Bonjour, mademoiselle Adrielle, je suis Paul Rémy. Je travaille conjointement avec le traiteur pour m'occuper de la mise en place de la salle de réception et de l'espace tonnelle. Ce dernier m'ayant informé que vous vous occupiez de la décoration intérieure, j'ai le regret de vous annoncer que la blanchisserie va avoir un peu de retard, les tables ne pourront pas être dressées avant 13 h 30.

J'écarquille les yeux et regarde ma montre. Un peu de retard ? Il est 10 h 20 !

— 13 h 30 ?

Mais ce mariage est maudit, ma parole !

— Oui, pas avant, j'en suis navré, il y a eu un petit « couac » dans la commande.

J'ai du mal à suivre.

— Ce n'est donc pas la faute de la blanchisserie ?

Il rajuste le col de sa chemise et me prend de haut.

— Non, en effet. Mais le vin d'honneur se déroulant à 15 heures, ça nous laisse largement le temps de tout installer.

— Ah non, non ! À 14 h 30, je dois être à la mairie pour distribuer les broches et les boutonnières. Le temps que vous dressiez les tables, je ne pourrai pas tout installer. Où se trouve cette blanchisserie ?

Il me regarde avec un air hautain.

— À Lille, bien entendu. Vous ne comptez quand même pas aller chercher les nappes ? Nous avons un contrat livraison avec la société de nettoyage, c'est compris dans le tarif.

— Eh bien si, puisque vous ne songez pas à le faire vous-même. Je décharge ma fourgonnette et j'y vais ! Moins on perdra de temps, mieux ce sera pour tout le monde. Maintenant, puisque vous êtes là, mettons à profit nos énergies !

Et je lui colle deux caisses de polystyrène dans les mains.

Sur le chemin du retour, je râle toute seule dans ma voiture. On a failli ne pas avoir de linge de table du tout, l'as de la mise en place avait oublié de cocher la case « livraison ».

Je roule bien au-dessus de la limitation de vitesse autorisée, mais il est déjà 11 h 30, et à cause de leur stupidité, j'ai trop peu de temps devant moi. Je trace sur les chemins de campagne, et débarque au château un quart d'heure plus tard en klaxonnant pour ameuter tout le monde. Paul Rémy me rejoint presque en courant, sans doute persuadé que quelqu'un sonnait la fin du monde. À la tête qu'il fait, il aurait préféré que j'arrive plus tard.

Je sors de la fourgonnette et ouvre les portes arrière. Il y a au moins trois gros paniers de linge soigneusement blanchi et repassé.

— Tout est là ! Je vous laisse décharger la voiture, je vais m'occuper de mes fleurs.

Je n'attends pas sa réponse et file tout droit jusqu'à la salle de réception.

Les mariés m'ont commandé quelque chose de simple, mais élégant. Aussi ai-je préparé de belles gerbes de feuilles de palmier, de roses blanches et d'anthuriums à déposer de part et d'autre des ouvertures principales. La salle se suffit presque à elle-même tant elle est décorée avec goût, de fait, je me réjouis d'être restée dans la sobriété. Au sol, de belles dalles blanches de grès vieilli, séparées de petits losanges noirs, des murs épurés, des pierres de taille apparentes, de grandes baies vitrées, c'est un très bel espace.

Pendant que M. Paul Rémy donne des ordres au personnel, que le traiteur est déjà en train de s'activer en cuisine, j'épingle sur les housses blanches de chaque chaise les nœuds en lin et tulle couleur chocolat que j'ai confectionnés. Cent quatre-vingts en tout !

Je laisse les serveurs installer les nappes et les couverts, et pendant ce temps, je vais déposer mes compositions sur la longue table de cocktail qui prend un côté entier de la tonnelle. Plusieurs tables et chaises ont été installées devant la scène, me rappelant que si aucun groupe ne vient jouer, l'humiliation n'en sera que plus oppressante. Mais à 12 h 30 tapantes, je reçois l'appel inespéré de l'agent. Mon cœur s'emballe, je décroche avec la précipitation d'une lycéenne qui répondrait à son premier amour.

— Monsieur Coffin !

— Mademoiselle Adrielle ! répond-il sur le même ton. J'ai trouvé un groupe de remplacement.

Je suis si contente que je ne peux m'empêcher de lâcher un petit cri de satisfaction.

— Vous êtes merveilleux ! seront-ils à l'heure ?

— Ils sont même déjà en route et pensent arriver un peu après 15 heures pour s'installer et accorder leurs instruments. Ils viennent de Paris.

J'en pleurerais de soulagement.

— Merveilleux ! Quel est leur nom ?

— Les Folk and Stone !

Jamais un nom ne m'a semblé aussi parfait.

— Prévenez-les que je ne pourrai pas être là pour les accueillir, mais que j'arriverai le plus tôt possible.

— Je n'y manquerai pas. Maintenant, vous pouvez souffler. Je ne vous retiens pas plus longtemps. À bientôt, mademoiselle Adrielle.

— Merci, et à bientôt !

Je raccroche, le cœur léger, léger... J'en oublierais presque qu'il a été brisé un jour plus tôt.

Prise d'un regain d'énergie spectaculaire, je m'active de plus belle, décore la tonnelle et vais prêter main-forte en salle de réception.

À 13 h 30 tout est installé, je n'ai plus qu'à me changer.

* *

Hélas, ma joie est de courte durée. Lorsque je reviens au château, à 16 heures, les musiciens ne sont toujours pas là. Je recontacte M. Coffin en catastrophe. Il me rappelle dix minutes plus tard et m'informe que le groupe est tombé dans les embouteillages en sortant de Paris. Le camion accidenté qui bloquait toutes les voies vient juste d'être évacué, ils repartent à l'instant.

Je tâche de conserver mon calme, m'énerver ne me servira à rien. Pourtant, je jure que je n'ai qu'une envie : hurler. Je prends mon mal en patience, demande au DJ déjà présent s'il peut mettre un peu de musique en attendant que le groupe arrive. Le gars est sympa, il accepte avec joie, et me concocte une *playlist* que les mariés vont adorer.

À 17 heures, les premiers invités arrivent, et toujours pas de groupe. Par correction, je prends Stéphane Royer à part pour l'informer de la situation. Il est tellement heureux d'avoir passé la bague au doigt de son cher et tendre, tellement content aussi, que j'aie finalement réussi à faire venir un groupe, que ça passe tout seul. Nous ferons la surprise à son jeune époux un peu plus tard, c'est tout. Je le remercie pour sa mansuétude et vais discuter avec le photographe pour m'assurer que, de son côté, tout se passe sans anicroche. Alléluia, rien à signaler ! Du reste, il s'excuse, il doit réunir tout le monde pour les photos dans le parc.

Je commence à me détendre un peu, et m'autorise même une coupe de champagne. Maintenant, il n'y a plus qu'à attendre que messieurs les musiciens se montrent, ce qui ne devrait plus tarder. Et en effet, une bonne demi-heure plus tard, je vois arriver un grand blond d'une petite trentaine d'années poussant un chariot contenant plusieurs caisses noires. Je pose mon verre et me précipite vers lui.

— Bonjour ! Je suis Louise Adrielle.

— Ah, bonjour ! Désolé du retard, il y a eu un accident sur la route, me dit-il avec un fort accent allemand.

— Votre agent m'a prévenue. Vous venez de Paris, c'est ça ?

— *Ja !* Nous nous installons ici ? demande-t-il en désignant la scène.

J'acquiesce et l'invite à avancer.

— Je vous en prie, allez-y, il y a un raccordement électrique. Vous serez prêts dans combien de temps ?

Il me répond sans la moindre hésitation :

— On est presque dehors, alors pas de problème d'acoustique. Le temps de nous installer, quarante minutes environ, ça ira ?

— Ce sera parfait, je préviens les mariés !

Je l'abandonne et me mets en tête de trouver Stéphane Royer. Mes talons ne survivent pas lorsque je traverse la pelouse encore humide des derniers jours de pluie, mais peu importe, les musiciens sont là !

Je trouve les jeunes mariés assis sur un banc, Bertrand Royer-Morel chuchote à l'oreille de son époux pour les besoins de la photo. Je me permets de les interrompre :

— Le groupe est arrivé !

— Ah ! se réjouit Stéphane Royer. Tout vient à point à qui sait attendre.

Puis se tournant vers son cher et tendre :

— Donne-moi une minute, mon cœur.

Il vient à ma rencontre et me fait signe de le suivre un peu plus loin.

— Je suis soulagé, parce que pour ne rien vous cacher, à un moment, j'ai cru que ma petite surprise tomberait à l'eau ! Quand peuvent-ils commencer ?

Je regarde ma montre.

— D'ici une demi-heure. Ce que je vous propose, c'est de terminer tranquillement vos photos avec votre époux. Je leur demande de jouer avant que vous arriviez, ainsi, la surprise sera plus grande. Votre mari discutera avec les invités sous fond musical quand ça commencera. Ça vous va ?

— Oui, c'est très bien comme ça ! Ah, voici mes parents ! s'exclame-t-il en leur faisant un grand signe de la main. Je vais vous les présenter.

Bon sang, je les avais presque oubliés, ceux-là ! Je vois arriver un couple de sexagénaires donnant l'impression de marcher avec un manche à balai coincé dans le derrière. Elle, toute petite, blonde et sèche comme un coucou. Lui, grand et replet, chauve comme un crâne d'œuf. La mine pincée de madame donne clairement le ton : tout ne s'est pas passé comme elle l'aurait voulu.

Bien fait !

— Papa, maman, je vous présente Louise Adrielle qui a repris le flambeau après que vous avez si gentiment payé le précédent organisateur pour qu'il nous laisse tomber.

Les masques tombent, ma mâchoire aussi. Mme Royer, elle, blanchit d'un coup. Quant à M. Royer, il semble se contenir avec toute la force dont il est capable : c'est-à-dire très mal.

— Ce mariage est une mascarade ! dit-il à son fils d'un ton gorgé de mépris.

Stéphane Royer hausse les épaules.

— Je ne sais même pas pourquoi vous avez pris la peine de venir. Vous n'êtes pas les bienvenus. Du coup, si vous avez envie de partir, je ne vous retiens pas.

M. Royer fulmine, il est rouge de colère. Mais

il y a du monde autour de nous, aussi se retient-il d'exploser. Il agrippe sa femme par le bras et tourne les talons, se drapant dans une dignité aussi ridicule qu'inadaptée.

— Pardon pour cet esclandre, Louise. Je voulais que vous le sachiez avant qu'ils ne tentent quoi que ce soit d'autre. Ils en sont capables.

Je me retiens de dire que j'étais déjà au courant.

— Pas de problème. Je serai vigilante.

— Toutefois, je pense sincèrement qu'ils vont s'en aller.

Il pousse un profond soupir.

— Le mariage entre deux personnes du même sexe est une aberration pour eux. Ils n'avaient déjà pas digéré mon homosexualité, mais là...

— J'en suis désolée...

— Moi pas ! Je n'ai pas choisi ma famille, mais mes amis, oui ! Et regardez ! dit-il en embrassant le parc de la main, ils sont nombreux, et merveilleux !

Je lui souris chaleureusement.

— Sans doute parce que vous le méritez. Je vous laisse avec votre époux, il va commencer à s'impatienter.

Il me fait une courbette, retourne à ses photos, et moi au cocktail.

En m'approchant de la tonnelle, j'entends les instruments qu'on accorde. Que je suis soulagée ! Maintenant que les musiciens sont là, que les parents ont été expédiés dans d'autres sphères, le pire est derrière moi, le meilleur, à venir.

Je nettoie mes escarpins contre le décrottoir à chaussures à l'entrée du château, et vais rejoindre l'espace cocktail. À peine ai-je posé un pied sur le parquet que je m'immobilise de stupéfaction. Trois des quatre musiciens arborent une salopette courte en cuir et à bretelles, une chemise blanche, des chaussettes jusqu'à mi-mollets, et une espèce de chapeau vert à la Robin des Bois. Dans une totale incompréhension, je pose les yeux partout, puis remarque l'étrange instrument posé sur la scène, au milieu d'un clavier électronique, d'une batterie, et d'une guitare électrique sur son socle. Qu'est-ce que c'est que ce truc ? On dirait une pipe géante.

Je m'approche, et à la première vocalise du chanteur qui fait un essai au micro, toute l'assemblée se retourne, et effarée, je comprends.

L'agent m'a envoyé un groupe de musique traditionnelle tyrolienne.

Seigneur...

Je manque hennir de nervosité. De la musique tyrolienne ? Folk and Stone, ça ne sonne pas du tout tyrolien ! Comment aurais-je pu m'en douter ?

Je me précipite comme une furie vers la scène pour arrêter le carnage.

— Descendez de là ! leur ordonné-je.

Les trois musiciens me regardent comme si un nez de clown m'avait poussé au milieu de la figure.

— Descendez, je vous dis ! en joignant le geste à la parole.

— *Wir sprechen nicht französisch*, répond l'un d'entre eux.

— *Wir sprechen nicht...* Mais c'est pas vrai ! Où est l'autre gars, là ? Le grand blond ? Celui qui poussait le chariot ? demandé-je en levant la main par-dessus ma tête.

Ils me font des yeux tout ronds.

— Bon sang ! *Do you speak english ?*

D'un signe de la tête, ils me signifient que non.

C'est quoi ce délire ? Tous les Allemands de leur âge parlent anglais !

Le chanteur hausse les épaules, dit un truc à ses camarades et se remet à pousser la chansonnette au micro. En temps ordinaire, je n'ai rien contre la musique tyrolienne, mais pas ici, et pas maintenant. Ça, non !

Désespérée, et ne voyant pas le musicien qui parle français, je me mets en quête d'un invité qui parlerait allemand, et le trouve. Une jeune lycéenne. Je lui demande de m'accompagner pour leur dire que je leur interdis de chanter, de jouer, et même de respirer jusqu'à nouvel ordre. Elle traduit tant bien que mal, mais le message semble passer. Les trois musiciens s'assoient sur leurs grosses caisses noires et attendent. Furieuse, je dégaine mon téléphone portable et appelle cet imbécile d'agent.

— Qu'est-ce que c'est que ce groupe que vous avez fait venir ? attaqué-je avant même qu'il ne décroche un mot.

— Je... je ne comprends pas.

— Au contraire, je crois que vous saisissez parfaitement le problème. C'est un groupe de musique tyrolienne ! Tyrolienne ! hurlé-je dans le téléphone.

— De musique tyrolienne *électronique.*

Je suis abasourdie.

— Électronique ? Je vous ai demandé un groupe pop rock ! Vous pouvez me dire ce qu'il y a de commun entre de la musique tyrolienne électronique et un groupe de musique pop rock ?

— La guitare, la batterie et le clavier ? me répond-il sans se démonter.

— Oooooh...

Je vais m'arracher les cheveux.

— Qu'est-ce que je suis supposée faire, maintenant, hein ?

— Vous allez peut-être aimer ce qu'ils font ?

— Aimer ce qu'ils font ? Mais la question n'est pas là, dans mon contrat, je devais faire venir un groupe pop rock. POP ROCK ! Qu'est-ce que je vais dire aux mariés, moi ? Et qu'est-ce qui vous a pris, nom d'un chien ?

— C'est tout ce que j'avais sous le coude, et je me suis dit qu'ils sauraient forcément jouer la chanson que vous voulez.

— Et avec quoi ? Un cor des Alpes ? Je vous laisse, monsieur Coffin, mais je vous garantis que je n'en ai pas encore fini avec vous. Lorsque je reviendrai à la charge, vous ne voudrez plus jamais avoir affaire à moi de toute votre vie. Et pour ce qui reste du paiement, vous pouvez aller vous brosser !

Je raccroche en pleine fureur, puis sursaute quand un bruit de corne de brume retentit.

Oh ! c'est pas vrai... Et les mariés qui arrivent !

Je commence à transpirer, je suis sûre que j'ai des auréoles sous les bras.

Ils entrent sous la tonnelle sans comprendre, j'ai envie de me cacher derrière la grande plante verte, là, juste à ma droite. Stéphane Royer me voit et s'approche.

— Vous pouvez m'expliquer ?

Je ferme obstinément la bouche, les mots refusent de sortir.

— Mademoiselle Adrielle ! s'impatiente-t-il.

Il ne voit pas que je suis désespérée, là ?

Et de toute façon, avant que je puisse répondre, un tintamarre de tous les diables retentit. C'est pire qu'une fanfare un soir de 14 juillet. Guitare, batterie, clavier, et *yodel le he ho* à tue-tête. Les mariés sont consternés, les invités bouche bée, et moi... je vais tout simplement mourir aujourd'hui.

Je pensais être allée au bout de mes surprises, mais pas du tout. Pendant que les Maroon 5 du Tyrol s'évertuent à nous exploser les tympans, je vois Loïc apparaître comme par magie sur le côté de la scène. Mon cœur s'arrête de battre une ou deux secondes, puis repart dans un rythme effréné. Que fait-il ici ? Il a changé d'avis ? Ce sont les parents ! Ils lui ont donné une somme indécente qu'il n'a pas pu refuser, et comme je l'ai envoyé paître, il n'avait plus aucune raison de se mettre en retrait.

Salaud !

Je ne peux plus bouger, plus faire un geste, plus prononcer un mot, je me demande même si je respire encore.

Qu'est-ce qu'il est en train de faire, là ? Il monte sur la scène !

Non, non, non ! Il arrache le micro des mains du chanteur ! Comme de bien entendu, les musiciens s'arrêtent de jouer. Je porte la main à mes lèvres, je vais m'évanouir, c'est sûr.

— Mesdames et messieurs, pardonnez-moi d'interrompre ce doux chant d'amour de fin d'été, mais nos voisins belges viennent de m'avertir qu'ils n'hésiteront pas à nous lancer friture et moules avariées si nous n'arrêtons pas immédiatement ce tintamarre. Ils nous entendent jusqu'à Genk.

Des rires fusent parmi les invités.

— Qui est-ce ? me demande Bertrand Royer-Morel, l'autre marié.

Je lui offre un sourire crispé, puis Loïc continue :

— Aujourd'hui, nous sommes réunis pour fêter

l'union de Stéphane et Bertrand, et nous leur souhaitons tous nos vœux de bonheur.

C'est maintenant que je serre les fesses. Je ne peux rester sans réagir ! Il va faire un sale coup, c'est sûr. Je me tourne vers les mariés.

— Écoutez, cet homme est...

— Plutôt canon, m'interrompt Bertrand.

Hein ?

— C'est mon cadeau de mariage ? demande-t-il, avec un regard lascif que je n'aurais pas aimé si j'avais été à la place de Stéphane.

Je secoue la tête.

— Non, il...

— Mademoiselle Louise Adrielle ici présente, reprend Loïc en pointant un doigt sur moi, un sourire éclatant aux lèvres, *wedding planner* et responsable de *Comme un parfum de bonheur* à Lille, vous offre le moment qui va suivre.

Toute l'assemblée se tourne vers moi. Je suis déjà en train de maudire Loïc sur au moins dix générations pour être en train de me griller comme ça, quand soudain, une voix s'élève, a capella sur les paroles de la chanson tant attendue par Stéphane Royer.

— *It's amazing how you can speak right to my heart.*

J'en ai tous les poils qui se dressent en comprenant ce qui est en train de se passer.

Ronan Keating en personne est ici.

19

Quand la star irlandaise fait son entrée, il y a un moment de flottement, puis d'un coup, c'est l'hystérie générale. Ça hurle, ça applaudit, ça siffle, ça trépigne. Bertrand, le marié, hyperventile et semble sur le point de défaillir, Stéphane, son époux, n'en revient pas non plus, quant à moi, je suis complètement dépassée. Qui a fait venir Ronan Keating ? Loïc ?

Interdite, je tourne la tête vers lui. Pendant que les invités sont déjà en train de chanter le refrain en chœur, que le groupe tyrolien se joint à eux en grattant quelques accords, immobile sur scène, Loïc ne me quitte pas des yeux.

J'ai une boule dans la gorge en repensant à notre dispute de la veille, à la façon dont je l'ai accusé de m'avoir trahie, à son regard au moment de quitter mon appartement. Je cherche une trace d'arrogance sur son visage, de moquerie, d'autosatisfaction, mais n'y vois rien. Impossible de savoir ce qu'il pense. Tout ce que je peux dire avec certitude, c'est qu'il vient de m'éviter un échec cuisant, et que je l'ai très mal jugé...

Loïc descend de la scène ; je me fige, j'ai les jambes en coton. Il traverse la salle d'un pas tranquille, ignorant la foule qui s'excite autour du chanteur, et ne s'arrête qu'une fois devant moi. Je cesse de respirer.

Il baisse la tête pour me regarder, les yeux rieurs.

— Ah, Jonquille, jusqu'où n'irais-je pas pour te faire taire !

Je me sens tellement ridicule que je suis sur le point de pleurer.

— Oh ! Loïc..., gémis-je en me jetant dans ses bras.

Il se met à rire en me tapotant le dos.

— Holà, du calme, on n'est pas seuls. J'ai ma réputation de grand méchant à tenir.

Il m'écarte de lui avec douceur, et glisse les pouces sous mes yeux pour essuyer mes larmes.

— Ne pleure pas, Jonquille, je ne suis pas rancunier. Mais dis-moi, maintenant que j'y pense, je n'aurais peut-être pas dû annuler le contrat, finalement, et faire croire que tu étais ma collaboratrice. Tu as failli ruiner ce mariage, on aurait pu empocher une coquette somme. Tu es sûre que tu ne veux pas qu'on s'associe ?

Il m'arrache un sourire.

— Je suis désolée... pour tout. Comment as-tu réussi cette prouesse ? demandé-je en montrant Ronan Keating qui s'éclate sur sa chanson.

Il secoue la tête en riant.

— Pas en faisant appel à ton agent, en tout cas ! Bon Dieu, je ne crois pas avoir jamais rien vu d'aussi drôle que ta tête quand tes gus en culotte courte ont commencé à jouer !

Je me cache le visage derrière les mains. Il rit de plus belle.

— Allez, viens avec moi, la coupable t'attend.
— La coupable ?
— Ouais...

Il me prend par la main et m'entraîne avec lui hors de la tonnelle. Rebecca attend sous un réverbère, emmitouflée dans un châle en laine. Je laisse échapper un oh de surprise.

— Mais...

Quand elle me voit, elle se jette sur moi pour me prendre les mains.

— Je suis tellement désolée pour le quiproquo, Louise, pour l'attitude de Léo. Tu étais tellement en colère, je n'ai pas eu le temps de t'expliquer que tu faisais fausse route.

Elle a l'air si affligée que je refuse de faire durer sa culpabilité plus longtemps.

— C'est moi qui me suis emportée, et je le regrette. C'est à toi que je dois la présence du chanteur ?

Elle me fait une mine mi-figue mi-raisin.

— Oui, mais... uniquement parce que Loïc voulait te retirer une épine du pied en te cherchant un groupe de remplacement. Et moi, je voulais à tout prix me faire pardonner ce qui s'était passé. Il m'a expliqué la situation, les attentes des mariés, et voilà.

L'unique raison pour laquelle je ne la prends pas dans mes bras est que je déteste les grandes effusions. Je n'en reviens toujours pas.

La chanson s'arrête, on entend des applaudissements, du baratin en anglais, puis la musique reprend aussitôt sur un autre morceau. Une chance que le groupe connaisse le répertoire du chanteur.

— Donc, tu as claqué des doigts, et Ronan Keating est venu ?

Elle se met à rire.

— Pas exactement. Il se trouvait sur Paris pour rencontrer l'un des responsables du label. J'ai tenté le tout pour le tout. C'est un mec très sympa !

— Merci, murmuré-je en lui serrant les mains.
— Léo est désolé, me dit-elle. Il ne s'était jamais conduit comme ça, avant.

Je jette un œil à Loïc. Adossé contre le portique, il nous écoute sans dire un mot.

— Il... vous avez réglé vos problèmes ?

Loïc se contente de hocher la tête.

— À un moment, il fallait bien que mon frangin arrête d'être con ! La situation l'y aura contraint, et c'est tant mieux !

Je le garde pour moi, mais ça me soulage de savoir qu'ils se sont réconciliés. Tout ceci était tellement ridicule. Je lâche un soupir de satisfaction, de soulagement, pour tout ce qui est en train de se passer ce soir.

— Merci encore, Rebecca, et à toi, Loïc, vous m'avez sauvé la mise.

Et de concert, arrivent les mariés derrière nous. Bertrand affiche un sourire plus grand qu'un stade de foot, et Stéphane rayonne de bonheur.

— Mademoiselle Adrielle, quelle cachottière vous faites ! Vous nous avez bien eus avec vos musiciens allemands.

— Vous nous avez fait un merveilleux cadeau, renchérit Bertrand. Nous n'hésiterons pas à vous recommander !

Je me tourne vers Loïc et Rebecca. Je ne veux pas récupérer les lauriers, aussi m'apprêté-je à désigner les « coupables » quand Loïc s'interpose avant que je ne puisse dire quoi que ce soit.

— Oui, elle est exceptionnelle, et adore ce genre de surprise : faire des frayeurs, puis calmer les cœurs dans l'apothéose. Les montagnes russes sont son attraction préférée.

Il me glisse un clin d'œil, j'ai très bien compris le message !

Stéphane s'approche et me claque une bise.

— Vous êtes merveilleuse, Louise ! Merci pour tout !

Bertrand ne tient plus en place, il tire sur le bras de son mari pour l'entraîner avec lui, Ronan Keating vient d'arrêter de chanter.

— Allez, vite ! Je ne veux pas le rater, il est quand même là pour moi !

— Ouh ! s'écrie Rebecca en voyant la foule s'agglutiner autour du chanteur, il vaut mieux que j'aille récupérer notre star avant qu'on lui arrache sa chemise !

Je regarde autour de moi, les yeux brillants d'émotion. L'air respire la joie, l'amour et l'amitié. Je regarde s'éloigner les mariés heureux, je contemple les invités ravis, prends conscience du cadre qui nous entoure, de la lumière du jour qui se tamise, de l'odeur de l'air frais, de la présence de Loïc qui ne me quitte pas des yeux, et j'ai l'étrange sensation que les choses sont telles qu'elles ont toujours dû être, que tout était écrit depuis le début. Loïc, moi, notre rencontre, nos joutes, ma colère et sa loyauté, tout ça pour nous amener à ce moment si parfait.

Pendant des mois, je me suis obstinée à refuser tout rapprochement avec un homme, et ce soir, ce temps-là est révolu.

Je lève la tête vers Loïc et souris.

Bien plus tard dans la soirée, loin des brouhahas de la fête et du champagne qui coule à flots, je suis pelotonnée dans les bras de Loïc, chez lui, sous la couette, apaisée et repue. J'aime son contact, la douceur de sa peau. Je me blottis davantage contre lui, enfouis le visage dans son cou, à la recherche de son odeur. Je pourrais le sentir pendant des heures.

— Toxico ! dit-il en riant.

Je grogne en me tournant pour faire face au plafond, les yeux fixés sur les appliques. Une ampoule a grillé.

— Un jour, tu m'as dit ne saboter que les mariages voués à l'échec.

— Hum ?

— Stéphane et Bertrand ont l'air de s'aimer, ce sont les parents de Stéphane qui ont un problème.

Sans me lâcher, Loïc se redresse contre la tête de lit.

— Tu m'as l'air bien renseignée !

— Je les ai rencontrés. C'est l'homosexualité qui les dérange.

— C'est vrai.

Je lève le visage vers lui.

— Et toi aussi ?

— Moi aussi quoi ?

— L'homosexualité te dérange ?

Il se met à rire.

— Pas du tout, voyons !

— Alors pourquoi ? Et ne me dis pas « pourquoi quoi ? » !

Loïc soupire, retire son bras de dessous ma tête et se redresse complètement.

— Puisque je suppose qu'il faut tout mettre à plat pour avancer, allons-y. Non, je n'ai aucun problème avec le mariage homosexuel, oui, les parents de Stéphane Royer en ont un, et non, je ne pense pas que ce couple soit amoureux. Du moins, Bertrand Morel ne l'est pas.

Je m'assois à mon tour, remontant les draps sur ma poitrine.

— Mais enfin ! Qu'est-ce qui te fait dire ça ? Il m'a eu l'air très attaché à Stéphane, au contraire.

Loïc se tourne pour me regarder, un sourire aux lèvres.

— Jonquille, ma fille, vous êtes une extraordinaire organisatrice de mariage, mais une piètre observatrice !

Je ne cille pas.

— Explique-toi.

— C'est l'argent qui l'intéresse, et les Royer en ont beaucoup. Certes, les parents voulaient empêcher cette union pour les raisons que tu connais, mais moi, avant de prendre ma décision, j'ai eu l'occasion de voir Bertrand Morel à l'œuvre. En six mois, il a demandé deux hommes en mariage, Stéphane et un autre. Tous deux très confortables, financièrement. Le premier n'est pas tombé dans le panneau, ils se connaissaient depuis à peine quelques semaines, et il avait découvert les infidélités de son cher et tendre. Stéphane, lui, est tombé fou amoureux, et a accepté.

J'en reste sans voix.

— OK, un point pour toi, mais ce n'est pas une raison. Tu ne peux pas décider pour les autres, Loïc. Tu ne peux pas te faire avocat et juge. Tu n'es pas un justicier.

Je soupire et décide de le mettre face à la réalité. Je sais que je dois le faire si je veux que notre relation dure et soit fondée sur de bonnes bases.

— Écoute, tu me plais, et plus que ça, mais nos métiers sont diamétralement opposés. Je ne crois pas que notre relation survivra si...

Loïc pose un doigt sur ma bouche.

— Tu me plais, et plus que ça, Louise Adrielle, répète-t-il à son tour, et même si nos métiers sont diamétralement opposés, je veux tenter l'aventure avec toi. Tu sais pourquoi ?

Béate, je secoue la tête.

— Parce que je tiens à toi. Peut-être même plus que tu ne le crois.

Son regard brille intensément, j'y lis tant de sincérité et de promesses que j'en oublie presque nos divergences.

— Loïc... Je tiens à toi, moi aussi.

— Alors nous avons déjà réglé la moitié du problème.

— Et... pour l'autre moitié ?

Il tend la main et me caresse la joue.

— Je suis et vais rester un homme libre. Je ne renoncerai pas à ce en quoi je crois.

J'ouvre la bouche pour dire quelque chose, il m'en empêche.

— Laisse-moi finir. Si cette notion ne te semble pas insurmontable, si tu crois que nous pouvons ignorer cette ombre au tableau, si tu penses, comme moi, que nous avons quelque chose à partager, alors j'en serai heureux, et prendrai un seul et unique engagement ce soir.

— Lequel ? demandé-je dans un murmure.

Il m'attrape les joues, et ponctue chacun de ses mots par un baiser.

— Je. M'engage. À. Ne. Jamais. Mêler. Travail. Et... Amour.

Je reprends mon souffle.

— En d'autres termes ?

Je veux être sûre.

— Mes contrats ne viendront jamais interférer dans les tiens.

Il glisse sa main dans la mienne, son regard dans le mien, et attend ma réponse.

Je contemple son visage, sa barbe naissante, ses

yeux bruns, et me dis que si je ne suis pas prête à lui promettre l'éternité, je n'ai pas envie que ça s'arrête. Pas maintenant. Je veux me tourner vers l'avenir, et oublier tout ce qui m'a freinée jusque-là. Je pourrais lutter, refuser toute faiblesse de ma part, mais je sais qu'en dépit de mes craintes et de mes doutes, j'ai besoin de la présence de Loïc, de me glisser dans une seconde peau : celle d'une femme passionnée. Pas tout le temps, mais souvent. Je veux être avec lui.

Alors je me penche et, des lèvres, lui effleure le cou. Il frissonne.

— Et vice versa...

Il a un mouvement de recul, semble ne pas comprendre.

— Pardon ?

Je noue mes bras autour de son cou en souriant.

— Mes contrats non plus ne viendront jamais interférer dans les tiens, je m'y engage.

Je jauge sa réaction, m'assure qu'il a bien compris ce que je venais de sous-entendre, cette fois. Il ne dit rien, ne bouge pas.

— OK, OK ! Ce que je veux dire, c'est que je suis prête à...

— Chut...

Je plisse les yeux d'un air taquin, redresse le menton et lâche :

— *Fais-moi taire, si tu peux.*

Le regard de Loïc s'enflamme.

— Tout ce qu'il y a de plus volontiers...

Sa bouche s'écrase sur la mienne. Il me renverse sur le lit et intensifie son baiser. Quand il libère mes lèvres, c'est pour faire courir les siennes partout sur moi ; j'en oublie complètement ce que je voulais dire. Je ne frémis pas, je vibre. Je vibre sous lui. Pour lui. Et il en sera toujours ainsi. Je l'espère...

Ce qu'il me fait ensuite n'est pas à mettre dans un conte pour enfants. Toujours est-il que pour une fois, Loïc peut être fier : je n'ai plus rien trouvé à dire du tout.

Épilogue

En équilibre sur un escabeau, je visse le dernier boulon de la potence accrochée au mur de brique de mon tout premier local.

Comme un parfum de bonheur
Wedding planner
Fleurs et décorations

Je descends les marches et admire le travail. Fer forgé et bois, elle est magnifique ! Et tout ça en même pas un an ! Le mariage des Royer n'était peut-être pas l'union romantique que je croyais, mais quelles répercussions il a eues sur mon chiffre d'affaires ! Je n'ai pas arrêté de travailler depuis, un mariage par mois ! Un site Internet, un local, un nom...

Ce petit établissement que je viens d'ouvrir, c'est tout ce dont j'ai rêvé un jour. On y entre, on est chez soi. Un vieux parquet, un atelier ouvert sur l'espace principal, des fauteuils colorés, une table basse, un service à thé, des livres pour patienter quand je suis au téléphone, wifi gratuit, des plantes, des fleurs et des tas de décorations faites main dans la vitrine. Ça sent bon, c'est beau, c'est *cosy*, et je suis à deux pas de la galerie d'art d'Emma.

Je consulte ma montre, 17 heures. Dans cinq minutes, je serai en retard !

Contente de mon enseigne, je replie l'escabeau et vais le ranger dans la cour juste derrière l'atelier. L'air embaume les sarments de tomate. J'y fais pousser des plants, les clients sont fous de leur parfum vif et frais. Je ne m'impose aucune limite, aucune fantaisie, je me donne à fond, j'ouvre tous les jours du mardi au jeudi, réserve le vendredi et le samedi aux mariages, le dimanche et le lundi au repos ! À trente ans, je réalise que je suis peut-être bien la femme la plus épanouie du monde... ou presque ! En fermant la porte du magasin derrière moi, j'ai une pensée émue pour Mme Chapelier sans qui rien de tout ceci ne serait arrivé. Je descends le rideau métallique, mets un tour de clé, ajuste la bandoulière de mon sac, et, en souriant, m'en vais rejoindre Loïc qui m'attend sur la Grand'Place.

On pourra dire ce qu'on voudra du mariage, remettre en cause les sentiments des époux, ergoter sur le choix des petits-fours, ou statuer sur la couleur des fleurs qu'il convient d'adopter, désormais, je suis à peu près sûre d'une chose : c'est que le plus infâme des jaune cocu peut donner naissance au plus beau des rouge amour !

Remerciements

Un remerciement tout particulier au géant clown, Maxime Gillio, pour m'avoir prêté Georges Goubert, Karim l'épicier et l'école de théâtre *Côté Cours*, Louise Adrielle t'en est très reconnaissante et te fait savoir qu'à l'occasion, elle aimerait bien recroiser le chemin de Georges ! Dans ton prochain roman, peut-être ?

Vous avez aimé
Fais-moi taire si tu peux ! ?
Découvrez le nouveau roman de
Sophie Jomain

Elle était partie pour fuir celle qu'elle était devenue…
Là-bas, elle va trouver celle qu'elle est vraiment.

Composé et édité par HarperCollins France.

Achevé d'imprimer en février 2019.

Barcelone

Dépôt légal : mars 2019.

Pour limiter l'empreinte environnementale de ses livres, HarperCollins France s'engage à n'utiliser que du papier fabriqué à partir de bois provenant de forêts gérées durablement et de manière responsable.

Imprimé en Espagne.